50 große Kriminalromane | **Joan Aiken** – Die Kristallkrähe • **Boris Akunin** – Fandorin • **Eric Ambler** – Topkapi • **Jakob Arjouni** – Kismet • **Raymond Chandler** – Der große Schlaf • **Agatha Christie** – Tod auf dem Nil • **Leif Davidsen** – Der Augenblick der Wahrheit • **Friedrich Dürrenmatt** – Das Versprechen • **James Ellroy** – L.A. Confidential • **Jörg Fauser** – Der Schneemann • **Dick Francis** – Rufmord • **Doris Gercke** – Weinschröter, du mußt hängen • **Jean-Christophe Grangé** – Die purpurnen Flüsse • **Graham Greene** – Unser Mann in Havanna • **Dashiell Hammett** – Der Malteser Falke • **Josef Haslinger** – Opernball • **Veit Heinichen** – Gib jedem seinen eigenen Tod • **Patricia Highsmith** – Venedig kann sehr kalt sein • **Chester Himes** – Die Geldmacher von Harlem • **Arnaldur Indriðason** – Todeshauch • **P. D. James** – Was gut und böse ist • **Dan Kavanagh** – Duffy • **Hans Werner Kettenbach** – Minnie oder ein Fall von Geringfügigkeit • **Stephen King** – Carrie • **John le Carré** – Der Spion, der aus der Kälte kam • **Stanislaw Lem** – Der Schnupfen • **Donna Leon** – Venezianisches Finale • **Ross Macdonald** – Der blaue Hammer • **Jean-Patrick Manchette** – Nada • **Henning Mankell** – Die fünfte Frau • **Petros Markaris** – Nachtfalter • **Val McDermid** – Die Erfinder des Todes • **Ian McEwan** – Unschuldige • **Ulf Miehe** – Ich hab noch einen Toten in Berlin • **Margaret Millar** – Liebe Mutter, es geht mir gut ... • **Brian Moore** – Hetzjagd • **Magdalen Nabb** – Tod in Florenz • **Ingrid Noll** – Die Apothekerin • **Liaty Pisani** – Der Spion und der Schauspieler • **Bernhard Schlink, Walter Popp** – Selbs Justiz • **Leonardo Sciascia** – Der Tag der Eule • **Tom Sharpe** – Puppenmord • **Georges Simenon** – Maigret und die junge Tote • **Gunnar Staalesen** – Die Schrift an der Wand • **Jason Starr** – Top Job • **Martin Suter** – Die dunkle Seite des Mondes • **Robert van Gulik** – Richter Di bei der Arbeit • **Fred Vargas** – Die schöne Diva von Saint-Jacques • **Barbara Vine** – Die im Dunkeln sieht man doch • **Charles Willeford** – Miami Blues | **Ausgewählt und präsentiert von der Feuilletonredaktion der Süddeutschen Zeitung | 2006**

W0217216

Charles Willeford

Miami Blues

In diesem Buch,
einer lakonischen Zustandsbeschreibung Amerikas, reist der Berufsverbrecher Frederick J. Frenger jun. von San Quentin nach Miami. Dort tötet er einen Hare Krishna und lernt dessen Schwester Susan kennen, mit der er eine platonische Ehe der besonderen Art führen will. Hoke Moseley vom Miami Police Department ist diese Beziehung und vor allem Freddy selbst nicht ganz geheuer. Es kommt zu einem Showdown zwischen dem unbekümmerten Psychopathen und dem hartnäckigen Cop.

Elmore Leonard,
ein Kollege Willefords, über Miami Blues: »Niemand schreibt einen besseren Kriminalroman als Charles Willeford.«

Charles Willeford

Miami Blues

Deutsch von Rainer Schmidt

Süddeutsche Zeitung Kriminalbibliothek

Bibliografische Information Der Deutschen Bibliothek
Die Deutsche Bibliothek verzeichnet diese Publikation in der
Deutschen Nationalbibliografie;
detaillierte bibliografische Daten sind im Internet über
http://dnb.ddb.de abrufbar.

Der vorliegenden Ausgabe liegt die Textfassung
der deutschen Ausgabe des im Alexander Verlag
erschienenen Buches zugrunde, die von Katharina Broich,
Jochen Stremmel und Josef Zobel bearbeitet wurde
Lizenzausgabe der Süddeutschen Zeitung GmbH, München
für die **Süddeutsche Zeitung Kriminalbibliothek** 2006

Titelfoto: Tristes Tropiques/Cinetext Bildarchiv
Autorenfoto: David Poller
Klappentext: Ralf Hertel
Umschlaggestaltung und Layout: Eberhard Wolf, Julia Wolf
Projektleitung: Klaus Füreder
Produktmanagement: Thi Nga Tang
Satz: vmi, Manfred Zech
Herstellung: Hermann Weixler, Thekla Neseker
Druck und Bindearbeiten: Ebner & Spiegel, Ulm
Printed in Germany
ISBN-10: 3-86615-233-7
ISBN-13: 978-3-86615-233-5

Für Betsy

Haiku

Morning sun stripes cell.
Five fingers feel my hard heart.
It hurts, hurts, like hell.

F. J. Frenger jun.

1

Frederick J. Frenger jun., ein unbekümmerter Psychopath aus Kalifornien, bat die Stewardeß in der ersten Klasse um ein weiteres Glas Champagner und Schreibzeug. Sie holte eine gekühlte halbe Flasche, entkorkte sie und stellte sie vor ihn hin; einige Augenblicke später kam sie noch einmal zurück und brachte ihm ein paar Blätter Pan-Am-Briefpapier und einen weißen Kugelschreiber. Während der folgenden Stunde nippte Freddy an seinem Champagner und übte die Unterschriften von Claude L. Bytell, Ramon Mendez und Herman T. Gotlieb.

Die Unterschriften auf seiner Sammlung von Kreditkarten, Führerscheinen und anderen Ausweispapieren waren schwierig nachzuahmen, aber als die Stunde und der Champagner zu Ende waren und es Zeit für den Lunch wurde – Martini, kleines Steak, in der Schale gebackene Kartoffel, Salat, Schokoladenkuchen und zwei Glas Rotwein –, beschloß Freddy, daß er nah genug an den Originalen war, um damit durchzukommen.

Die beste Methode, eine Unterschrift zu fälschen, das wußte er, bestand darin, sie umzudrehen und abzumalen, statt zu versuchen, die Handschrift zu imitieren. Diese Methode war narrensicher, wenn man Zeit hatte, ungestört war und ein Dokument oder einen Scheck fälschen wollte. Aber er wußte auch, wenn er gestohlene Kreditkarten benutzte, kam es darauf an, daß er die Kreditbelege beiläufig abzeichnete, vor den Augen von Verkäufern und Geschäftsführern, die auf Unregelmäßigkeiten achteten.

Aber nah genug war meistens gut genug für Freddy. Er war kein sorgfältiger Mensch, und eine volle Stunde war für ihn eine lange Zeit, wenn er sie auf eine einzige Tätigkeit verwenden sollte, ohne daß seine Gedanken sich immer wieder mit anderen Dingen beschäftigten. Als er den Inhalt der drei Brieftaschen musterte, fragte er sich, was ihre Besitzer wohl für Menschen sein mochten. Eine war aus Aalhaut, die zweite aus imitiertem Straußenleder, und die dritte war eine gewöhnliche Mappe aus Rindsleder, vollgestopft mit Farbfotos von sehr gewöhnlichen Kindern. Warum würde ein Mann wohl Fotos von häßlichen Kindern in seiner Brieftasche mit sich herumschleppen wollen? Und wie kam einer auf die Idee, imitiertes Straußenleder zu kaufen, wenn echtes nur zwei- oder dreihundert Dollar mehr kostete? Aalhaut – das war zu verstehen: Es war weich und strapazierfähig, und je länger man sie in der Gesäßtasche trug, desto weicher wurde sie. Er entschied sich dafür, die Brieftasche aus Aalhaut zu behalten. Er zwängte sämtliche Kreditkarten und Ausweise sowie die Fotos von den häßlichen Kindern hinein und stopfte dann die beiden leeren Brieftaschen hinter die Flugillustrierte in das Netz an der Sitzlehne vor ihm.

Behaglich satt und von Martini und Wein ein wenig benommen, streckte Freddy sich in dem breiten Liegesitz aus und umschlang das winzige Flugzeugkissen mit beiden Armen. Er schlief fest, bis die Stewardeß ihn behutsam weckte und ihn bat, sich für die Landung auf dem Miami International Airport anzuschnallen.

Freddy hatte kein Gepäck; er schlenderte durch den riesigen Flughafen und lauschte auf die Durchsagen, die aus zahlreichen Lautsprechern dröhnten, erst auf Spanisch und dann, halb so lang, auf Englisch. Er konnte es kaum erwarten, sich ein Taxi zu nehmen und ein Hotel zu suchen, aber er wollte auch irgendwo ein paar schicke Gepäckstücke auftreiben. Ein Kofferset wäre besser als ein einzelner Koffer, aber mit einer Reisetasche von Vuitton würde er sich auch zufriedengeben, falls er eine fände. Er blieb einen Augenblick stehen, um sich eine Winston anzuzünden und eine lange Schlange amerikanischer Touristen und kleinwüchsiger Indios zu mustern, die unterwegs nach Yucatán waren. Die Urlauber hielten sich dicht bei ihrem Gepäck, und die Indios schoben große Pappkartons vor sich her, die mit grauem Isolierband zusammengehalten wurden. Da war für ihn nichts dabei.

Ein Hare Krishna, schlecht getarnt in Jeans, Sporthemd und einer blaßblauen Sportjacke, eine schlechtsitzende braune Perücke auf dem Kopf, trat an Freddy heran und steckte eine rotweißgestreifte Zuckerstange an Freddys graues Wildledersakko. Als die Stecknadel sich in das Revers der Zweihundertsiebenundachtzig-Dollar-Jacke bohrte, mit der das Konto eines gewissen Claude L. Bytell einen Tag zuvor bei Macy's in San

Francisco belastet worden war, wurde Freddy von einem jähen Wutanfall gepackt. Natürlich konnte er die Nadel wieder herausziehen, aber er wußte, daß der winzige Einstich wegen der Gedankenlosigkeit dieses Arschlochs für alle Zeiten dasein würde.

»Ich möchte dein Freund sein«, sagte der Hare Krishna, »und – «

Freddy packte den Mittelfinger des Hare Krishna und bog ihn scharf nach hinten. Der Krishna schrie auf. Freddy verstärkte den Druck, riß den Finger zurück und brach ihn. Der Krishna kreischte gurgelnd und schrill und ging in die Knie. Freddy ließ den schlaff baumelnden Finger los, und als der Krishna sich schreiend vornüberkrümmte, rutschte ihm die Perücke herunter und entblößte seinen kahlrasierten Schädel.

Zwei offenbar miteinander verwandte Männer, die das Zusammentreffen beobachtet hatten, lachten und applaudierten. Als eine Frau mittleren Alters in einem kolumbianischen Poncho hörte, wie einer der Touristen »Hare Krishna« sagte, zog sie einen Krishna-Knackfrosch aus der Handtasche und begann mit dem blechernen Krachmacher vor dem schmerzverzerrten Gesicht des Krishna herumzuknattern. Der Partner des Verletzten, ähnlich gekleidet, aber mit einer schwarzen Perücke auf dem Kopf, kam vom AeroMexico-Schalter herüber, wo er die Schlange der Wartenden bearbeitet hatte, und beschimpfte die Frau mit dem Knackfrosch. Der ältere der beiden lachenden Männer trat hinter ihn, riß ihm die Perücke vom Kopf und warf sie über die Köpfe der zusammenströmenden Menge.

Freddy, der sich rasch vom Schauplatz verdrückt hatte, schlüpfte in die Herrentoilette neben der Bar in Halle D und zog die Anstecknadel mit der Zuckerstange aus seinem Revers. In einem Spiegel untersuchte er das Einstichloch und strich es glatt. Ein Fremder würde es niemals bemerken, entschied er, aber der Makel war da, auch wenn es weniger schlimm war, als er gedacht hatte. Freddy schob die Zuckerstange in die Jackentasche, pinkelte rasch, wusch sich die Hände und ging hinaus.

Eine junge Frau schlief tief und fest auf einer Reihe Flughafenstühle aus Hartplastik. Ein zweijähriger Junge saß ruhig neben ihr und hielt einen Stoffpanda im Arm. Das großäugige, leicht sabbernde Kind hatte die Füße auf einen Reisekoffer gestellt, auf dessen hellblauem Material sich das Cardin-Logo endlos wiederholte. Freddy blieb vor dem Jungen stehen, wikkelte die Zuckerstange aus und bot sie dem Kind lächelnd an. Der Junge lächelte zurück, nahm die Stange schüchtern entgegen und steckte sich ein Ende in den Mund. Er fing an zu lutschen, Freddy nahm den Koffer und schlenderte davon. Er fuhr mit dem Aufzug nach unten ins Freie und winkte sich ein Taxi heran. Der kubanische Fahrer, der nur wenig Englisch sprach, lächelte und nickte, als Freddy einfach sagte: »Hotel. Miami.«

Mit der rechten Hand zündete der Fahrer sich eine Zigarette an und lenkte mit der Linken in den starken Verkehr hinaus, wobei er nur knapp eine alte Dame mit ihrer Enkelin verfehlte. Dabei schnitt er einen Toyota, dessen Fahrer den Motor abwürgte, und nahm Kurs auf den Dolphin Expressway. Auf dieser Route brachte er Freddy binnen zweiundzwanzig Minuten in die City von Miami, wo er vor dem International Hotel anhielt. Das Taxameter zeigte acht Dollar und siebenunddreißig Cent. Freddy gab dem Mann einen Zehner, reichte dem Türsteher seinen Koffer und trug sich an der Rezeption unter dem Namen Herman T. Gotlieb, San José, Kalifornien, ein. Er benutzte Gotliebs Kreditkarte, um sich eine Hundertfünfunddreißig-Dollar-Suite zu mieten, unterschrieb den Kreditbeleg im voraus und folgte dem fetten Latino-Pagen zum Aufzug. Kurz bevor der Aufzug im sechsten Stock ankam, machte der Page den Mund auf.

»Wenn Sie irgend etwas haben wollen, Mr. Gotlieb, lassen Sie es mich bitte wissen.«

»Im Augenblick fällt mir nichts ein.«

»Was ich damit meine, ist ...« Der Mann räusperte sich.

»Ich verstehe, was Sie sagen wollen, aber ich will jetzt kein Mädchen.«

Das Schlafzimmer war klein, aber das Wohnzimmer war angenehm ausgestattet: eine bequeme Couch mit blau-weißen Streifen und ein dazu passender Sessel, ein Tisch mit einer Glasplatte und eine kleine Bar mit zwei Hockern. Der Kühlschrank dahinter enthielt Wodka, Gin, Scotch und Bourbon, mehrere Reihen von Limonaden- und Sodafläschchen und eine kleine Flasche Champagner. An der Tür klebte eine Preisliste. Freddy warf einen Blick darauf und fand, daß die Preise pro Drink unverschämt waren. Er gab dem Pagen zwei Dollar.

»Danke, Sir. Und wenn Sie irgend etwas brauchen, rufen Sie beim Pagendienst an und fragen Sie nach Pablo.«

»Pablo. Gut. Wo ist der Strand, Pablo? Kann sein, daß ich nachher schwimmen gehen möchte.«

»Der Strand? Wir sind hier an der Biscayne Bay, Sir, nicht am Meer. Das Meer ist drüben in Miami Beach. Aber wir haben einen schönen Pool auf dem Dach und eine Sauna. Und wenn Sie eine Massage wollen – «

»Nein, das ist schon okay so. Ich dachte nur, Miami liegt am Meer.«

»Nein, Sir. Das ist Miami Beach. Das sind zwei verschiedene Städte, Sir; sie sind durch Straßendämme miteinander verbunden. Da drüben würde es Ihnen sowieso nicht gefallen, Sir – nichts als Verbrechen am Beach.«

»In Miami nicht?«

»Hier nicht – jedenfalls nicht in der Brickell Avenue. Das hier ist der fetteste Teil von Fat City.«

»Ich habe unten neben der Lobby ein paar Läden gesehen. Kann ich da eine Badehose kaufen?«

»Ich besorge Ihnen eine, Sir. Welche Größe?«

»Schon gut. Ich will nachher sowieso ein bißchen einkaufen.«

Der Page ging, und Freddy zog die Vorhänge auf. Er sah das turmhohe AmeriFirst-Gebäude, einen Teil der Bucht, die Brükke über den Miami River und die Wolkenkratzer an der Flagler Street. Die Straße, in der er sich befand, die Brickell Avenue, war von verspiegelten, blinkenden Gebäuden gesäumt. Die Klimaanlage summte leise.

Er hatte mindestens eine Woche Zeit, bis man die Nummern der Kreditkarten zurückverfolgt haben würde, aber er hatte nicht vor, länger als einen Tag im International Hotel zu bleiben. Von jetzt an würde er ein bißchen mehr auf Nummer Sicher gehen – es sei denn natürlich, daß er etwas haben wollte. Wenn er etwas sofort haben wollte, war das eine völlig andere Sache. Aber diesmal wollte er sich ein wenig amüsieren, bevor sie ihn schnappten, und das eine oder andere von dem tun, was er sich während der drei Jahre in San Quentin immer gewünscht hatte.

Bis jetzt gefiel ihm der saubere weiße Anblick von Miami, aber er war doch erstaunt, daß die Stadt nicht am Meer lag.

2

Im VIP-Raum – der Golden Lounge, wie man ihn manchmal nach den goldenen Plastikkarten nannte, die die drei Airlines, die ihn betrieben, an ihre Erste-Klasse-Passagiere ausgaben – herrschte ein ungewöhnliches Gedränge. Der Tote, der auf dem blauen Teppichboden lag, war nicht der einzige, der sich hier aufhielt, ohne im Besitz einer Gold Card zu sein.

Sergeant Hoke Moseley vom Morddezernat des Miami Police Department füllte sich einen Styroporbecher mit seinem dritten Gratiskaffee, nahm von den Doughnuts auf dem durchsichtigen Plastiktablett einen mit Zuckerguß und legte ihn wieder zurück; dann rührte er Süßstoff und N-Rich-Coffee-Creamer in seinen Kaffee. Sergeant Bill Henderson, Hokes stämmiger Partner, saß auf einer königsblauen Couch und las John Keaslers Humorspalte in der *Miami News*. Zwei Sicherheitsangestellte des Flughafens, Männer mittleren Alters in stahlblauen Sportjacken, standen neben der Tür und sahen aus, als seien sie bereit, Befehle von jedem entgegenzunehmen.

Ein schwarzer PR-Beauftragter des Flughafens in einem braunseidenen Hundert-Dollar-Sporthemd und gelbleinener Golfhose machte sich mit einem goldenen Kugelschreiber Notizen in ein ledergebundenes Notizbuch. Dann steckte er das Notizbuch in seine Gesäßtasche und durchquerte den mit blauem Teppichboden ausgelegten Raum, um mit den beiden Männern zu reden, die, wie sie sagten, aus Waycross, Georgia, kamen – John und Irwin Peeples. Die beiden starrten ihm finster entgegen.

»Keine Angst«, sagte der PR-Mann. »Sobald der Staatsanwalt hier ist und ich Gelegenheit habe, mit ihm zu reden, können Sie die nächste Maschine nach Atlanta nehmen. Nach Atlanta geht alle halbe Stunde irgendein Flug.«

»Wir wollen aber nicht *irgendeinen* Flug«, erwiderte John Peeples. »Ich und Irwin fliegen mit Delta oder überhaupt nicht.«

»Kein Problem. Wenn es sein muß, schmeißen wir zwei andere raus, und innerhalb einer Stunde sitzen Sie in Ihrer Delta-Maschine.«

»Wenn ich Sie wäre«, schaltete Bill Henderson sich ein und nahm seine schwarz eingefaßte Lesebrille von der Nase, »dann würde ich diesen beiden Crackers* nichts versprechen. Es kann leicht sein, daß wir es hier mindestens mit Totschlag zu tun haben. Was weiß ich – womöglich ist die ganze Geschichte ein religiöses Komplott zur Ermordung dieses Krishna, und die beiden Crackers stecken von Anfang an mit drin. Stimmt's, Hoke?«

»Weiß ich noch nicht«, sagte Hoke. »Warten wir, was der Arzt und der Staatsanwalt zu sagen haben. Im günstigsten Fall, Mr. und Mr. Peeples, haben Sie noch eine lange Sitzung vor sich. Wir werden uns in der Stadt mit Ihnen unterhalten wollen, und wir müssen Ihre Aussagen zu Protokoll nehmen. Sie sind Hauptzeugen des« – er deutete auf den Leichnam am Boden – »Ablebens dieses Krishna hier, und deshalb kann es sein, daß der Staatsanwalt Sie für ein paar Monate in Miami in Schutzhaft nehmen möchte.«

Die beiden Brüder stöhnten. Hoke zwinkerte Bill Henderson zu und setzte sich zu ihm auf die Couch.

Der andere Hare Krishna, der Partner des Toten, fing wieder an zu weinen. Jemand hatte ihm seine Perücke zurückgegeben, und er hatte sie sich in die Jackentasche gestopft. Er war mindestens fünfundzwanzig, aber er sah sehr viel jünger aus, als er sein Schluchzen zu unterdrücken versuchte und sich mit den Fingerspitzen über die Augen wischte. Sein frisch rasierter Schädel glitzerte von Schweiß. Noch nie hatte er einen Toten gesehen, und jetzt lag sein »Bruder«, ein Mann, mit dem er gebetet und braunen Reis gegessen hatte, so tot, wie man nur sein konnte, auf dem blauen Teppich des VIP-Raums, zugedeckt mit einer cremefarbenen AeroMexico-Decke, unter der nur die Füße in weißen Baumwollsocken und abgetretenen Hush Puppies hervorschauten.

Dr. Merle Evans, der Gerichtsmediziner, erschien zusammen mit Violet Nygren, einer blonden, ziemlich unscheinbaren jungen Assistentin aus dem Büro der Staatsanwaltschaft. Hoke nickte den beiden Sicherheitsleuten an der Tür zu, und die beiden wurden durchgelassen. Hoke und Bill Henderson schüttelten Doc Evans die Hand, und die vier begaben sich in den hinteren Teil der Lounge, wo die Brüder Peeples, der PR-Mann und der weinende Krishna sie nicht hören konnten.

»Ich bin neu im Geschäft«, sagte Violet Nygren, nachdem sie sich vorgestellt hatte. »Ich bin erst seit letztem Juni bei der

* Cracker: Spitzname für Einwohner Georgias und Floridas

Staatsanwaltschaft; davor habe ich hier an der Universität Jura studiert. Aber ich bin lernwillig, Sergeant Moseley.«

Hoke grinste. »Na schön. Das ist mein Partner, Sergeant Henderson. Wenn Sie Anwältin sind, Miss Nygren, wo ist dann Ihre Aktentasche?«

»Ich habe einen Kassettenrecorder in meiner Handtasche«, erklärte sie und hielt dabei ihren ledernen Tragebeutel in die Höhe.

»War nur ein Scherz. Ich habe großen Respekt vor Anwältinnen. Meine Exfrau hatte eine, und seit zehn Jahren geht die Hälfte meines Gehalts für Unterhaltszahlungen drauf.«

»Mit Tötungsdelikten habe ich noch nie zu tun gehabt«, sagte sie. »Bis jetzt habe ich meistens Überfälle und Raub bearbeitet. Aber, wie gesagt, ich bin hier, um zu lernen, Sergeant.«

»Vielleicht handelt es sich hier gar nicht um ein Tötungsdelikt. Deswegen wollten wir, daß Doc Evans jemanden von der Staatsanwaltschaft mitbringt. Wir hoffen, daß es keines ist. Wir hatten dieses Jahr schon genug. Aber das müssen Sie und Doc Evans entscheiden.«

»Warum diese ungewohnte Zurückhaltung, Hoke?« fragte Doc Evans. »Was ist denn mit Ihnen los?«

»Ich sag Ihnen, was passiert ist. Der Tote unter der Decke ist ein Hare Krishna.« Hoke warf einen Blick in sein aufgeklapptes Notizbuch. »Sein Name ist Martin Waggoner, und nach Angaben des anderen Krishna da drüben leben seine Eltern in Okeechobee. Vor neun oder zehn Monaten kam er nach Miami und hat sich den Krishna-Jüngern angeschlossen. Sie wohnen beide in dem neuen Krishna-Ashram draußen an der Krome Avenue in den East Glades. Die beiden arbeiten seit sechs Monaten hier am Flughafen; es ist ihr fester Einsatzort. Die Sicherheitsleute vom Flughafen kennen sie und haben sie mehrmals verwarnt, weil sie Passagiere belästigten. Der Tote hatte mehr als zweihundert Dollar in der Brieftasche, der andere hat ungefähr hundertfünfzig. Soviel haben sie seit heute morgen um sieben hier zusammengebettelt.« Hoke warf einen Blick auf seine Armbanduhr. »Jetzt ist es erst Viertel vor eins, und der Krishna da drüben sagt, normalerweise nehmen sie zusammen zirka fünfhundert pro Tag ein.«

»Ziemlich viel Geld.« Violet Nygren zog die blassen Augenbrauen hoch. »Ich hätte nicht gedacht, daß soviel dabei zusammenkommt.«

»Die Sicherheitsleute sagen, daß außer dem hier noch zwei Krishna-Teams am Flughafen arbeiten. Die Kommune haben wir noch nicht informiert, und die Eltern des Toten in Okeechobee haben wir auch noch nicht angerufen.«

»Uns haben Sie auch noch nicht so schrecklich viel mitgeteilt«, sagte Doc Evans.

»Unser Problem, Doc, sind die Zeugen. Es gab an die dreißig Zeugen; sie standen in der Schlange bei AeroMexico, aber sie sind nach Mérida abgeflogen. Die beiden Burschen da drüben haben wir uns noch schnappen können« – Hoke wies auf die beiden Brüder aus Georgia, die Mitte Vierzig zu sein schienen –, »aber nur weil der häßlichere der beiden dem Opfer die Perücke geklaut hatte. Die Angestellten der Fluggesellschaft hinter dem Schalter wollen überhaupt nichts gesehen haben. Sie waren zu beschäftigt, sagen sie, und weil sie dabei waren, die Passagiere einzuchecken, vermute ich, daß es stimmt. Ich habe ihre Namen, und wir können später noch mal mit ihnen reden.«

»Schade«, sagte Henderson, »daß wir die Lady mit dem Krishna-Knackfrosch nicht finden konnten.«

»Was ist ein Krishna-Knackfrosch?« fragte Violet Nygren.

»Die verkaufen sie hier draußen in Buchläden und Drugstores. Es ist ein Stückchen Blech mit einer flachen Stahlfeder. Wenn man auf die Feder drückt, knackt es, und man benutzt das Ding, wenn die Krishnas einem auf die Nerven gehen. Der Krach vertreibt sie meistens. Es gab mal einen Krishna-Hasser hier draußen, der sie verschenkt hat, aber entweder sind ihm die Knackfrösche oder das Geld oder die Begeisterung ausgegangen – ich weiß es nicht. Jedenfalls meinen die beiden Brüder da drüben, daß diese Frau dem Geschehen am nächsten war und sie dem Krishna so lange mit ihrem Knackfrosch vor dem Gesicht herumgefuchtelt hat, bis er aufhörte zu schreien.«

»Wie wurde er denn getötet?« fragte Doc Evans. »Oder soll ich ihn anschauen und es Ihnen sagen? Ich muß zurück zum Leichenschauhaus.«

»Darum geht's ja gerade«, sagte Hoke. »Er wurde eigentlich nicht getötet. Er hat einen Kerl mit einer Lederjacke angesprochen. Der Typ hat ihm den Finger umgeknickt und gebrochen und ist dann davonspaziert und verschwunden. Der Krishna ging in die Knie, fing an zu schreien, und fünf oder sechs Minuten später war er tot. Die Sicherheitsleute haben die Leiche hier hereingebracht, der PR-Mann hat uns angerufen. So sieht's aus

– der Krishna ist an einem gebrochenen Finger gestorben. Was sagen Sie dazu, Miss Nygren? Ein Tötungsdelikt oder nicht?«

»Ich hab noch nie gehört, daß jemand an einem gebrochenen Finger gestorben ist«, sagte sie.

»Er muß am Schock gestorben sein«, sagte Doc Evans. »Sicher kann ich es Ihnen sagen, wenn ich ihn angesehen habe. Wie alt ist er, Hoke?«

»Einundzwanzig – laut seinem Führerschein.«

»Ich sag's ja.« Doc Evans preßte die Lippen zusammen. »Die jungen Leute von heute können einfach nicht mehr soviel Schmerz vertragen wie wir früher. Der hier war wahrscheinlich unterernährt und miserabel in Form. Der Schmerz kam unerwartet und war einfach zuviel für ihn. Es tut höllisch weh, wenn einem der Finger umgeknickt wird.«

»Wem sagen Sie das«, sagte Violet Nygren. »Mein Bruder hat das mit mir gemacht, als ich klein war.«

»Und wenn man den Finger ganz nach hinten biegt«, sagte Doc Evans, »bis er schließlich bricht – das ist ein saumäßiger Schmerz. Also bekam er vermutlich einen Schock. Niemand hat ihm heißen Tee eingeflößt, niemand hat ihn mit einer Dekke zugedeckt, und das war's dann. Es dauert nicht lange, bis man am Schock stirbt.«

»Fünf oder sechs Minuten, sagen die Brüder Peeples.«

»Das ist ziemlich rasch.« Doc Evans schüttelte den Kopf. »Tod durch Schock tritt meistens nach fünfzehn bis zwanzig Minuten ein. Aber ich will keine Vermutungen anstellen. Bevor ich mir die Leiche angesehen habe, weiß ich gar nichts – er kann ja auch eine Kugel im Leib haben.«

»Glaube ich nicht«, sagte Bill Henderson. »Ich hab nur den gebrochenen Finger gesehen, und der ist glatt durchgebrochen – hängt einfach runter.«

»Wenn es ein Unfall war«, sagte Violet Nygren, »handelt es sich vielleicht um einfache Körperverletzung. Andererseits – wenn der Mann in der Lederjacke die Absicht hatte, ihn auf diese Weise zu töten, weil er wußte, daß in der Familie dieses Krishna-Jüngers schon öfter Leute an Schock gestorben sind, dann ist es unter Umständen Mord.«

»Das ist ein bißchen weit hergeholt«, sagte Hoke. »Ich glaube, Sie werden sich mit Körperverletzung mit Todesfolge zufriedengeben müssen.«

»Da bin ich mir nicht so sicher«, sagte sie. »Wenn Sie auf

einen Mann schießen, und er stirbt später an Komplikationen, die durch die Schußverletzung verursacht werden – auch wenn er durch den Schuß nur ganz leicht verletzt wurde –, dann ändern wir die Anklage auf Totschlag oder Mord. Ich muß den Fall untersuchen, das ist alles. Wir können sowieso nichts tun, bevor Sie den Mann mit der Lederjacke fassen.«

»Das ist alles, was wir an Hinweisen haben«, sagte Hoke. »Eine Lederjacke. Wir wissen nicht einmal, welche *Farbe* die Jacke hatte. Einer sagte, er habe gehört, sie sei braun gewesen, jemand anders meinte, er habe gehört, sie sei grau. Wenn der Mann sich nicht selbst meldet, haben wir so gut wie keine Chance, ihn zu finden. Er kann in diesem Augenblick im Flugzeug nach England oder sonstwohin sitzen.« Hoke zog eine Kool aus einer zerdrückten Packung, zündete sie an, nahm einen Zug und drückte sie in einem Standaschenbecher aus. »Die Leiche gehört Ihnen, Doc. Wir haben seine Taschen ausgeräumt.«

Violet Nygren öffnete ihre Handtasche und schaltete ihren Kassettenrecorder aus. »Eigentlich sollte ich meiner Mom von diesem Fall erzählen«, sagte sie. »Wenn mein Bruder mir den Finger umknickte, hat sie ihn nie dafür bestraft.« Sie lachte nervös. »Jetzt kann ich ihr sagen, daß er versucht hat, mich umzubringen.«

3

Frederick J. Frenger, jun., der sich statt Freddy lieber Junior nennen ließ, war achtundzwanzig Jahre alt. Er sah älter aus, weil er ein hartes Leben gehabt hatte; die Falten in seinen Mundwinkeln erschienen zu tief für einen Mann Ende Zwanzig. Seine Augenfarbe war ein dunkles Blau, und seine buschigen blonden Augenbrauen waren fast weiß. Seine Nase war einmal gebrochen und dann schlecht gerichtet worden, aber manche Frauen fanden ihn attraktiv. Seine Haut war makellos und tiefbraun von langen Nachmittagen im Gefängnishof von San Quentin. Mit seinen einsachtundsiebzig hätte er zierlicher gebaut sein müssen, aber ein ausgedehntes Hanteltraining im Hof und eifriges Handballspielen hatten seinen Brustkasten, seine Schultern und Arme zu beinahe grotesken Proportionen aufschwellen lassen. Seine Bauchmuskeln hatte er so weit entwickelt, daß er mit in die Hüfte gestemmten Armen dastehen und sie wellenförmig rollen lassen konnte.

Freddy war wegen bewaffneten Raubüberfalls zu fünf Jahren bis lebenslänglich verurteilt worden. Die Strafe war auf vier Jahre reduziert und nach zwei Jahren zur Bewährung ausgesetzt worden. Aber nachdem Freddy die ersten zwei Jahre abgesessen hatte, hatte er die Aussetzung zur Bewährung abgelehnt: Er wollte noch zwei Jahre abreißen und dann tatsächlich frei sein. Er akzeptierte das Etikett auf dem Ordner mit seiner Akte im Büro des Gefängnisdirektors, das ihn als Gewohnheitsverbrecher kennzeichnete. Er wußte, daß er wieder ein Verbrechen begehen würde, sobald er frei war, und wenn sie ihn schnappten, solange die Bewährungsfrist galt, würde ihm allein die Verletzung der Bewährungsauflagen acht bis zehn Jahre einbringen. Erst dann begann die neue Strafe, die er für das, was immer er nach seiner Entlassung anstellen würde, abzusitzen hatte.

San Quentin ist überfüllt; daher gibt es nicht genug Jobs für alle, und man muß sich seinen Job verdienen. Freddy arbeitete gern (wenn er arbeitete), und er war tüchtig. Als er nach mehreren Monaten des Müßiggangs zum Dienst in der Küche eingeteilt worden war, hatte er sich den Betrieb dort aufmerksam angesehen. Dann hatte er ein zehnseitiges Memorandum an die Anstaltsleitung geschickt und detailliert erläutert, wie das Personal reduziert und der Service verbessert werden könnte, wenn bestimmte Vollzugsbeamte und Gefängnisköche entlassen beziehungsweise ausgewechselt würden. Zu seiner Überraschung fand er sich tags darauf im Gefängnishof wieder.

Sein Bericht, der einem Studenten der Betriebswirtschaft eine Zwei plus eingebracht hätte, trug Freddy die Feindschaft mehrerer Küchenmitarbeiter ein. Diese Beamten mit ihren soliden Verbindungen zur Machthierarchie unter den Gefangenen entschieden, daß man Freddy für seine Keckheit eine Lektion erteilen müsse. Eines Nachmittags drängten zwei schwarze Gefangene Freddy in eine Ecke und nahmen ihn sich vor. Als der Hofaufseher den Fall untersuchte, sagten sie aus, Freddy habe sie ohne Grund angefallen und sie hätten lediglich versucht, sich gegen seinen psychopathischen und rassistischen Angriff zu verteidigen. Da Freddy sich in den einschlägigen Tests als Psychopath und Soziopath erwiesen hatte (so wie die beiden anderen Gefangenen), steckte man ihn wegen seines grundlosen Überfalls auf zwei unschuldige Gefängnisinsassen für sechs

Tage ins Loch. Der schwarze Hofaufseher erteilte ihm überdies eine kurze Lektion in Rassismus.

Während der sechs trostlosen Tage im Loch, wo man ihm auch die Raucherlaubnis entzogen und seinen Speiseplan auf Wasser und Brot und einen Teller rote Bohnen alle drei Tage reduziert hatte, ließ Freddy sein Leben an sich vorüberziehen, und er begriff, daß der Altruismus sein Hauptfehler gewesen war.

Schon früher, als man ihn, einen jugendlichen Straftäter, nach Whittier ins Erziehungsheim gesteckt hatte, hatte er dort im Speisesaal einen Sitzstreik organisiert, um eine zweite Portion vom Sonntagsnachtisch zu erkämpfen (Reispudding mit Rosinen, den Freddy sehr gern aß). Der Streik schlug fehl, und Freddy saß seine vollen drei Jahre in Whittier ab.

In Ione, Kalifornien, hatte Freddy sich in der Jugendstrafanstalt Preston erneut hervorgetan: Er hatte mitgeholfen, den Ausbruch eines Jungen namens Enoch Sawyer zu planen. Enochs Vater hatte seinen Sohn beim Masturbieren erwischt und kastriert. Mr. Sawyer war ein tiefreligiöser Mann, und Masturbation betrachtete er als eine ruchlose Sünde gegen Gott. Mr. Sawyer wurde verhaftet, aber wegen seiner kirchlichen Verbindungen und wegen des Loblieds, das der Pfarrer in seiner Zeugenaussage auf ihn anstimmte, wurde er zu zwei Jahren Gefängnis mit Bewährung verurteilt. Doch als der junge Enoch, damals erst fünfzehn Jahre alt, von seiner unfreiwilligen Operation genesen war, hatte er sich zum Schrecken der Nachbarschaft entwickelt. Seiner Hoden beraubt und von seinen Schulkameraden verspottet, hatte er beinahe täglich seine Männlichkeit dadurch demonstriert, daß er einen oder auch mehrere seiner Peiniger halb totschlug. Er fürchtete sich vor nichts und konnte unglaubliche Strafen auf sich nehmen, anscheinend ohne zu bemerken oder sich darum zu scheren, wie schmerzhaft sie ausfielen.

Schließlich, mit siebzehn, war Enoch als unverbesserlich und Bedrohung für den Frieden von Fresno, Kalifornien, in die Jugendstrafanstalt Preston eingeliefert worden. In Preston, in der Gesellschaft einiger höchst abgebrühter junger Strafgefangener, hatte Enoch sich wiederum genötigt gesehen, seine Männlichkeit unter Beweis zu stellen, indem er andere Leute zusammenschlug. Seine Technik bestand darin, daß er auf jemanden – auf irgend jemanden – zuging und seinem Mitgefangenen eine harte Rechte in den Bauch oder unters Kinn rammte. Dann fuhr er fort, auf sein Opfer einzuprügeln, bis der Betreffende sich entweder zur Wehr setzte oder die Flucht ergriff.

Enochs Anwesenheit im Schlafsaal war ein Problem für die übrigen Insassen. Freddy hatte sich, um das Problem zu lösen, mit ihm angefreundet und einen Fluchtplan ausgearbeitet, und Enoch hatte er erzählt, er könne den Behörden ein für allemal beweisen, was für ein Mann er sei, wenn er einfach ausbreche. Aus Preston auszubrechen war nicht so schwierig, und mit Freddys Hilfe entkam Enoch mühelos. Er wurde vier Tage später in Oakland gefaßt, wo er versucht hatte, drei mexikanische Erntehelfer zu verprügeln und ihren Laster zu stehlen. Die drei überwältigten ihn, traten ihm seine verbliebenen Schneidezähne ein und übergaben ihn der Polizei. Enoch erzählte den Beamten in Preston, Freddy habe seinen Ausbruch für ihn geplant, und daraufhin wurde Freddy der Straferlaß gestrichen. Statt der zu erwartenden achtzehn Monate verbrachte er ganze drei Jahre dort. Darüber hinaus hatte er eine schwere Tracht Prügel eingesteckt, nachdem Enoch wieder nach Preston gebracht worden war.

Im Loch in San Quentin, wo es nicht völlig finster war – ein dünner Lichtstreifen kam unter der Tür durch –, dachte Freddy angestrengt über sein Leben nach. Sein Wunsch, anderen Gutes zu tun, war die Wurzel seiner Probleme gewesen und hatte sein Leben schlimmer statt angenehmer gemacht. Und wirklich geholfen hatte er dabei auch niemandem. Da beschloß er, sich nur noch um sich selbst zu kümmern.

Er gab das Rauchen auf. Wenn einem die Raucherlaubnis entzogen wird und man Nichtraucher ist, dann ist diese Strafe bedeutungslos. Als er wieder in den Hof durfte, reihte Freddy sich ruhig bei den Athleten ein, die dort täglich Eisen pumpten, und er arbeitete an seinem Geist ebenso wie an seinem Körper. Er las jede Woche das *Time*-Magazin, und er abonnierte den *Reader's Digest*. Auch den Sex gab er auf und verkaufte seinen kleinen pummeligen Knaben, einen goldbraunen Chicano aus East Los Angeles, für acht Stangen Chesterfield und zweihundert Milky Way. Für die Chesterfields (die Lieblingsmarke der schwarzen Gefangenen) und hundertfünfzig der Milky Ways bekam er eine Einzelzelle. Mit dem Machtgefüge unter den Gefangenen machte er seinen Frieden. Er hatte Selbstlosigkeit gegen Selbstsucht eingetauscht, hatte die Lektion gelernt, die jeder irgendwann lernen muß: Was ein Mann freiwillig aufgibt, kann man ihm nicht wegnehmen.

Jetzt war Freddy draußen. Wegen guter Führung hatten sie ihn nach drei Jahren entlassen, statt ihn die ganzen vier absitzen zu lassen. Sie brauchten Platz in San Quentin, und da zwei Drittel der Gefangenen als Psychopathen galten, konnte man ihm das nicht wirklich zur Last legen. Am Tag seiner Entlassung hatte der stellvertretende Direktor ihm den Rat gegeben, nicht nach Santa Barbara zurückzukehren, sondern Kalifornien zu verlassen und sich einen neuen Staat zu suchen.

»Auf diese Weise«, hatte der stellvertretende Direktor gesagt, »wird es, wenn sie dich wieder packen – und das werden sie –, in diesem speziellen Staat zumindest deine erste Straftat sein. Und vergiß nicht, Frenger – besonders glücklich warst du hier nie.«

Ein vernünftiger Rat. Nach drei erfolgreichen Raubüberfällen in San Francisco – mit seinen kräftigen Muskeln war es eine Kleinigkeit, jemandem den Arm auf den Rücken zu drehen und ihn mit dem Kopf gegen eine Mauer zu rammen – hatte Freddy dreitausend Meilen zwischen sich und Kalifornien gebracht.

Freddy ließ Wasser in die Wanne laufen und stellte die richtige Temperatur ein. Er zog sich aus und las dabei, was auf der Papptafel neben der Korridortür stand. Das Zimmer mußte bis mittags geräumt sein; damit hatte er vierundzwanzig Stunden Zeit. Er studierte den Fluchtweg und die Anweisungen für den Brandfall, nahm dann die Speisekarte für den Zimmerservice und ging damit ins Bad. Als die Wanne voll war, drehte er den Hahn zu. Er ging noch einmal hinaus an die Bar, füllte ein hohes Glas mit Eis und Ginger Ale und stieg in die Wanne, um die Karte zu lesen.

Er warf einen Blick auf das Speisenangebot und studierte dann die Weinkarte. Er konnte einen Wein nicht vom anderen unterscheiden, Jahrgänge sagten ihm nichts, aber die Preise verblüfften ihn. Die Vorstellung, einhundert Dollar für eine Flasche Wein zu zahlen – sei es auch mit einer gestohlenen Kreditkarte –, fand er unerhört. Der Gedanke ließ ihn außerdem vorsichtig werden. Er wußte, solange er nichts kaufte, was mehr als fünfzig Dollar kostete, würde kaum ein Verkäufer die 800er Nummer anrufen, um den Status der Kreditkarte zu überprüfen. Zumindest wäre es unüblich. Und in Hotels kamen sie normalerweise erst bei der Abreise dazu, die Karte zu überprüfen. Aber die Suite, die er genommen hatte, kostete hundertfünfunddreißig Dollar pro Tag. Nun, er würde sich darüber jetzt nicht den Kopf zerbrechen; und als er daran dachte, wie er Herman T. Gotlieb in einer kleinen Seitenstraße überfallen hatte, fühlte er sich gleich wieder ein wenig sicherer. Das war das Gute daran, wenn man Schwule überfiel: Der Polizei war es ziemlich egal, was denen passierte. Zumindest hatte Mr. Gotlieb eine schlimme Gehirnerschütterung, und er würde eine Zeitlang ziemlich verwirrt sein.

Freddy stieg aus der Wanne, trocknete sich mit einem goldgelben Badelaken ab und schlang es um die Taille. Er hätte sich rasieren müssen, aber er hatte kein Rasierzeug; sein Gesicht war sauber, fühlte sich aber mit den blonden Stoppeln schmutzig an. Wieder sah er seine vollgestopfte Aalhautbrieftasche durch. Er hatte neunundsiebzig Dollar in Scheinen und ein bißchen Kleingeld. Seine Opfer in San Francisco hatten wenig Papiergeld bei sich gehabt. Er hatte sieben Kreditkarten, aber er würde ein bißchen Bargeld brauchen.

Er stellte den gestohlenen Cardin-Koffer auf den Beistelltisch. Er war abgeschlossen. Wenn ein Rasierapparat drin war, konnte Freddy sich rasieren. Er hatte kein Messer – vielleicht gab es irgendwelche Geräte in der Minibar. Ja, da war ein Korkenzieher. Er brauchte fünf Minuten, um die beiden Schlösser zu knacken. Er klappte den Koffer auf und leckte sich die Lippen. Dies war immer ein spannender Augenblick – als öffne man ein Überraschungspaket oder eine Wundertüte. Man wußte nie, was man finden würde.

Es waren Frauensachen: Nachthemden, Blusen, Röcke, Slipper und Schuhe, Größe sechseinhalb, in gestrickten Hüllen. Ein Cocktailkleid aus schwarzer Seide, Größe sieben, ein weicher blauer Kaschmirpulli, Größe sieben/acht, und eine faltbare Cardin-Sonnenbrille in einem Eidechsenetui. Lauter teure Dinge – aber kein Rasierapparat: Anscheinend pflegte die junge Mutter, der der Koffer gehört hatte, sich nicht die Beine zu rasieren.

Freddy rief beim Chef der Hotelpagen an und verlangte Pablo.

»Pablo«, sagte er, als der Hoteldiener sich meldete, »hier spricht Mr. Gotlieb in Sieben-siebzehn.«

»Ja, Sir.«

»Schicken Sie mir ein Mädchen herauf. Ein ziemlich kleines – Konfektionsgröße sieben oder acht.«

»Wie groß?«

»Weiß ich nicht genau. Wie groß ist Konfektionsgröße sieben oder acht?«

»Die können ziemlich groß sein – von einsfünfzig bis einsfünfundsechzig oder mehr.«

»Das begreife ich nicht. Wie kann ein und dasselbe Kleid einer Frau passen, die einsfünfzig ist, und einer, die einsfünfundsechzig ist?«

»Ich weiß nicht, Mr. Gotlieb, aber mit Damengrößen ist das 'ne komische Sache. Meine Frau hat Hutgröße fünfundfünfzig. Ich hab siebeneinviertel, und dabei ist mein Kopf viel größer als ihrer.«

»Also gut. Schicken Sie mir einfach eine kleine herauf.«

»Für wie lange?«

»Weiß ich nicht. Spielt das eine Rolle?«

»Jetzt gilt noch die Tagesrate. Ich hätte eine kleine für Sie, aber die hat um fünf Uhr frei. Was anderes hab ich jetzt nicht. Heute abend könnte ich Ihnen eine andere besorgen, eine noch kleinere.«

»Nein, das ist schon okay. Bis fünf werde ich sie gar nicht brauchen.«

»Sagen wir, in ungefähr zwanzig Minuten?«

»Sie soll mir ein Clubsandwich mitbringen, mit ein paar Dillgurken.«

»Das kann sie nicht, Sir. Aber ich schicke Ihnen den Zimmerkellner mit einem Clubsandwich.«

»Gut. Mit Ihnen regle ich das später.«

»Ja, Sir.«

Das Clubsandwich, ein appetitliches Paket aus weißem Truthahnfleisch, durchwachsenem Speck, amerikanischem Käse, Salat und Tomatenscheiben auf weißem Toastbrot, kostete zwölf Dollar, plus einen Dollar Bedienung. Freddy zeichnete die Rechnung ab und gab dem Kellner einen Dollar Trinkgeld. Obwohl Gurken, Kartoffelchips, Krautsalat und Extra-Pappschälchen mit Mayonnaise und Senf dabei waren, war Freddy über den Preis für das Clubsandwich empört. Was zum Teufel war mit der Wirtschaft passiert, während er im Knast war?

Freddy vertilgte das halbe Sandwich und alle Gurken; die

andere Hälfte stellte er in den Kühlschrank. Die andere Hälfte, dachte er, war sechs Dollar wert – Himmel!

Es klopfte leise an der Tür. Freddy schob die Kette zurück und öffnete. Ein Mädchen mit kleinen, sehr gleichmäßigen Zähnen kam herein. Sie war tatsächlich klein – etwa einssechzig mit hohen Absätzen. Der über der Stirn spitz zulaufende Haaransatz und das zierliche Kinn ließen ihr Gesicht herzförmig erscheinen. Sie trug enge Jeans – auf dem linken Bein stand in drei Zoll hohen weißen Blockbuchstaben ROLLS ROYCE –, ein purpurrotes T-Shirt mit U-förmigem Halsausschnitt und baumelnde goldene Ohrringe. An ihrer Schulter hing ein Beutel aus weichem Känguruhleder, groß genug für Schulbücher. Freddy schätzte sie auf fünfzehn, vielleicht sechzehn Jahre.

»Mr. Gotlieb?« Sie lächelte. »Pablo sagte, Sie wollten mich sprechen?«

»Yeah«, sagte Freddy. »Wie alt bist du?«

»Neunzehn. Mein Name ist Pepper.«

»Ja. Das glaube ich. Hast du einen Ausweis?«

»Nur meinen Führerschein. Ich sehe nur so jung aus, weil ich kein Make-up trage, das ist alles.«

»Zeig mir deinen Führerschein.«

»Das brauche ich nicht.«

»Da hast du recht. Das brauchst du nicht. Du kannst auch gehen.«

»Wenn ich ihn zeige, kennen Sie meinen richtigen Namen.«

»Ich nenne dich trotzdem Pepper.«

Sie zog ihre Brieftasche aus dem Beutel und zeigte Freddy einen in Florida ausgestellten Führerschein. Der Name auf dem Führerschein war Susan Waggoner, und sie war zwanzig, nicht neunzehn.

»Hier steht, du bist zwanzig.«

Sie zuckte die Achseln. »Ich bin gern Teenager.«

»Was ist der Preis?«

»Tagesrate – Limit eine halbe Stunde – fünfzig Dollar bis fünf Uhr. Danach sind's fünfundsiebzig, aber ich hab um fünf Uhr Feierabend. Also fünfzig für dich – es sei denn, du willst Extras.«

»Okay. Gehen wir ins Schlafzimmer.«

Pepper zog die Tagesdecke von dem superbreiten Bett, schlug die Decken zurück und strich sie glatt. Sie streifte die Schuhe ab, das T-Shirt, die Jeans. Einen BH trug sie nicht, und sie brauchte auch keinen. Sie rollte ihren Slip herunter, legte sich auf das Bett, schob die Hände unter den Kopf und spreizte die mageren Beine. Als sie die Finger hinter dem Kopf verschränkte, verschwanden ihre kleinen Brüste fast völlig; nur die harten, erdbeerartigen Brustwarzen standen noch hervor. Ihr langes kastanienbraunes Haar, das im Nacken mit einem Gummiband zu einem Pferdeschwanz zusammengebunden war, lag wie ein rundes Fragezeichen rechts neben ihrem Kopf auf dem Kissen. Ihre gut gefetteten Schamhaare waren schmutzigblond und kraus.

Freddy wickelte sich das Badetuch vom Leib und ließ es auf den Boden fallen. Mit den mittleren drei Fingern der rechten Hand untersuchte er ihre vorgefettete Vagina. Stirnrunzelnd schüttelte er den Kopf.

»Da ist nicht genug Reibung für mich«, sagte er. »Ich bin an Jungs gewöhnt, weißt du. Läßt du dich auch in den Arsch ficken?«

»Nein, Sir. Ich weiß, ich sollte es tun, aber ich hab's mal versucht, und es tat zu weh. Ich kann's einfach nicht. Ich kann dir einen blasen, wenn du willst.«

»Schon gut. Ich bin sowieso nicht so wild drauf. Aber du solltest wirklich lernen, es mit dem Arsch zu machen. Da verdienst du mehr Geld, und wenn du lernst, dich richtig zu entspannen – «

»Das hat Pablo auch gesagt. Aber ich kann es einfach nicht.«

»Was für eine Kleidergröße hast du?«

»Kommt drauf an. Manchmal paßt mir fünf, aber meistens brauch ich sechs oder sieben. Hängt vom Hersteller ab. Die haben alle unterschiedliche Größen.«

»Probier das hier mal an.« Freddy holte das schwarze Seidenkleid aus dem Wohnzimmer. »Zieh dir erst deine Schuhe an, und dann schau in den Spiegel. An der Badezimmertür ist innen ein großer Spiegel.«

Pepper schlüpfte in das Kleid und drehte sich zur Seite, während sie in den Spiegel schaute. Sie lächelte. »Steht mir gut, nicht? An der Taille muß ich es allerdings etwas enger machen.«

»Für fünfzig Dollar kannst du es haben.«

»Ich hab nur zwanzig bei mir. Ich kann dir gratis einen blasen.«

»Das ist doch kein Angebot! Man kann überall gratis einen

geblasen kriegen. Zum Teufel damit. Ich bin kein Vertreter. Behalte das Ding. Und da du schon mal hier bist – nimm diesen Koffer mit Klamotten auch mit. Da sind ein paar Röcke drin und andere Sachen. Und ein hübscher Kaschmirpulli. Den Koffer kannst du auch haben.«

»Woher hast du all die tollen Sachen?«

»Sie gehören meiner Frau. Als ich sie verließ, hab ich das Zeug mitgenommen. Ich hab's bezahlt, also ist es meins.«

»Du hast deine Frau verlassen?«

»Ja. Wir lassen uns scheiden.«

»Wegen der Jungs?«

»Was für Jungs?«

»Du hast gesagt, du bist an Jungs gewöhnt, und da hab ich eben angenommen. daß – «

»Meine Güte. Seit wann arbeitest du für Pablo?«

»Seit Anfang des Semesters. Ich gehe zum Miami-Dade Community College in der City. Ich brauche das Geld für die Schule.«

»Nun, eins der ersten Dinge, die du lernen solltest, ist, daß man seinen Kunden keine persönlichen Fragen stellt.«

»Tut mir leid. Ich wollte nicht neugierig sein.« Sie fing an zu weinen.

»Wieso weinst du denn, um Gottes willen?«

»Ich weiß es nicht. Es überkommt mich manchmal einfach. Ich bin nicht sehr gut in diesem Job, nicht mal in der Tagschicht, und wenn ich ohne Geld zu Pablo zurückkomme, dann – «

»Im Schrank ist ein Plastiksack für die Wäsche. Tu die Kleider hinein, und gib Pablo den leeren Koffer. Er kann die Schlösser auswechseln lassen, und dann hat er einen Zweihundert-Dollar-Koffer. Ich regle das später mit ihm. Okay?«

Pepper hörte auf zu weinen, wischte sich die Augen ab und zog ihre eigenen Sachen wieder an. Die anderen Kleider packte sie säuberlich in den Plastiksack.

»Was tust du, wenn du um fünf Uhr Feierabend hast?«

»Meistens gehe ich zu Fuß in die Stadt, esse irgendwo, und dann hab ich einen Kurs. Heute abend hab ich um Viertel nach sechs Englisch; es dauert bis zwanzig vor acht, es sei denn, Mr. Turner läßt uns früher gehen. Manchmal, wenn wir eine Arbeit zu schreiben haben, läßt er uns nach Hause gehen, damit wir sie dort schreiben.«

Warum, dachte Freddy, belügt sie mich? Kein College würde diese unglaublich dumme junge Frau jemals als Studentin akzeptieren. Andererseits – in San Quentin hatte er ein paar Collegeabsolventen kennengelernt. Auch wenn sie meistens die besten Jobs bekamen, schienen sie eigentlich nicht klüger zu sein als die meisten anderen Gefangenen. Vielleicht log das Mädchen doch nicht. Er wußte nicht, welche Anforderungen ein College stellte, aber vielleicht waren sie für Frauen ja viel niedriger als für Männer. Eine Frau mit einem Auto, die ihm die Stadt zeigte – das wäre nicht schlecht. Bis jetzt bestand sie für ihn nur aus weißen Gebäuden und verschwommenen grünen Flecken.

»Ich sag dir was, Pepper. Ich lade dich zum Essen ein, und dann warte ich, bis du aus dem Kurs kommst. Dann kannst du mich ein bißchen herumfahren. Du hast einen Führerschein, also hast du wahrscheinlich auch ein Auto.«

»Es gehört meinem Bruder. Ich hab es eigentlich immer, aber ich muß mich heute abend um halb neun mit ihm am Flughafen treffen, um Geld abzuholen. Er arbeitet da draußen, und er gibt mir jeden Tag sein Geld, damit ich es auf die Bank bringe. Da, wo er arbeitet, darf er kein Auto haben.«

»Ihr wohnt nicht zusammen?«

»Nicht mehr. Anfangs schon, als wir von Okeechobee nach Miami gekommen sind, aber jetzt habe ich das Apartment für mich allein.«

»Das geht in Ordnung. Ich hab nichts dagegen, noch mal zum Flughafen hinauszufahren. Ich möchte mich nur mit der Stadt vertraut machen. Ich gebe dir ein anständiges Trinkgeld, oder ich lade dich zu einem Drink ein. Vielleicht gehen wir ins Kino. Was meinst du?«

Sie lächelte. »Das wäre prima. Mit mir ist keiner mehr ausgegangen, seit ich hierherkam, Mr. Gotlieb – «

»Du kannst mich Junior nennen.«

»Junior? Okay, und du kannst Susie zu mir sagen. Pablo hat gemeint, ich sollte mich Pepper nennen, weil die Kunden dann denken, ich wär scharf. Pablo ist so was wie mein Manager, und er versteht was von diesen Dingen. Aber mir ist aufgefallen, daß die meisten Männer lachen, wenn ich ihnen sage, ich heiße Pepper. Du hast nicht gelacht – Junior –, und ich glaube, du bist furchtbar nett.«

»Ich bin nett, Susie, und du gefällst mir. Ich sag dir was: Laß den Kleiderbeutel hier und nimm den Koffer mit runter zu

Pablo. Dann weiß er nicht, daß du die Sachen hast, und ich kann sie dir mitbringen, wenn wir uns treffen.«

»Ich esse meistens bei Granny's zu Abend. Das ist ein vegetarisches Restaurant in der Nähe des Campus, ungefähr acht Querstraßen von hier. Ich gehe zu Fuß, weil ich den Wagen in der Parkgarage bei der Uni lasse, aber du kannst ein Taxi nehmen. Die Taxifahrer wissen alle, wo es ist, auch die, die kein Englisch sprechen.«

Sie reichte ihm den Kleidersack.

»Dann sehen wir uns also um fünf im Granny's.«

»Es wird wohl Viertel nach fünf werden. Aber ich komme, so rasch ich kann.«

»Gut. Dann wünsche ich dir noch einen erfolgreichen Nachmittag.«

»Danke. Aber was immer du tust, sag Pablo nichts davon. Wir sollen mit den Freiern nicht ausgehen – deshalb will ich, daß wir uns im Granny's treffen.«

»Pablo ist meiner Meinung nach ein Arschloch. Ich werde ihm sagen, daß ich von dem langen Flug und durch den Zeitunterschied völlig fertig bin und es deshalb nicht gebracht habe. Ich werde ihm einen Zehner zustecken, und das wird ihn so glücklich machen, daß er kein Wort zu dir sagt. Von unserer Verabredung erzähle ich ihm nichts. Keine Angst.«

Susan errötete und blickte schüchtern zu Boden. »Du kannst mich auf die Wange küssen und die Verabredung damit besiegeln, sozusagen. Dann weiß ich, daß du wirklich ins Granny's kommst. Ich weiß, ihr Männer küßt uns nicht gern auf den Mund ...«

»Ich hab nichts dagegen, dich auf den Mund zu küssen.«

»Ehrlich nicht?«

Freddy küßte sie keusch, beinahe zärtlich auf die Lippen und brachte sie dann zur Tür. Sie winkte ihm mit den Fingern und lächelte; dann schloß er die Tür hinter ihr und legte die Kette vor. Sie hatte den leeren Koffer vergessen, und er hatte noch immer den Beutel mit den Kleidern in den Händen. Dann würde er Pablo eben den Koffer geben, nicht die zehn Dollar, wie er es ursprünglich vorgehabt hatte. Er wußte, solange er die Kleider hatte, würde sie zum Granny's kommen.

Er hatte immer noch genug Zeit, um ein bißchen einzukaufen.

4

Bill Henderson und Hoke Moseley verbrachten den Rest des Nachmittags an dem Doppelschreibtisch, den sie in einem Glasverschlag im neuen Gebäude des Miami Police Department teilten, und verfaßten ihre Berichte. Als Sergeants hatten sie ein Recht auf dieses winzige Büro, dessen Tür zugemacht und abgeschlossen werden konnte, aber es war viel beengter und unbequemer als draußen in dem Großraumbüro, wo die Schreibtische der anderen Detectives standen. Der Raum war völlig schmucklos; nur ein Poster im Format 55 x 75 hing mitten auf der einzigen Wand, die nicht aus Glas war. Es zeigte eine Hand, die eine Pistole hielt, und die Pistole zielte auf den Betrachter. Unter der Pistole stand in dicken schwarzen Buchstaben: MIAMI – SEHEN SIE'S MIT DEN AUGEN EINES EINHEIMISCHEN!

Als sie die Aussagen der Brüder Peeples zu Protokoll nahmen, konnte immer nur einer in dem winzigen Büro sein. Verärgert über die unkooperative Haltung der beiden Crackers ließen sie sie mit dem Taxi zum Flughafen zurückfahren, statt sie mit einem Streifenwagen zu dem PR-Mann zu bringen.

Hoke warf einen Vierteldollar in die Höhe. Henderson verlor, und das bedeutete, daß er Martin Waggoners Vater in Okeechobee anrufen und ihm die traurige Nachricht beibringen mußte. Während Henderson telefonierte, ging Hoke hinunter in die Cafeteria des Reviers und holte zwei Styroporbecher Kaffee. Er trank seinen in der Cafeteria und trug dann den anderen, der inzwischen fast kalt geworden war, zu Henderson hinauf. Henderson nippte einmal an der lauwarmen Brühe, drückte den Deckel wieder fest und warf den Becher in den Papierkorb.

»Mr. Waggoner hat gesagt, sein Sohn würde hier mit seiner Schwester zusammenwohnen, und daß der Junge tot ist, glaubt er erst, wenn sie den Leichnam identifiziert hat. Sein Sohn war ein tiefreligiöser Junge, behauptet er, und nicht der Typ, der sich mit irgend jemandem prügelt. Ich hab' ihm erzählt, daß es keine Prügelei gegeben hat und wie es passiert ist, und er meinte, da müsse mehr dahinterstecken. Ich weiß, was er empfindet, der arme Kerl. Als ich ihm sagte, sein Sohn sei an einem gebrochenen Finger gestorben, kam ich mir selbst wie ein Lügner vor.«

»Er ist nicht an einem gebrochenen Finger gestorben. Er ist am Schock gestorben.«

Henderson zuckte die Achseln. »Ich weiß. Ich hab ihm auch gesagt, was Doc Evans über Schocks erzählt hat. Jedenfalls hab ich Mr. Waggoner angerufen, und jetzt kannst du die Schwester übernehmen, damit sie den Toten identifiziert.«

»Du hast beim Münzwerfen verloren – «

»Und ich hab Mr. Waggoner angerufen. Die Schwester ist neu dazugekommen, und meine Frau wartet mit dem Abendessen auf mich. Wir haben Besuch. Du bist alleinstehend – «

»Geschieden.«

»Allein, ohne Verantwortung, ohne Verpflichtungen.«

»Ich zahle Unterhalt für eine Frau und zwei halbwüchsige Töchter.«

»Manchmal brichst du mir das Herz. Deine Abende sind trostlos und leer. Du hast keine Freunde – «

»Ich dachte, du und ich, wir wären Freunde?«

»Sind wir auch. Deshalb kannst du die Schwester auftreiben, während ich nach Hause fahre zu meiner rechthaberischen Frau, meinem schlaksigen Sohn und meiner Tochter, die Akne hat. Dann kann ich ein Ehepaar, das meine Frau nett findet und ich nicht ausstehen kann, mit Drinks und einem Abendessen bewirten.«

»Okay, wenn du mir so plastisch schilderst, welche Freuden mir entgehen, mach ich's eben. Hast du ihre Adresse?«

»Ich hab alles aufgeschrieben und ein bißchen rumtelefoniert. Sie wohnt in der Kendall Pines Terrace, draußen an der 157. Avenue. Gebäude Sechs-Ost, Apartment vier-achtzehn.«

»Kendall? Das ist verdammt weit draußen.« Hoke übertrug die Angaben auf dem gelben Schreibblock in sein Notizbuch.

»Du hast Glück, denn sie ist nicht zu Hause. Susan Waggoner studiert am Miami-Dade, auf dem New World Campus in der Stadt. Sie hat um Viertel nach sechs einen Kurs. Ich habe bereits in der Verwaltung angerufen; wenn du dich dort im Büro meldest, schicken Sie eine studentische Hilfskraft mit dir zum Seminarraum und holen das Mädchen raus. Du hast sogar noch Zeit, vorher einen zu trinken. Zwei, wenn du willst.«

»Und so wendet sich noch alles zum Besten, nicht wahr? Du kannst nach Hause zum Essen fahren, und ich kann ein hysterisches Mädchen zum Leichenschauhaus begleiten, damit sie dort ihren toten Bruder besichtigt. Aller Wahrscheinlichkeit nach darf ich sie dann den ganzen weiten Weg hinaus nach Kendall fahren und sie beruhigen. Und dann muß ich zurück nach Miami Beach. Wenn ich Glück habe, bin ich vielleicht rechtzeitig zu den Elf-Uhr-Nachrichten zu Hause.«

»Was soll's, Hoke, alles bezahlte Überstunden.«

»Freizeitausgleich. Mein Soll für bezahlte Überstunden habe ich diesen Monat schon übererfüllt.«

»Was ist der Unterschied?«

»Fünfundzwanzig Dollar. Haben wir dieses Gespräch nicht schon mal geführt?«

»Letzten Monat. Nur letzten Monat war ich derjenige, der bis vier Uhr morgens in der Eisenwarenhandlung sitzen mußte, während du nach Hause fahren und ins Bett gehen konntest.«

»Aber bei dir waren's bezahlte Überstunden.«

»Nein, Freizeitausgleich.«

»Was ist der Unterschied?«

»Fünfundzwanzig Dollar.«

Sie lachten, aber das Lachen konnte Hokes Unbehagen nicht verbergen. Er wußte nicht, was schlimmer war – einem Vater zu sagen, daß sein Sohn tot ist, oder einer Schwester zu sagen, daß ihr Bruder tot ist. Aber er war froh, daß er es nicht beiden zu sagen brauchte.

5

In seinen neuen Kleidern sah Freddy aus wie ein waschechter Miamianer. Er trug ein hellblaues *guayabera*, eine weiße Leinenhose, deren Beine in unregelmäßigen Abständen mit winzigen goldenen Tennisschlägern bestickt waren, weiße Lackslipper mit Bommeln, einen Gürtel mit einer wie ein Delphin geformten Chromschnalle und hellblaue und zu seinem *guayabera* passende Socken. Im Frisiersalon des Hotels hatte er sich einen Zwanzig-Dollar-Haarschnitt und eine Acht-Dollar-Rasur verpassen lassen; beides hatte er, zusammen mit einem großzügigen Trinkgeld für den Friseur, auf die Zimmerrechnung setzen lassen. Jetzt konnte man ihn für einen Einheimischen halten – oder für einen Touristen aus Pennsylvania, der die gesamte Saison hier unten verbrachte.

Freddy kam kurz vor fünf zum Granny's, bestellte eine Kanne Ginseng-Tee und erzählte der breithüftigen kubanischen

Kellnerin, er warte auf eine Freundin. Ginseng-Tee hatte er noch nie probiert, aber es gelang ihm, den bitteren Geschmack ein wenig zu mildern, indem er drei Löffel braunen Rohrzucker in seine Tasse rührte. Aus der Speisekarte wurde er nicht recht schlau. Nachdem er sie überflogen hatte, beschloß er zu bestellen, was Susan bestellen würde, und das Beste zu hoffen. Der Ginseng-Tee war mies, aber der Gunpowder-Tee, den die Kellnerin ihm empfohlen hatte, war ihm erst recht zweifelhaft erschienen. Die Zigaretten waren ihm ausgegangen; seit der Haftentlassung hatte er das erste Päckchen geraucht. Aber als er die Kellnerin bat, ihm eine Packung Winston 100 zu bringen, erklärte sie, daß das Rauchen im Granny's nicht erlaubt sei; außerdem seien Zigaretten »Gift für den Körper«.

Im Grunde, begriff Freddy, wollte er auch gar nicht rauchen. Die Gewohnheit im Gefängnis abzulegen war schwierig gewesen. Sechs Tage im Loch ohne Zigaretten waren kein schlechter Anfang gewesen und hatten seinem Körper geholfen, das gespeicherte Nikotin abzubauen, aber seine psychische Abhängigkeit vom Rauchen hatte sich dabei nicht gelegt. Es gab nur wenige Dinge im Gefängnis, die man allein tun konnte. Rauchen war eines davon. Rauchen half einem nicht nur, die Zeit zu vertreiben, sondern es gab auch den Händen etwas zu tun. Bevor er angefangen hatte, ernsthaft Gewichte zu stemmen, war er tagelang im Hof herumgelaufen, ohne eine Zigarette zu rauchen; das waren die schlimmsten Tage seiner gesamten Knastzeit gewesen. Und dennoch – nach seiner Ankunft im Busbahnhof San Francisco hatte er sich zuallererst eine Schachtel Winston 100 gekauft. Für diese Marke hatte er sich wegen der dunkelroten Packung entschieden. Aus irgendeinem Grund hatte er das Rauchen mit Freiheit assoziiert, auch wenn das Rauchen in Wahrheit eine Form der Sklaverei war. Damit war die Sache erledigt. Er würde wieder aufhören, bevor er sich erneut daran gewöhnte. Denn sonst müßte er, sobald er wieder im Gefängnis war, den ganzen qualvollen Entzug noch einmal durchmachen.

Susan war immer noch in Arbeitskleidung, als sie ein paar Minuten nach fünf ankam. Sie winkte ihm von der Tür her zu und kam zu ihm an den Zweiertisch an der Wand. Sie zog den Kopf ein und setzte sich unter einen bedrohlichen Hängekorb mit einer kaskadenförmigen Masse von Farnkräutern. Offensichtlich freute sie sich, Freddy wiederzusehen.

»Du hast den Koffer vergessen«, sagte Freddy, »aber ich hab

ihn Pablo gegeben. Die Kleider sind in dem Beutel unter dem Tisch.«

»Ich hab ihn nicht wirklich vergessen. Ich hab's mir nur anders überlegt. Viele Angestellte im Hotel wissen, was ich da tue, und sie mögen mich nicht. Sie mögen keine von uns, weil wir so gut verdienen. Wenn ein Zimmermädchen mich mit dem Koffer gesehen hätte, dann hätte sie den Hausdetektiv gerufen und behauptet, ich hätte ihn einem Gast gestohlen oder so was. Und wenn ich dem Hausdetektiv die Wahrheit gesagt hätte, wäre er zu dir gekommen, um die Sache zu überprüfen, und dann hätte er gemerkt, daß du weiter kein Gepäck hast. Und dann hättest du vielleicht Schwierigkeiten bekommen. Weißt du, ich glaube, du hast den falschen Koffer mitgenommen, als du von deiner Frau weggingst. Du hast ihren genommen, nicht deinen eigenen. Stimmt's?«

»So ähnlich. Das ist interessant, Susan. Ich hätte nicht gedacht, daß du dir so was Kompliziertes überlegen könntest.«

»Ich hab nicht immer soviel nachgedacht. Auf der High-School in Okeechobee hatte ich nur eines im Kopf, nämlich meinen Spaß. Aber auf dem Miami-Dade College wollen die Lehrer, daß wir unser Gehirn benutzen.«

»Wo liegt Okeechobee?«

»Oben am See, wenn man nach Disney World rauffährt.«

»An welchem See?«

»Am Lake Okeechobee!« Susan lachte. »Das ist der größte See im ganzen Süden. Hier unten kriegen alle ihr Wasser aus dem Lake Okeechobee.«

»Ich bin aus Kalifornien. Ich hab keinen Schimmer von Florida.«

»Und ich hab keinen Schimmer von Kalifornien. Damit sind wir wohl quitt.«

»Lake Tahoe ist ein ziemlich großer See in Kalifornien. Schon mal vom Tahoe gehört?«

»Gehört – aber wo er liegt, weiß ich nicht.«

»Ein Teil davon gehört zu Nevada, der Rest ist in Kalifornien. Auf der Nevada-Seite kann man in den Kasinos spielen.«

»In Florida ist Glücksspiel verboten – außer Pferderennen, Galopp und Trab, dann Hunde und *jai alai*. Ach ja, bei Hahnen- und Hundekämpfen kann man auch wetten, wenn man weiß, wohin man gehen muß. Aber alle anderen Formen des Glücksspiels sind unmoralisch, sagt der Gouverneur.«

»Ist der Gouverneur ein Jesuit?«

»Das ist ein Katholik, oder?«

»Ein gebildeter Katholik – so hat man es mir wenigstens erklärt.«

»Nein, er ist Protestant. Es wäre reine Geldverschwendung, wenn ein Katholik hier unten kandidieren würde.«

»Erzähl mir von Okeechobee, erzähl mir, warum du nach Miami gekommen bist.«

»Na, zum einen ist es da oben viel heißer als hier. Und es regnet auch mehr, wegen des Sees. Die Stadt ist klein, nicht so groß wie Miami, aber du kannst einiges unternehmen: Bowling spielen, durch die Kneipen ziehen, fischen, schwimmen. Aber wenn du die Großstadt vorziehst, dann wird dir Okeechobee nicht gefallen. Wenn ein Mädchen da nicht heiratet, hat sie kaum eine Zukunft, und mich wollte noch keiner heiraten. Ich hab für meinen Daddy und meinen Bruder gekocht, aber das hat mich nicht daran gehindert, schwanger zu werden. Eigentlich bin ich deswegen nach Miami gekommen – wegen der Abtreibung. Mein Vater meinte, es wär eine Schande, so schwanger zu werden, und er hat gesagt, ich bräuchte gar nicht nach Hause zurückzukommen – «

»Im *Reader's Digest* stand, ungefähr vierzig Prozent aller Mädchen, die schwanger werden, sind nicht verheiratet. Wieso stellt er sich so an?«

»Mein Bruder Marty hatte deswegen einen großen Streit mit ihm. Er hat zu Daddy gesagt, es wäre das Recht des Herrn, Leute zu bestrafen, und Daddy hätte nicht das Recht, über mich zu Gericht zu sitzen. Es lief also darauf hinaus, daß Marty mit mir gehen mußte und auch nicht wieder nach Hause kommen soll. Es gibt nicht viel, woran Daddy glaubt, und Marty ist richtig religiös, weißt du.«

»Und da seid ihr beide nach Miami gekommen?«

Sie nickte. »Mit dem Bus. Marty und ich stehen einander sehr nahe. Wir sind nur zehn Monate auseinander, und er hat gegen Daddy immer meine Partei ergriffen.«

Die Kellnerin unterbrach sie. »Möchten Sie noch Tee, oder wollen Sie jetzt bestellen?«

»Ich nehme den Circe-Salat«, sagte Susan. »Den nehme ich immer.«

»Ich auch«, sagte Freddy.

»Der Circe-Salat wird dir schmecken. Daddy wird sauer, aber

er kommt immer wieder drüber weg. Ich glaube, jetzt könnten wir wieder nach Hause kommen, und er würde kein Wort sagen. Aber wir haben's hier unten so gut getroffen, daß wir noch lange bleiben werden. Wir sparen unser Geld, und wenn wir genug zusammen haben, will Marty zurück nach Okeechobee und uns eine Burger-King-Lizenz besorgen. Er wird den Laden tagsüber leiten, ich nachts. Dann bauen wir uns ein Haus am See und kaufen ein Speedboat und so.«

»Marty hat sich alles genau überlegt.«

Susan nickte. »Darum gehe ich ja zum College. Wenn ich mit Englisch und Sozialwissenschaft fertig bin, werde ich Betriebswirtschaft und Managementseminare belegen.«

»Was ist denn mit eurer Mutter? Wie findet sie es, daß ihr fortgegangen seid?«

»Ich weiß gar nicht, wo sie ist, und Daddy auch nicht. Sie hat im Fernfahrerlokal hinter der Theke gestanden, und eines Nachts, ich war erst fünf Jahre alt, ist sie mit einem Lkw-Fahrer abgehauen. Daddy hat sie durch einen Privatdetektiv bis New Orleans verfolgt, und dann verlor sich ihre Spur.

Aber Marty und mir geht's hier wirklich gut. Er sammelt Geld für die Hare Krishnas, und davon gibt er mir mindestens hundert Dollar jeden Tag, damit ich sie auf die Bank bringe. Marty hat ein hartes Leben, wenn man es mit meinem vergleicht, denn er darf nachts nicht raus und muß jeden Morgen um vier Uhr aufstehen und beten. Aber es macht ihm nichts aus, sieben Tage die Woche am Flughafen zu arbeiten – nicht, wenn er dabei hundert Dollar pro Tag sparen kann.«

»Ich glaube, ich habe heute einen am Flughafen gesehen. Ich verstehe diese Hare-Krishna-Geschichte nicht. Was sind das eigentlich für Leute? Amerikanisch klingt der Name nicht.«

»Aber sie sind Amerikaner. Es ist eine Art religiöser Kult aus Indien, eine professionelle Bettler-Organisation, und sie sind überall in den Vereinigten Staaten. In Kalifornien muß es sie auch geben.«

»Kann sein. Ich hab nur noch nie von ihnen gehört.«

»Na, Marty sah die Vorteile jedenfalls sofort; es ist eine Möglichkeit, legal zu betteln.«

Susan beugte sich nach vorn und senkte die Stimme.

»Weißt du, was er tut, läuft darauf hinaus, daß er einen Dollar für die Krishnas in die eine Tasche steckt und den anderen für uns in die andere Tasche. Die Krishnas als religiöse Organisation dürfen am Flughafen betteln. Wenn du dich dort hinstellst und betteln willst, wirst du eingesperrt.«

»Mit anderen Worten: Dein Bruder beklaut die Krishnas nach Strich und Faden.«

»Ich schätze, so kann man es auch ausdrücken. Er sagt, sie würden ihn rausschmeißen, wenn sie ihm je auf die Schliche kämen. Aber sie werden nichts merken. Ich treffe Marty jeden Abend am Briefkasten vor dem Airport Hotel auf dem Flughafengelände. Ich tue so, als müßte ich einen Brief einwerfen, und er steckt mir dabei das Geld in die Handtasche. Er hat einen Partner, der auf ihn aufpasssen soll, aber Marty kann immer mal für 'ne Minute weg, um aufs Klo zu gehen. Ich verstehe bloß nicht, weshalb diese Fluggäste ihm Fünfer und Zehner und manchmal sogar einen Zwanziger geben, bloß weil er danach fragt. Er sagt, sie trauen sich nicht, es nicht zu tun, weil sie alle aus irgendeinem Grund ein schlechtes Gewissen haben. Jedenfalls bringt er da draußen in einer Zwölf-Stunden-Schicht eine Menge Geld zusammen.«

Die Kellnerin brachte ihnen den Circe-Salat: große Blätter Romana-Salat, Orangenspalten, Bohnen- und Weizenkeime und Kokosraspeln mit einem Klecks Vanillejoghurt, bestreut mit in Ginseng getränktem Zuckerrohrsägemehl. Der Salat wurde in einer Porzellanschüssel serviert, die aussah wie eine riesige Muschelschale.

»In einem vegetarischen Restaurant habe ich noch nie gegessen.«

»Ich auch nicht, bevor ich nach Miami kam. Du brauchst das nicht zu essen, wenn du es nicht magst.«

»Ich mag die Ginsengwurzel nicht. Tun sie die hier überall dran?«

»Mehr oder weniger. Angeblich ist es gut für den Sex; weil sie hier kein Fleisch servieren, nehmen sie Ginseng. Ich glaube, das ist der Grund dafür.«

»Fleisch wäre mir lieber. Das hier wäre okay, wenn der Ginsenggeschmack nicht wäre. Wie war der Nachmittag für dich?«

»Fünfzig Dollar. Ein Kolumbianer und ein alter Mann aus Dayton in Ohio. Wenn man die Kleider mitrechnet, die du mir geschenkt hast, dann war es ein guter Tag für mich. Außerdem hab ich dich kennengelernt. Du bist der netteste Mann, der mir je begegnet ist.«

»Ich finde dich auch nett.«

»Deine Hände sind wunderschön.«

»Das hat mir noch niemand gesagt. Hier – du kannst den Rest von meinem Salat haben.«

»Du hast ja nicht mal den Joghurt probiert.«

»Joghurt? Ich dachte, das ist saures Eis.«

»Nein, es ist Joghurt. Das muß ein bißchen sauer schmekken.«

»Ich mag's nicht.«

»Tut mir leid, Junior. Wahrscheinlich hätten wir uns besser im Burger King getroffen. Der ist gleich gegenüber der Uni.«

»So hungrig bin ich nicht. Auf dem Zimmer habe ich ein Clubsandwich gegessen, bevor ich mir die neuen Sachen gekauft habe.«

»Das blaue Hemd paßt zu deinen Augen. Hast du es gekauft, weil es zu deinen Augen paßt?«

»Nein. Mir gefallen die Extrataschen. Es ist zu heiß für ein Jackett, und ich brauche die Taschen. Ist es hier immer so heiß?«

»Es sind nur knapp dreißig Grad. Für Oktober ist das normal. Im Sommer wird's wirklich heiß, vor allem oben in Okeechobee. Und dann sind da noch die Moskitos. Es wird so heiß, daß man nichts mehr tun kann, selbst wenn man wollte. Wenn man abends in ein Autokino fährt, tut man nichts als schwitzen, Bier trinken und Cutter's versprühen.«

»Cutter's?«

»Moskitospray, und es hilft wirklich. Oh, sie summen dir dann immer noch um die Ohren, aber sie landen nicht mehr auf dir – nicht, wenn du genug Cutter's gesprüht hast. Es gibt noch 'ne Marke, aber wenn man sich damit einsprüht, kriegt man Ausschlag. Aber das ist einem egal, weil man schon Ausschlag von der Hitze hat. Ich glaube, wir zahlen jetzt besser; ich muß in den Englischkurs.«

»Ich zahle. Gib mir deinen Bon.«

»Nein, ich lade dich ein. Wenn du willst, kannst du mit in den Kurs kommen. Da gibt's eine Klimaanlage, und Professor Turner wird nichts dagegen haben. Er wird sowieso glauben, daß du zum Kurs gehörst. Er hat gesagt, er lernt unsere Namen nicht. Wie die Einser- und die Sechser-Studenten heißen, sagt er, wird er sowieso früh genug herausfinden, und die übrigen sind nicht weiter wichtig. In Englisch bin ich nur eine Dreier-Studentin, und deshalb hat er mich bisher noch nicht einmal aufgerufen.«

Fünfunddreißig Studenten saßen im Seminarraum – sechsunddreißig, wenn man Freddy mitzählte, der den letzten Platz in der Stuhlreihe an der hinteren Wand eingenommen hatte, hinter Susan. Der Raum war fensterlos, und die Wände waren, von der grünen Schreibtafel abgesehen, mit Kork bezogen. Der Lärm der Stadt war hier nicht zu hören. Die Studenten, größtenteils Latinos und Schwarze, schauten stumm zu, wie der Professor mit einem Stück orangegelber Kreide das Wort *Haiku* an die grüne Tafel schrieb. Der Professor, ein untersetzter bärtiger Mann Ende Vierzig, verlas keine Anwesenheitsliste; er hatte nur darauf gewartet, daß Schweigen eintrat, und dann an die Tafel geschrieben.

»Haiku«, sagte er mit einer gut geschulten Stimme, »nennt man ein siebzehnsilbiges Gedicht, wie es in Japan seit mehreren Jahrhunderten verfaßt wird. Ich spreche kein Japanisch, aber nach meinem Verständnis geht die Schönheit des Haiku bei der Übersetzung aus dem Japanischen ins Englische zu einem großen Teil verloren.

Die englische Sprache ist für Reime nicht gut geeignet. Drei Viertel der englischsprachigen Lyrik sind ungereimt, weil die Sprache arm an Reimwörtern ist. Für die Spanischsprachigen unter Ihnen ist das Problem leider genau umgekehrt, da bei Ihnen so viele Wörter auf Vokale enden.

Wie auch immer – hier nun ist ein Haiku auf Englisch.«

Er schrieb an die Tafel:

The Miami sun,
Rising in the Everglades
Burger in a bun.

»Dieses Haiku«, fuhr er fort, »habe ich in Johnny Raffa's Bar geschrieben, bevor ich zu diesem Kurs kam, und es ist ein wirklich schlechtes Gedicht. Aber ich versichere Ihnen, daß mir niemand dabei geholfen hat. Wenn Basho, der große japanische Dichter, Englisch spräche und noch lebte, wäre er bestimmt entsetzt. Aber er würde es als Haiku anerkennen, denn es hat fünf Silben in der ersten Zeile, sieben in der zweiten und noch einmal fünf in der dritten. Addieren Sie sie, und Sie bekommen siebzehn Silben – alles, was Sie für ein Haiku brauchen. Und alles konzentriert sich auf einen durchdringenden Gedanken.

Wahrscheinlich fragen sich diejenigen unter Ihnen, die über solche Dinge nachdenken, warum ich über japanische Lyrik rede. Ich will es Ihnen sagen. Ich möchte, daß Sie einfache Sätze schreiben – Subjekt, Prädikat, Objekt. Ich möchte, daß Sie konkrete Wörter benutzen, die exakte Bedeutungen vermitteln.

Ich weiß, daß die spanischsprachigen Studenten nicht viele angelsächsische Wörter kennen, aber das liegt daran, daß Sie außerhalb des Unterrichts beharrlich Spanisch miteinander sprechen, statt sich im Englischen zu üben. Außer Ihnen dafür Fünfen unter die Arbeit setzen, kann ich Ihnen nicht viel helfen. Aber wenn Sie Ihre Arbeiten schreiben, brüten – b-r-ü-t-e-n – Sie über Ihren Lexika, und suchen Sie konkrete Wörter. Wenn Sie Englisch schreiben, müssen Sie Ihren Leser zwingen, nach etwas zu greifen.«

In den hinteren Reihen kicherte jemand.

»Basho schrieb seine Haikus im 17. Jahrhundert, und noch heute liest man sie in Japan und spricht über sie. Es gibt ein paar hundert Haiku-Zeitschriften in Japan, und noch heute schreibt man jeden Monat neue Artikel über Bashos berühmtestes Haiku. Ich gebe Ihnen hier eine wörtliche Übertragung, nicht die siebzehnsilbige Übersetzung.«

Er schrieb an die Tafel:

Alter Teich
Frosch springt hinein
Wassergeräusch

»Da haben Sie's.« Mr. Turner kratzte sich mit dem Kreidestück den Bart. »Alter Teich. Frosch springt hinein. Wassergeräusch. Was da natürlich fehlt, ist die Onomatopöie des Wassergeräuschs. Aber die Bedeutung ist klar genug. Was bedeutet es?«

Er schaute in die Runde, aber niemand begegnete seinem Blick. Mit mürrisch herabgezogenen Mundwinkeln und gesenkten Lidern studierten alle irgendwelche Bücher und Papiere auf ihren Armlehnentischen.

»Ich kann warten«, sagte Mr. Turner. »Sie kennen mich inzwischen gut genug, um zu wissen, daß ich ungefähr eine Viertelstunde lang auf eine freiwillige Wortmeldung warten kann, ehe meine Geduld zu Ende geht. Ich wünschte, ich könnte länger warten, denn solange ich auf einen Freiwilligen warte, brauche ich Ihnen nichts zu erzählen.« Er verschränkte die Arme.

Ein junger Mann in abgeschnittenen Jeans und verwaschenem blauen Unterhemd, an den Füßen abgetretene Turnschuhe ohne Socken, hob die Hand etwa fünf Zentimeter über seinen Tisch.

»Also Sie.« Mr. Turner deutete mit seiner Kreide auf ihn.

»Ich glaube, es bedeutet«, begann der Student, »daß da ein alter Teich voll Wasser ist. Dieser Frosch, der ins Wasser will, kommt vorbei und springt rein. Wenn er ins Wasser plumpst, macht er ein Geräusch – platsch vielleicht.«

»Sehr gut! Eine buchstäblichere Interpretation wird man kaum bekommen können. Aber wenn hinter diesem Gedicht nicht mehr steckt, wie kommen dann ernsthafte junge Japaner dazu, Monat für Monat Aufsätze über dieses Haiku in ihren Zeitschriften zu veröffentlichen? Trotzdem vielen Dank. Wenigstens haben wir die wörtliche Übersetzung damit geklärt.

Nun, sagen wir, Miami ist der alte Teich. Sie – oder doch die meisten von Ihnen – kommen aus einer anderen Gegend hierher. Das heißt, Sie kommen nach Miami und springen in den alten Teich. Wir haben hier schon anderthalb Millionen Menschen, und daher wird es nicht sehr laut platschen, wenn Sie hineinspringen. Oder doch? Das kommt sicher auf den Frosch an. Einige von Ihnen, fürchte ich, werden einen sehr großen Platscher machen, und wir werden es alle hören. Andere werden einen Platscher machen, der so leise ist, daß nicht einmal die Nachbarn es hören. Aber zumindest sind wir alle im selben Teich, und – «

Es klopfte. Verärgert ging Mr. Turner zur Tür und öffnete sie. Freddy beugte sich vor und flüsterte Susan ins Ohr: »Das ist ein ziemlich irres Zeug, was er da erzählt. Weißt du, wovon er redet?«

Susan schüttelte den Kopf.

»Von uns! Von dir, deinem Bruder und mir. Was bedeutet der andere Ausdruck, den er da benutzt hat – *Onomatopöie?*«

»Das ist ein Wort für ein tatsächliches Geräusch. Wie *platsch*, wenn der Frosch reinspringt.«

»Genau! Verstehst du, was ich meine?« Freddys Augen glitzerten. »Du und ich, Susan. Wir werden einen großen Platscher machen in dieser Stadt.«

6

Professor Turner kam wieder herein und räusperte sich. »Ist Susan Waggoner heute hier?«

Susan hob die Hand.

»Kommen Sie bitte hinaus in den Flur. Bringen Sie Ihre Sachen mit.«

Susan stopfte ihre Bücher in den großen Schulterbeutel. Freddy folgte ihr mit dem Wäschesack hinaus auf den Korridor. Mr. Turner sah Freddy stirnrunzelnd an und schüttelte den Kopf.

»Das betrifft nicht Sie, mein Sohn. Gehen Sie wieder auf Ihren Platz.«

»Wenn es Susan betrifft, betrifft es mich ebenfalls«, erwiderte Freddy. »Wir sind verlobt.«

Sergeant Hoke Moseley, der mit gesenktem Blick dagestanden hatte, hob den Kopf und nickte, als die studentische Hilfskraft ihn fragte, ob sie wieder gehen dürfe.

»Susan«, sagte Mr. Turner, »tun Sie, was Sie zu tun haben, und bleiben Sie so lange weg, wie es nötig ist. Wenn Sie wieder da sind, kommen Sie in mein Büro, und ich werde Ihnen sagen, was Sie versäumt haben, damit Sie es nachholen können.« Er bedachte Freddy mit einem langen, strengen Blick. »Sie haben schon mehrere Stunden versäumt, aber das gleiche gilt für Sie.« Er kehrte in den Seminarraum zurück und schloß die Tür hinter sich.

Hoke zeigte den beiden seine Marke. »Sergeant Moseley, Morddezernat. Gibt es hier irgendwo einen Aufenthaltsraum, wo wir uns hinsetzen und reden können?« Ein so junges Mädchen hatte Hoke nicht erwartet. Sie sah eher aus wie eine High-School-Schülerin, nicht wie eine College-Studentin. Aber wenn sie mit diesem hart aussehenden Athleten verlobt war, wirkte sie vermutlich jünger, als sie war. Es war eine Hilfe, daß der Verlobte dabei war; vielleicht würde er sie doch nicht nach Kendall rausfahren müssen. Das konnte ihr Freund übernehmen.

»Unten im ersten Stock gibt's ein Studentenzimmer«, sagte Susan. »Da können wir hingehen. Ich hab aber nichts angestellt. Oder, Junior?«

Hoke lächelte. »Natürlich nicht.« Er ging auf den Aufzug zu. »Fahren wir runter zum Aufenthaltsraum.«

Sie setzten sich im Arbeitsbereich in der Nähe des nach unten zum Erdgeschoß fahrenden Aufzugs an einem Glastisch auf drei Eames-Stühle, instabile Drahtgestelle, die dort herumstanden. Hoke zündete sich eine Zigarette an und hielt ihnen das Päckchen hin. Sie schüttelten den Kopf, er nahm einen Zug und warf die Zigarette dann in eine leere Cola-Dose, die auf dem Tisch stand.

»Ich habe eine schlechte Nachricht für Sie, Miss Waggoner. Darum wollte ich, daß Sie sitzen. Ihr Bruder Martin ist heute bei einem seltsamen Unfall am Flughafen ums Leben gekommen. Wir haben Ihren Vater in Okeechobee angerufen, und er meinte, wir sollten den Toten durch Sie identifizieren lassen. Ein anderer Mann, der mit Ihrem Bruder am Flughafen zusammenarbeitete, hat ihn bereits identifiziert; ein Irrtum ist deshalb nicht möglich. Es ist lediglich notwendig, daß ein Verwandter die endgültige Identifikation vornimmt. Nach der Autopsie können wir den Leichnam an Sie oder an Ihren Vater überstellen. Sie sind doch achtzehn, oder?«

»Neunzehn«, sagte Susan.

»Zwanzig«, korrigierte Freddy.

»Gerade erst zwanzig. Das ist schwer zu glauben. Wie ist es passiert?«

»Ein nicht identifizierter Angreifer hat Ihrem Bruder den Finger gebrochen. Martin fiel sofort in einen Schock und starb an dieser unerwarteten Verletzung seines Mittelfingers.« Hoke schürzte die Lippen. »So was kommt manchmal vor.«

»Ich hab's mir anders überlegt, Officer«, sagte Freddy. »Kann ich eine von Ihren Zigaretten haben?«

»Klar.« Hoke reichte ihm die Packung und hielt Freddy ein brennendes Streichholz entgegen.

Susan schüttelte den Kopf; sie war verwirrt. »Es ist gefährlich, am Flughafen zu arbeiten. Mein Bruder ist da draußen schon öfter angegriffen worden, wissen Sie. Auf der Herrentoilette hat ein Mann ihm ein blaues Auge geschlagen, und eine Lady aus Cincinnati hat ihm einmal vormittags das Knie in die Eier gerammt. Fast drei Tage lang ist er mit O-Beinen rumgelaufen. Beide Male hat er es dem Sicherheitspersonal gemeldet, aber die haben nur gelacht.«

»Das überrascht mich nicht«, sagte Hoke. »Ihr Bruder war ein Krishna; die Flughafengesellschaft hat einen Prozeß verloren, als sie versuchte, diesen Leuten das Betteln dort draußen verbieten zu lassen. Deshalb verstehe ich, daß das Sicherheitspersonal in die andere Richtung schaut, wenn Krishnas überfallen werden. Andererseits gehen die Krishnas mit ihrer aggressiven Taktik einer Menge Leute auf die Nerven.«

»Was meinst du, Junior?« Susan wandte sich zu ihm.

Freddy ließ seine Zigarette in die Cola-Dose fallen. »Ich finde, wir sollten einen Blick auf den Leichnam werfen. Vielleicht ist es ja gar nicht Marty; außerdem bin ich ziemlich sicher, daß der Sergeant hier die Sache gern hinter sich bringen würde, damit er nach Hause zum Abendessen fahren kann.«

»Mein Wagen steht unten im Innenhof.« Hoke stand auf und ging zum Lift; die beiden anderen folgten ihm.

Hokes zerbeulter 74er Le Mans parkte tatsächlich auf dem Innenhof. Da er auf der Straße keinen Parkplatz hatte finden können, war er über den Bordstein gerumpelt und über das Pflaster bis auf wenige Meter an den Aufzug herangefahren. Auf den Bänken im Hof lungerten Penner herum. Zwei alte Männer lagen vor der Wand der Buchhandlung auf plattgedrückten Pappkartons und schnarchten lautstark. Zwei andere Wracks auf einer Betonbank in der Nähe johlten und zeigten Hoke den Stinkefinger. Hoke schaltete die Alarmanlage vorn links am Kotflügel ab, schloß die Tür auf und nahm das Polizeischild von der Ablage herunter. Er schob es unter den Vordersitz und schloß dann die Beifahrertür auf.

»Am besten setzen wir uns alle drei nach vorn«, schlug Hoke vor. »Gestern hat mir einer auf den Rücksitz gekotzt, und ich hatte noch keine Zeit, ihn saubermachen zu lassen.«

Susan rutschte in die Mitte. Freddy saß außen; er drehte das Fenster herunter. »Wieso läßt das College diese Penner hier herumhängen?« fragte er.

»Das alte Landstreichereigesetz ist vor ein paar Jahren aufgehoben worden«, sagte Hoke. »Wir können sie nicht mehr verhaften, und wenn wir es könnten, was sollten wir dann mit ihnen anfangen? Zusätzlich zu den achttausend Landstreichern, die hierherkommen, um zu überwintern, haben wir zwanzigtausend Nicaraguaner, zehntausend haitianische Flüchtlinge und noch mal fünfundzwanzigtausend Marielitos, die in der Stadt rumlaufen.«

»Was ist denn ein Marielito?« fragte Freddy.

»Wo sind Sie in letzter Zeit gewesen?« sagte Hoke nicht unfreundlich. »Unser Ex-Präsident Jimmy Carter, dieser Schwächling, hat 1980 einhundertfünfundzwanzigtausend Kubaner hier mit offenen Armen empfangen. Die meisten von denen waren legal, ihre Familien lebten bereits in Miami. Aber Castro hat auch seine Gefängnisse und Irrenhäuser aufgeschlossen und uns fünfundzwanzigtausend Schwerverbrecher, Schwule und Verrückte geschickt. Sie kommen aus Mariel in Kuba, und deshalb nennt man sie Marielitos.«

Hoke streckte die Hand aus und schaltete den Polizeifunk ab. In diesem Augenblick kam ein zerlumpter Latino an sein Fenster, trommelte mit den Fäusten dagegen und schrie: »Gib mir Geld! Gib mir Geld!«

»Sehen Sie? Das meine ich«, sagte Hoke. »Wenn Sie durch Miami fahren, Susan, halten Sie immer Ihr Fenster geschlossen. Sonst greifen sie rein und klauen Ihnen die Handtasche.«

»Ich weiß«, sagte Susan. »Mein Bruder hat es mir gesagt.«

Hoke setzte geschickt auf die Straße zurück und drückte auf die Hupe, bis die Autos ihm auswichen.

Während Hoke auf dem Biscayne Boulevard nach Norden zum städtischen Leichenschauhaus fuhr, sagte Freddy: »Die alte Kiste fährt ziemlich sauber. Sollte man nicht meinen, wenn man sie so sieht.«

»Ich hab mir eine neue Maschine einbauen lassen. Es ist mein Wagen, kein Polizeifahrzeug. Das Funkgerät gehört dem Department, das Rotlicht auch, aber Detectives bekommen Meilengeld, wenn sie ihr Privatauto benutzen. Fünfzehn Cent pro Meile – damit sind die Kosten nicht annähernd gedeckt, von der Amortisation ganz zu schweigen. Aber die Annehmlichkeiten wiegen das auf. Wenn man einen Wagen aus dem Fahrzeugpark bestellt, muß man eine halbe Stunde oder länger darauf warten, und dann ist vielleicht noch der Tank leer oder ein Reifen platt. Also fahre ich meistens mein eigenes Auto. Ich sollte mich vielleicht mal um die Dellen kümmern, aber die wären am nächsten Tag wieder drin. Zwanzig Prozent der Autofahrer in Miami sind bei der Fahrprüfung durchgefallen. Also fahren sie ohne Führerschein.«

Das Leichenschauhaus war ein flaches, einstöckiges Gebäude. Die begrenzte Aufnahmekapazität hatte man durch zwei geleaste klimatisierte Mobilcontainer erweitert, um den Strom der Leichen zu bewältigen, die täglich eingeliefert wurden. Hoke parkte, und sie folgten ihm ins Büro. Dr. Evans hatte Feierabend, aber Dr. Ramirez, sein Assistent, führte sie zu einer Bahre im Gang und zeigte ihnen den Leichnam.

»Ja, das ist Martin«, sagte Susan ruhig.

»Ich habe Martin nie kennengelernt, Sergeant, aber er sieht aus wie ein netter Kerl«, sagte Freddy. »Er ähnelt dir überhaupt nicht, Susan.«

»Nein, heute nicht mehr, aber früher, als wir klein waren und ungefähr die gleiche Größe hatten, da hielten die Leute uns für Zwillinge.« Sie hob den Kopf und sah Hoke an. »Wir sind nur zehn Monate auseinander, aber heute sieht Marty sehr viel älter aus als ich.« Tränen flossen ihr aus den Augen, und Susan wischte sie ungeduldig ab.

»Stimmt es eigentlich«, fragte Freddy, an Hoke gewandt, »daß bei einem Toten die Haare und die Fingernägel weiter nachwachsen? Ich hab an Martys Kinn ein paar Stoppeln gesehen.«

»Weiß ich nicht, aber gehört hab ich's auch schon. Ist es wahr, Dr. Ramirez?«

»Nein, in diesem Fall nicht. Er hat normale Bartstoppeln im Gesicht. Wahrscheinlich hat er sich heute morgen rasiert, und die Stoppeln sind das, was heute nachgewachsen ist. Eines steht allerdings fest: Der Nagel an seinem Mittelfinger wird unter keinen Umständen mehr wachsen. Der Finger ist glatt gebrochen. Wir haben noch keine Autopsie vorgenommen, aber Schmerbauch hat ihn sich flüchtig angesehen, als er hereinkam, und andere Verletzungen hat er nicht gefunden.«

»›Schmerbauch‹«, erklärte Hoke Freddy und Susan, »nennen die Leute hier Dr. Evans, wenn er nicht dabei ist. Wegen seines Bauchs.«

»Entschuldigung«, sagte Dr. Ramirez. »Ich wollte ›Dr. Evans‹ sagen. Wird die Schwester des Toten die Papiere unterschreiben?«

»Ich werde unterschreiben, daß er mein Bruder ist, aber sonst unterschreibe ich nichts. Was das übrige angeht, die Beerdigung und so weiter, da müssen Sie sich mit meinem Vater in Verbindung setzen. Dafür ist er verantwortlich, nicht ich.«

Im Büro unterschrieb Susan das Formular, das Dr. Ramirez ausgefüllt hatte. Der Arzt fotokopierte das Papier und gab Hoke die Kopie. Hoke faltete das Blatt zusammen und steckte es in sein Notizbuch. Sie gaben Dr. Ramirez die Hand und gingen hinaus zum Wagen. Als sie eingestiegen waren, schlug Hoke vor, irgendwo haltzumachen, um etwas zu trinken.

»Ist mir recht«, sagte Freddy. »Aber irgendwo, wo ich ein Sandwich bekommen kann.«

»Wir fahren zu einem brasilianischen Steakhouse an der Biscayne. Da gibt's die besten Steaksandwiches der Stadt.«

Als sie dort angekommen waren, führte man sie unverzüglich zu einem Tisch. Hoke bestellte eine Cola mit Rum, Freddy ein Glas Rotwein, und Susan verlangte einen Shirley Temple; sie behauptete, sie trinke nie etwas Stärkeres als Bier, und nach dem Joghurt, den sie gegessen hatte, stand ihr der Sinn nicht nach einem Bier. Der Kellner, ein Salvadorianer, der sehr wenig Englisch sprach, hatte Probleme mit dem Shirley Temple, und Hoke mußte sich an die Bar begeben, um dem costaricanischen Barkeeper zu erklären, wie er gemixt wurde.

Als die auf portugiesisch verfaßte Speisekarte gebracht wurde, winkte Hoke ab und bestellte zwei Steaksandwiches und drei Cremespeisen. Die Steaksandwiches, üppig mit Knoblauch gewürzt, wurden zusammen mit den Desserts serviert.

Freddy hieb seinen Löffel sofort in die Eiercreme und aß sie auf, bevor er sein Sandwich mit *A-1*-Sauce bedeckte.

»Wo haben Sie gesessen?« fragte Hoke ihn. »In Marianna oder in Raiford?«

»Gesessen? Wie kommen Sie darauf, ich hätte gesessen?«

Hoke zuckte die Achseln. »Weil Sie so über die Cremespeise hergefallen sind und weil Sie sie gegessen haben, bevor Sie sich an das Sandwich machten. Wie lange waren Sie in Marianna?«

»Ich weiß nicht mal, wo Marianna ist.«

»Es ist die Jugendstrafanstalt unseres Staates. Woher kommen Sie?«

»Aus Kalifornien. Ich bin nach Miami gekommen, um am Miami-Dade-College Betriebswirtschaft zu studieren. Wenn wir fertig sind, werden Susan und ich uns irgendwo eine Burger-King-Lizenz besorgen. Deshalb studiert sie auch Betriebswirtschaft. Aber ich glaube, ich weiß, was Sie damit meinen, daß ich meinen Nachtisch zuerst esse. Ich war Waise und bin bei Pflegeeltern aufgewachsen. Da waren noch drei andere Jungs, alle ungefähr gleichaltrig, und man war mehr oder weniger gezwungen, seinen Nachtisch zuerst zu essen, weil ihn sich sonst jemand anders geschnappt hätte.«

»Sie werden feststellen, daß das gleiche Ritual in Raiford praktiziert wird. Wenn Sie also hier unten jemals Ärger kriegen, haben Sie mit dieser Angewohnheit wenigstens einen Vorteil für sich. Ich hab Ihren Namen nicht mitbekommen – abgesehen von ›Junior‹.«

»Ramon Mendez.«

»Sie haben keinen spanischen Akzent. Haben Sie Ihre Arbeitserlaubnis dabei?«

»Ich bin kein Chicano, ich bin amerikanischer Staatsbürger. Und ich habe einen Ausweis, wenn Sie ihn sehen wollen. Wenn einer einen spanischen Namen hat, ist er deswegen noch lange kein Flüchtling oder so was. Der Name Mendez war zufällig der meines Vaters, aber meine Mutter war ebenso weiß, angelsächsisch und protestantisch wie Sie. Außerdem habe ich Ihnen schon erzählt, daß ich zusammen mit lauter weißen Jungs bei Pflegeeltern aufgewachsen bin!«

»Regen Sie sich nicht auf, Ramon. Wir plaudern hier nur freundlich miteinander. Sprechen Sie Spanisch?«

»Ein bißchen, klar. Ich bin in Santa Barbara zur Schule gegangen, und da gab's genug Chicanos. Man schnappt das eine oder andere auf, wenn man Softball spielt. Sie wissen schon, man brüllt ›Arriba! Arriba!‹, wenn jemand versucht, eine Base zu stehlen.«

»Ein bißchen Eisen pumpen Sie auch, ja?«

»Ein bißchen. Ich kann hundertfünfundvierzig reißen, aber das macht mir keinen Spaß. Ich stehe nicht richtig auf Gewichtheben. Ich trainiere nur gern, mehr nicht.«

»Was für 'nen Bizeps haben Sie?«

Freddy zuckte die Achseln. »Ich hab ihn schon lange nicht mehr nachgemessen. Es waren mal dreiundfünfzig Zentimeter, aber ich bezweifle, daß es jetzt noch so viel ist.«

»Ich bin beeindruckt.«

»Na ja, ich gehöre nicht zu diesen Bodybuildern. Wie gesagt, mir geht's um das Training, das ist alles.«

Hoke wandte sich an Susan. »Wie ist Ihr Shirley Temple, Miss Waggoner? Möchten Sie vielleicht lieber einen Kaffee? Oder einen Espresso?«

»Nein, nein, es ist schon in Ordnung. Ich sollte mich heute abend um halb neun mit meinem Bruder am Flughafen treffen. Er wollte mir zweihundert Dollar geben, damit ich die Rate für den Wagen bezahlen kann. Haben Sie mir seine Brieftasche und sein Geld mitgebracht?«

»Wenn Sie Ihren Vater anrufen und ihn bitten, sich bei mir zu melden und seine Zustimmung zu geben, dann kann ich Ihnen seine Wertsachen aushändigen. In der Brieftasche sind ein bißchen mehr als zweihundert Dollar. Ich hab sie in meinem Büro eingeschlossen.«

»Muß ich wirklich meinen Vater anrufen? Können Sie mir die Sachen nicht einfach geben?«

»Nein. Er muß entscheiden, was mit den Sachen zu geschehen hat. Einschließlich des Geldes.«

»Er wird einfach nein sagen, und ich brauche das Geld für den Wagen. Den Wagen wird er dann wahrscheinlich auch nehmen, oder nicht?«

»Läuft der Wagen auf den Namen Ihres Bruders?«

Sie nickte und fing an zu weinen. »Das ist einfach nicht fair! Wir haben beide schwer gearbeitet, um diesen Wagen zu kaufen und um die Anzahlung zusammenzukriegen – und jetzt bekommt ihn mein Vater!«

»Vielleicht hat Ihr Bruder ja ein Testament hinterlassen?«

»Warum sollte er ein Testament machen? Er war doch erst einundzwanzig. Er hat doch nicht damit gerechnet, daß er an einem gebrochenen Finger stirbt! Mir ist immer noch nicht klar, wie man an einem gebrochenen Finger sterben kann!«

»Ich will's Ihnen erklären.« Hoke schluckte den letzten Bissen seines Sandwiches runter und wischte sich den Mund mit der Serviette ab. »Dr. Evans ist der beste Pathologe in Amerika, und der beste Arzt und der beste Zahnarzt ist er auch. Er sagt, es war nicht der Finger, sondern der Schock, der nach dem Bruch des Fingers einsetzte. Und wenn er das sagt, dann ist das das Evangelium. Ich will Ihnen etwas von Dr. Evans erzählen. Vor ungefähr einem Jahr hatte ich ein paar entzündete Zähne, und kauen konnte ich nur noch, wenn ich den Kopf schief hielt und wie ein Hund auf der Seite kaute, die nicht weh tat. Ich aß mit Dr. Evans zu Mittag, und nach dem Mittagessen nahm er mich mit ins Leichenschauhaus, spritzte mich mit Novokain voll und zog mir alle Zähne. Jeden einzelnen. Dann nahm er einen Abdruck und ließ mir diese Zähne anfertigen, bei demselben Zahntechniker, der die falschen Zähne für die Miami Dolphins macht.«

Hoke nahm sein Gebiß heraus, legte es auf eine Serviette und reichte es Susan.

»Ich hab gar nicht gesehen, daß Sie falsche Zähne haben«, sagte Susan. »Du, Junior?«

»Nein, ich auch nicht«, sagte Freddy. »Laß mal sehen.«

Susan reichte Freddy das Gebiß, und dieser untersuchte es gründlich, bevor er es Hoke zurückgab. »Hübsch«, sagte er.

»Ich nenne sie meine Dolphin-Beißer«, sagte Hoke. Er sprenkelte etwas Wasser aus seinem Glas auf das Gebiß, schob es in den Mund und rückte es zurecht. »So ein Arzt ist Dr. Evans – und er hat mir keinen Cent berechnet. Ihm ging's um die Erfahrung, sagte er. Nachdem er mir die Zähne gezogen hatte, ging ich nach Hause und trank eine halbe Flasche Bourbon leer. Ich hab überhaupt nichts gespürt.

Aber um noch mal auf das Testament zurückzukommen – wenn Ihr Bruder ein eingeschworener Krishna war, dann kann es sein, daß sie ihn gezwungen haben, ein Testament zu ihren Gunsten aufzusetzen. Wenn ich richtig informiert bin, muß man denen, wenn man beitritt, alles, was man besitzt, überschreiben. Das müßte ich mal überprüfen.«

»In dem Fall kriegen die Krishnas die zweihundert Dollar und den Wagen. So oder so bin ich die Beschissene, nicht?«

»Möglich. Sein Partner dürfte den Ashram inzwischen informiert haben. Wenn sie ein Testament in ihren Unterlagen haben, dann werden sie morgen bei mir aufkreuzen. Vielleicht wissen sie von dem Wagen nichts, aber sein Partner wird wissen, daß er heute am Flughafen ziemlich viel Geld gesammelt hat. Vorsichtshalber werde ich von dem Wagen nichts sagen. Ich weiß, daß er als Krishna gar kein eigenes Auto haben darf. Weiß denn Ihr Vater von dem Wagen?«

»Ich weiß es nicht. Aber ich glaube nicht.«

»Dann machen Sie sich deshalb keine Sorgen. Verhalten Sie sich ruhig und zahlen Sie die Raten weiter. In ein paar Monaten – oder wenn das Ding bezahlt ist – können Sie zu einem Anwalt gehen und die Papiere auf Ihren Namen ändern lassen.«

Hoke zog seine Brieftasche heraus, blätterte durch das Kartenfach und reichte Susan dann eine Geschäftskarte. »Wenn Sie einen Anwalt brauchen, versuchen Sie's mit diesem hier: Izzy Steinmetz. Er ist ein bißchen teurer – aber das war ein besonderer Geschmack schon immer –, und er ist sein Geld wert.« Hoke lächelte Freddy an. »Er ist auch ein guter Strafverteidiger, falls Sie je Ärger kriegen sollten.«

»Heb die Karte auf«, sagte Freddy zu Susan. »Vielleicht kann Mr. Steinmetz uns helfen, wenn wir die Burger-King-Lizenz beantragen.«

Der Kellner brachte die Rechnung. Hoke nahm sie an sich und ließ drei Dollar Trinkgeld auf dem Tisch liegen. Zusammen gingen sie zur Kasse neben der Doppeltür. Hoke legte die Rechnung und seine Kreditkarte auf die Theke. Der Geschäftsführer lächelte, zerriß die Rechnung und schob die Kreditkarte zurück.

»Sie haben hier keinen Kredit, Sergeant Moseley. Wieso sehen wir Sie nicht öfter? Sie waren lange nicht mehr hier.«

»Ich habe jetzt Tagdienst, und ich wohne drüben am Beach. Aber ich werde versuchen, mal öfter reinzuschauen. Danke, Aquilar.«

»Das war aber nett von ihm«, sagte Freddy, als sie draußen waren. »Einfach die Rechnung zu zerreißen.«

»Aber Sie haben gesehen«, sagte Hoke, »daß ich bezahlen wollte. Aquilar ist ein netter Kerl. Wir kennen uns schon lange, und ich hab ihm mal einen Gefallen getan.«

»Was für einen Gefallen?«

»Ich hab ihn angerufen. Wo soll ich Sie absetzen, Susan?«

»An der Ecke Second und Biscayne.«

Hoke setzte die beiden an der Ecke Second Street und Biscayne Boulevard ab. Er setzte zu einem verbotenen Wendemanöver an, um zum MacArthur Causeway zurückzufahren. Dann aber besann er sich anders. Er wollte nicht nach Hause; er wollte nie nach Hause. Also blieb er auf dem Boulevard und nahm Kurs auf das Dupont Plaza Hotel.

Das Pärchen hatte ihn verwirrt. Er hatte versucht, sie zu irgendeiner Reaktion zu bewegen, indem er ihnen seine Dolphin-Beißer vorgeführt hatte, aber mehr als milde Verwunderung hatten sie sich nicht entlocken lassen. Kalt wie die Fische. Der Athlet war offensichtlich ein Exknacki. Nie im Leben war Mendez sein richtiger Name. Mit der bronzebraunen Haut sah er aus wie ein Nazi vom Afrikakorps, und es war eindeutig Sonnenbräune, nicht etwa eine von Natur aus dunkle Haut. Außerdem merkte man ihm zu deutlich an, daß die Welt frisch und neu für ihn war, als sei er geraume Zeit aus dem Verkehr gezogen gewesen. Schon wie er seinen Schwarzenegger-Arm um das winzige Dessertschälchen gelegt hatte – wer, glaubte er denn, würde auf die Idee kommen, es ihm wegzunehmen? Nicht genug damit, daß Carter die Stadt versaut hatte, indem er all diese Flüchtlinge hergeschickt hatte – jetzt importierte Reagan auch noch Exknackis aus Kalifornien. Selbst wenn man den Zuzug völlig sperrte, vergingen mindestens zwanzig Jahre, bis Miami wieder eine normale Stadt war.

Und dann das Mädchen. Sie hatte ihren toten Bruder angesehen wie ein Stück Fleisch. Gut, im Leichenschauhaus hatte sie geweint, aber der Gedanke an den Verlust des Wagens und der zweihundert Dollar hatte sie sehr viel heftiger schluchzen lassen. Wie kam ein so einfältiges Mädchen wie Susan Waggoner aufs College?

Hoke fuhr in die Parkgarage des Dupont Plaza und parkte in der Zufahrt an der Wand. Während er die Wagentür abschloß, kam ein kubanischer Parkwächter herübergelaufen. Er hatte einen Parkschein in einer Hand und eine Winztasse Cafe Cubano in der anderen.

»Ich nehme die Schlüssel«, sagte er und hielt Hoke das Ticket hin.

Hoke zeigte ihm seine Marke und ignorierte das Ticket. »Polizei. Der Wagen bleibt hier stehen. Wenn noch andere kommen, fahren Sie um ihn herum.«

Hoke ging in die Bar, belud sich einen Pappteller mit Hähnchenflügeln, scharf gewürzten Fleischbällchen und grünen Oliven und ging damit zur Theke. Widerwillig bestellte er ein Bier; in der Bar des Dupont Plaza kostete ein Bier soviel wie ein Sechserpack im Supermarkt, aber die kostenlosen Hors d'œuvres waren ein kleiner Ausgleich dafür. Hoke gefiel es im Dupont Plaza, er mochte die ruhige Hintergrundmusik, die aus den Lautsprechern rieselte, und er saß gern an den Tischen am Fenster, wo er den Verkehr auf dem Miami River beobachten konnte. Die Gäste hier gehörten zu den älteren Semestern und waren recht aufgetakelt, und obwohl er in seinem blauen Popeline-Freizeitanzug ein wenig fehl am Platz wirkte, war es ihm einmal gelungen, eine vierzig Jahre alte Witwe aus Cincinnati aufzureißen, die ihn mit auf ihr Zimmer genommen hatte.

Hoke zeigte dem Barkeeper seine Marke und fragte nach dem Telefon. Der Mann langte unter die Theke und stellte ihm ein weißes Telefon vor die Nase. Aus Prinzip gab Hoke der Telefongesellschaft nie einen Vierteldollar, um einen Münzfernsprecher benutzen zu dürfen. Aus dem Gedächtnis wählte er Red Farris' Nummer.

»Red«, sagte er, als Farris sich meldete, »laß uns losziehen und was unternehmen.«

»Hoke! Ich bin froh, daß du anrufst. Ich hab zweimal versucht, dich zu erreichen, einmal auf dem Revier und einmal in deinem Hotel. Im Hotel haben sie nicht mal abgenommen.«

»Du mußt es lange klingeln lassen. Manchmal ist der Portier nicht an seinem Platz.«

»Ich hab's zehnmal klingeln lassen.«

»Versuch's beim nächsten Mal mit zwanzigmal. Ich war fast den ganzen Nachmittag über draußen am Flughafen. Da gab's einen Toten.«

»Wieso rufen sie da euch und nicht die Metropolitan Police?«

»Sag ich dir, wenn wir uns sehen. Ist ein interessanter Fall.«

»Deshalb hab ich ja versucht, dich anzurufen, Hoke, um dir eine erfreuliche Neuigkeit mitzuteilen. Bist du bereit? Ich hab heute gekündigt.«

»Du bist aus dem Polizeidienst ausgeschieden? Du willst mich verarschen.«

»Nein, diesmal nicht, Hoke. Ich hab dir doch gesagt, daß ich ein paar Briefe im ganzen Staat herumgeschickt habe. Nun ja, der Polizeichef in Sebring hat mir einen Schreibtischjob angeboten, und ich hab zugeschlagen.«

»Das bedeutet aber, daß du wieder die Uniform anziehst, oder?«

»Na und? Jedenfalls bin ich aus Miami raus. Als ich meine Kündigung tippte, habe ich mich so wohl gefühlt wie noch nie zuvor in meinem Leben.«

»Was verdienst du da?«

»Nicht viel.«

»Wieviel? In Sebring können sie keine Miami-Tarife zahlen.«

»Weiß ich. Es sind nur vierzehntausend im Jahr, Hoke. Im Raubdezernat mache ich einunddreißig, aber der Chief meinte, wahrscheinlich kommen noch mal zweitausend dazu, wenn sie in Sebring den neuen Etat verabschiedet haben.«

»Himmel, Red, das ist weniger als die Hälfte von dem, was du jetzt hast!«

»Ich weiß, und es ist mir scheißegal. Das Leben in Sebring ist nicht so teuer, und ich hab eine gute Chance, da oben um einiges älter zu werden als hier.«

»In Sebring ist doch überhaupt nichts los. Die haben einmal im Jahr das Rennen, und damit hat sich's.«

»Weiß ich. Deswegen hab ich den Job ja genommen. Letzte Woche hat mir in Overtown ein junger Kerl einen Ziegelstein durchs Autofenster geschmissen.«

»Du sollst auch nicht mit dem Auto durch Overtown fahren. Das weißt du.«

»Es war ein Streifenwagen, Hoke. Ich war mit Nelson da, um einen Hehler zu greifen. Den haben wir übrigens auch nicht gefunden. Aber der Stein, der hat den Ausschlag gegeben. Ich hatte noch geschwankt, wegen dem Geld und all den andern Sachen, aber am nächsten Morgen rief ich den Chief in Sebring an. Er ist übrigens nett, Hoke. Du würdest ihn mögen. Er war früher Detective in Newark. Das liegt in New Jersey.«

»Ich weiß, wo Newark liegt, Herrgott noch mal.«

»Jetzt werd nicht sauer, Hoke.«

»Ich bin nicht sauer. Ich bin bloß überrascht. Ich weiß verdammt gut, daß dir das Leben in so einer Kleinstadt nicht gefallen wird. Warum treffen wir uns nicht irgendwo und reden darüber?«

»Ich kann nicht, Hoke. Ich hab noch 'ne Menge zu tun, und dann muß ich Louise abholen, wenn sie Feierabend hat.«

»Wann verschwindest du denn, Red? Wir sehen uns doch noch, bevor du gehst, oder?«

»Aber klar. Ich bin noch mindestens eine Woche hier. Wenn ich meine Wohnung nicht verkaufen kann, werde ich sie vermieten müssen. Aber wir treffen uns noch mal. Wir machen einen drauf und feiern.«

»Gut. Ich bin in der Bar im Dupont – falls du doch noch ein bißchen Zeit hast, bevor du Louise abholst.«

»Ich kann nicht, Hoke. Nicht heute abend.«

»Dann ruf mich an.«

»Werd ich tun.«

»Ich freue mich wirklich für dich, Red – wenn du glaubst, das ist es, was du dir wünschst.«

»Danke, Hoke. Es ist das, was ich mir wünsche.«

»Ruf mich an.«

»Mach ich.«

Hoke legte auf, und der Barkeeper stellte das Telefon wieder unter die Theke. »Noch ein Bier, Sir?«

»Ja. Und einen doppelten Early Times. Das Zeug auf meinem Teller mag ich nicht mehr. Können Sie es für mich wegwerfen?«

Hoke nahm seinen Whiskey und eine neue Flasche Bier und ging damit zu einem Tisch am Fenster. Daß Red Farris das Department verlassen wollte, traf ihn tief. Er war einer der wenigen unverheirateten Freunde, die Hoke noch hatte. Red stand fast immer zur Verfügung, wenn es darum ging, sich irgendwo noch ein paar Drinks zu genehmigen, über das eine oder andere zu plaudern oder ein paar Runden zu bowlen. Und Red Farris hatte ihm auch einmal das Leben gerettet. Sie waren unterwegs gewesen, um einen Mann festzunehmen, der seine Frau zusammengeschlagen hatte und gegen Kaution auf freien Fuß gesetzt worden war. Die Frau war gestorben, und aus der Körperverletzung war Totschlag geworden. Die Festnahme war problemlos verlaufen; der Mann hatte nicht versucht, sich zu wehren oder mit ihnen zu streiten. Die Nachricht vom Tod seiner Frau hatte ihn zu sehr getroffen. Und gerade als Hoke angefangen hatte, ihm die Handschellen anzulegen, war der zwölfjährige Sohn aus dem Schlafzimmer gekommen und hatte Hoke mit einem Kleinkalibergewehr in die Brust geschossen. Farris hatte dem Jungen das Gewehr weggenommen, bevor er noch einen Schuß hatte abgeben können, und Hoke hatte sechs Wochen mit einer angekratzten Lunge in der Klinik gelegen. Wenn er tief einatmete, tat es immer noch weh. Aber wenn Red dem Jungen das Gewehr nicht aus den Händen gewunden hätte ... Nun ja, heute war der Junge bei einer Pflegefamilie, der Vater saß in Raiford im Knast, und die Mutter war tot. In Miami konnte eine Familie blitzschnell auseinanderbrechen.

Manches war anders gewesen, als Hoke noch verheiratet war. Vier oder fünf Ehepaare trafen sich zum Grillen und zum Bier. Nach dem Essen saßen die Frauen dann im Wohnzimmer zusammen und erzählten sich gegenseitig von ihren schweren Entbindungen, und die Männer hockten in der Küche und spielten Poker. Die großen Kinder sahen fern, und die kleinen wurden ins Schlafzimmer gelegt. Das war das echte Florida-Leben gewesen, aber jetzt zogen die weißen Familien alle fort. Sechs Detectives, die Hoke gekannt hatte, waren allein im vergangenen Jahr aus Miami weggegangen. Und jetzt Farris – er war Nummer sieben. Gut, Henderson konnte ab und zu mal abends noch ausgehen, aber Bill Henderson war verheiratet, und er hatte immer Angst, zu lange auszubleiben.

Hoke schaute hinaus auf den Fluß, der nie derselbe Fluß war. Gern hätte er noch einen doppelten Early Times zu sich genommen, aber nicht zu diesen Preisen. Hoke verließ die Bar und holte seinen Wagen aus der Parkhauseinfahrt. Er überprüfte, ob die Fenster geschlossen waren; der Geruch von Erbrochenem auf dem Rücksitz war fast überwältigend. Im Eldorado Hotel würde er einen der Marielitos, die dort wohnten, damit beauftragen, den Wagen zu säubern.

7

Die Einbahnstraße verengte sich, nachdem sie den gut beleuchteten Bereich rings um das Columbus Hotel am Biscayne hinter sich gelassen hatten. Der Bürgersteig war rissig und wegen Straßenarbeiten aufgebrochen, und nur wenige Fußgänger waren unterwegs.

»Wo ist denn die Parkgarage?« Freddy umfaßte Susans dünnen Arm, als sie eine mit einer Kerosinfunzel gesicherte Baugrubenabsperrung umrundeten.

»Ungefähr vier Straßen weiter. Ich wollte nicht, daß der Detective meinen Wagen sieht. Inzwischen bereue ich, daß ich überhaupt davon gesprochen habe. Wenn er sich Daddy gegenüber verplappert und ihm erzählt, daß ich das Auto habe, dann wird er es mir wegnehmen.«

»Dieser Arsch von Detective ist ziemlich gerissen. Wenn er es nicht absichtlich tut, verplappert er sich nicht. Mir ist er sehr schnell auf die Schliche gekommen. Ich glaube, mit dieser Nachtischgeschichte habe ich ihn reinlegen können; ich war nämlich wirklich in einer Pflegefamilie in Santa Barbara. Aber er weiß, daß man nicht einen regelmäßigen Job und täglich sechs Stunden Zeit haben kann, um sich solche Muskeln aufzubauen, wie ich sie habe.«

»Warum hast du ihm gesagt, daß du Ramon Mendez heißt? Du siehst anders aus als diese Kubaner.« Sie deutete auf vier zerlumpte Marielitos auf der anderen Straßenseite, die eben dabei waren, zwischen zwei parkenden Autos ein dickes Kleiderbündel auszupacken.

»Ich hab ihm gesagt, ich heiße Mendez, weil ich mich im Hotel mit einer gestohlenen Kreditkarte unter dem Namen Gotlieb angemeldet habe. Warte. Laß uns mal rübergehen und sehen, was die da in dem Bündel haben.«

»Nein, nicht! Laß dich nicht mit diesen Typen ein, Junior. Das ist bloß was, das sie irgendwo geklaut haben.« Sie zog ihn am Arm.

»Okay, aber es ist immer interessant, in ein Bündel zu schauen. Man weiß nie, was man da alles findet.«

»Legst du dich mit diesen Kubanern an, haben sie gleich ein Messer in der Hand.« An der nächsten Straßenecke warteten sie, bis die Ampel auf Grün umsprang. »Wenn du nicht Gotlieb heißt und nicht Mendez – wie heißt du dann?«

»Junior, wie ich dir gesagt habe. Mein Nachname ist Frenger. Ich nehme an, in Wirklichkeit bin ich Deutscher, aber ich kann mich an meine Eltern nicht erinnern. Ich war in vier verschiedenen Pflegefamilien, aber niemand hat mir je was von meinen Eltern erzählt. Sie haben gesagt, ich sei eine Waise, aber das kann auch gelogen gewesen sein. Alles andere, was sie gesagt haben, war gelogen, also kann es sein, daß meine Eltern immer noch irgendwo leben. Ich hab immer gedacht, mein Vater muß ein wichtiger Mann gewesen sein, denn sonst hätte er mich nicht Junior genannt. Zumindest beweist es, daß ich kein Bastard bin. Keiner nennt ein Kind nach sich selbst, wenn er nicht verheiratet ist. Was denkst du?«

»Ich bin zu aufgeregt, um etwas zu denken. Abgesehen von allem anderen, glaube ich, Mr. Turner wird uns ein Haiku schreiben lassen, und ich glaube, das kann ich nicht.«

»Mir kommt es ziemlich einfach vor. Es sind nur siebzehn Silben. Fünf, sieben und noch mal fünf. Ich schreibe ein paar für dich, und du kannst sie in deine Handtasche stecken. Wenn er dich den Test in seinem Büro nachschreiben läßt, kannst du sie in deiner eigenen Handschrift abschreiben.«

»Und wenn ich erklären muß, was sie bedeuten?«

»Ich erkläre dir, was sie bedeuten, wenn ich sie geschrieben habe.«

»Würdest du das tun?«

»Klar. Wir sind doch verlobt, oder nicht?«

»Hast du das ernst gemeint? Als du Mr. Turner sagtest, wir wären verlobt?«

»Warum nicht? Ich war noch nie verlobt.«

»Ich auch nicht. Ich hab noch nicht mal einen festen Freund gehabt.«

Dann standen sie vor dem sechsstöckigen Parkhaus. Susan zeigte dem Wächter hinter der kugelsicheren Scheibe ihren Parkausweis. Er nahm ihre Schlüssel von der Wand, schob die Schalterscheibe zwei Zentimeter in die Höhe und schob die Schlüssel über die Resopaltheke.

»Ich zahle achtzig Dollar im Monat für den Parkplatz hier. Und das ist der Studententarif. Es gibt Parkhäuser hier in der

Stadt, die nehmen drei Dollar pro Stunde und verdienen so viel Geld, daß sie dir gar keinen Monatsrabatt geben.« Mit dem Lift fuhren sie in die vierte Etage. »Hier sind sie auch ziemlich mies. Wenn ich morgens nicht früh genug hier bin, um einen Platz zu besetzen, dann parken sie das Haus voll und schalten draußen das rote Licht ein. Dann kann ich hier nicht parken, obwohl ich im voraus bezahlt habe. Das ist nicht fair.«

»Du benutzt dieses Wort oft.«

»Welches Wort?«

»*Fair.* Du bist jetzt zwanzig Jahre alt – «

»Aber erst seit einem Monat – «

» – und da solltest du so was wie *fair* und *unfair* wirklich vergessen. Auch wenn die Leute über Football reden, fair bedeutet überhaupt nichts.«

»Aber es gibt doch so was wie – «

»Nein, gibt es nicht. Himmel – ist das dein Wagen?«

Susan schloß die Fahrertür eines weißen 82er TransAm auf. Auf der Motorhaube prangte das Abziehbild eines flammend roten Vogels, und lodernde rote Flammen leuchteten auf allen vier Kotflügeln.

»Jetzt ist es meiner, wenn sie ihn mir nicht wegnehmen. Er war das erste, was wir gekauft haben, als wir genug gespart hatten, um die Anzahlung leisten zu können. Marty war verrückt nach dem Ding. Aber er ist nur zwei- oder dreimal damit gefahren. Was er wollte, war ein Auto, mit dem er seine Freunde beeindrucken konnte, wenn er nach Okeechobee zurückkam. Ich bin ziemlich sicher, daß er Daddy deswegen nie davon erzählt hat. Er wollte sie alle überraschen. Die Sitze sind aus echtem Leder, weißt du. Schwarzes Handschuhleder. Möchtest du fahren, Junior?«

»Nein. Ich kann zwar fahren, aber ich bin kein guter Fahrer. Außerdem passe ich auf keinen der drei kalifornischen Führerscheine, die ich bei mir habe. Und du müßtest mir sowieso immer sagen, wo ich abbiegen soll und das alles.«

Freddy stieg in den weichen Schalensitz auf der Beifahrerseite. Es war, als säße er in einer tiefen Grube, obwohl er durch die getönte Windschutzscheibe eine ausgezeichnete Sicht hatte. Die übrigen Fenster waren mit einem dünnen schokoladenfarbenen Film beschichtet; sie waren fast schwarz.

Susan startete den Motor. »Ich drehe die Klimaanlage gleich runter. Man friert sich wirklich den Arsch ab, wenn man sie längere Zeit auf vollen Touren laufen läßt.«

»Brauchst du Benzin? Ich hab Ramon Mendez' Seventy-six-Karte.«

»Diese Kiste schluckt jede Menge Benzin. Eine Gallone reicht gerade mal für neun Meilen. Ich glaube, mit dem Vergaser stimmt was nicht.«

»Na, wegen dem Benzin mach dir keine Sorgen. Ich kann alle Tankkreditkarten besorgen, die wir brauchen.«

Susan lenkte den donnernden Wagen die spiralförmig gewundene Ausfahrt hinunter und auf die Straße hinaus. In einem aggressiven Fahrstil fuhr sie durch die Straßen, über die Zufahrt an der Eighth Street zum Zubringer, der sie zum South Dixie Highway führte. Aber als sie die dreispurige Schnellstraße erreicht hatten, gerieten sie in dichten Verkehr, und im Stau erreichten sie schließlich South Miami und den Sunset Drive. Der starke Verkehr ließ ein wenig nach, als sie nach Westen auf den Sunset Drive einbogen.

»Man kann überhaupt nicht reinschauen, nicht?« sagte Freddy.

»Nicht allzugut. Wenn man reinschauen will, muß man mit der Nase bis an die Scheibe herankommen.«

»Ich habe von der Stadt auch nicht viel gesehen.«

»Nachts sieht man nicht viel. Ich fahre dich morgen herum, wohin du willst.«

An einer Shell-Tankstelle ließen sie den Wagen volltanken. Freddy bezahlte mit Gotliebs Kreditkarte. Als der Tankwart auf dem Beleg die Autonummer notierte, schüttelte Freddy den Kopf. »Ich hab vergessen, daß sie das tun. Morgen müssen wir entweder neue Nummernschilder oder ein neues Auto besorgen. Wir hätten unterwegs irgendwo haltmachen sollen, dann hätte ich neue Nummernschilder aufgetrieben. Die hätte ich vor dem Tanken anbringen können.«

Susan riß die Tür auf, sprang hinaus und rannte hinter dem Tankwart her. Sie ließ sich den Kreditbeleg zurückgeben und bezahlte die Tankrechnung bar. Dann ließ sie sich wieder auf den Fahrersitz fallen und zerriß den Kreditbeleg.

»Wahrscheinlich wird man mir den Wagen ja abnehmen, aber wir sollten ihn doch behalten, so lange wir können.«

»Das war schnell reagiert, Susie. Ich bin so sehr daran gewöhnt, Kreditkarten zu benutzen, daß ich überhaupt nicht daran gedacht habe, bar zu bezahlen.«

»Ich zahle immer bar. Aber ich achte darauf, daß ich nicht mehr als fünfzig Dollar bei mir trage.«

»Morgen besorg ich uns ein paar Schilder aus anderen Bundesstaaten zum Auswechseln. Und morgen abend besorge ich mir besser ein paar Kreditkarten für Miami. Ich werde auch für dich welche besorgen, ein paar Ladies' Cards. Dann kannst du dir etwas kaufen, wenn ich nicht dabei bin.«

In dem Komplex, der die Kendall Pines Terrace bildete, standen dreißig vierstöckige Häuser mit Eigentumswohnungen, aber nur sechs dieser Häuser waren fertiggestellt und bewohnt. Die übrigen Gebäude waren unverputzte, fensterlose Betongerippe. Vor über einem Jahr waren die Bauarbeiten eingestellt worden. In den fertiggestellten Häusern standen fast alle Apartments leer. Die meisten Besitzer hatten sie während des Immobilienbooms des Jahres 1979 zu Bauherrenpreisen erworben. Jetzt aber, im Herbst 1982, waren die Baupreise gestiegen, und nur wenige konnten sich leisten, für einen Kredit siebzehn Prozent Zinsen zu zahlen.

»Es hat Fälle von Vandalismus hier draußen gegeben«, sagte Susan, als sie den Wagen auf dem riesigen, beinahe leeren Parkplatz auf ihrem numerierten Platz abstellte. »Also hat man einen Stahlzaun hochgezogen und einen Kubaner angeheuert, der hier nachts mit 'nem Jeep rumfährt. Danach hat's aufgehört. Aber manchmal, spät am Abend, ist es hier doch ein bißchen gruselig.«

Das Geviert von Gebäude Sechs-Ost umschloß einen tropischen Innenhof. Breitblättrige Pflanzen waren dicht an dicht um eine Laterne mit fünf Kugeln im Zentrum des Innenhofs gepflanzt, und der Boden rings um die Pflanzen war großzügig mit Zedernrinde bestreut worden. Ein angenehmer Duft von Zedernholz und nachtblühendem Jasmin erfüllte die Luft.

Susan hatte ein Eckapartment mit zwei Schlafzimmern, zwei Bädern und einer mit Fliegengittern geschützten Veranda, von der man auf die Everglades sah. Das ganze Apartment war mit eierschalenfarbenem Teppichboden ausgelegt, mit Ausnahme der Küche, die einen Linoleumboden in einem weißen Steinmuster hatte. Beide Bäder waren blau und rosafarben gekachelt. Im Wohnzimmer standen Rattanmöbel mit blau-grün gestreiften Polstern. Ein breites Messingbett beherrschte das große Schlafzimmer. In dem kleineren – Susans – stand ein Bahamabett, daneben ein Rattantisch. Vor allen Fenstern hingen antikweiße Rollos, aber weder Gardinen noch Vorhänge.

Während Freddy sich in der Wohnung umsah, holte Susan zwei Dosen San Miguel aus dem Kühlschrank. Dann zog sie Freddy auf die Veranda und zeigte auf die dunklen Everglades.

»Tagsüber kann man sie sehen, aber jetzt nicht. Vier Meilen nichts als Tomaten- und Gurkenfelder. Dann kommt Krome Avenue, und dahinter liegen die East Everglades – nichts als Wasser und Alligatoren. Auf der anderen Seite der Krome ist der Boden schon so sumpfig, daß man nicht mehr bauen kann, und Kendall Pines Terrace ist der letzte Komplex in Kendall. Auf den Feldern hier wird man irgendwann lauter Eigentumswohnungen hochziehen, denn Kendall ist die schickste Gegend von ganz Miami. Aber in den Glades kann man nicht bauen – es sei denn, man legt sie trocken.«

»Dieses Apartment sieht teuer aus.«

»Ist es auch – für das Mädchen, dem es gehört. Sie hat jeden Cent hineingesteckt, den sie besaß, und dann stellte sich raus, daß sie es sich nicht leisten konnte, hier zu wohnen. Sie ist bloß Anwaltssekretärin. Sie mußte es vermieten, mit Möbeln und allem Drum und Dran. Wir zahlen ihr nur vierhundert im Monat, aber sie ist froh, daß sie wenigstens soviel kriegt. Vier Monate lang hatte sie versucht, es zu verkaufen oder zu vermieten, bevor wir kamen, und zusätzlich zu unseren vierhundert muß sie jeden Monat noch vierhundertfünfzig dafür aufbringen.«

»Wo wohnt sie jetzt?«

»Sie mußte zu ihren Eltern zurückziehen, nach Hallandale, und dabei ist sie schon fünfundzwanzig. Ich weiß, wie mies ihr zumute ist. Ich würde nie zu Daddy zurückziehen. Lieber würde ich sterben.«

»Das Bier ist gut.«

»Dunkles San Miguel. Es ist das beste, und es kommt von den Philippinen. Der Mann bei Crown besorgt es mir. Natürlich kommt zu den vierhundert monatlich noch die Stromrechnung, und die beläuft sich noch mal auf zweihundert.«

»Kein Scheiß?«

Susan nickte. »Wegen der Klimaanlage. Und bald wird's wieder teurer. Hat die Nachrichtensprecherin auf Channel Ten gestern abend gesagt. Ich glaube, ohne das Geld von Marty komme ich nicht zurecht. Ich mache mir Sorgen.«

»Brauchst du nicht. Wir sind verlobt, also kümmere ich mich darum.«

Freddy legte die Hand an das Fliegengitter. Der Tote in der

Leichenhalle war der Typ vom Flughafen, das stand fest. Er hatte nicht vorgehabt, ihn zu töten. Er hatte dem Typ nur den Finger brechen wollen. Bloß wegen der Jacke, und jetzt hatte er die Lederjacke nicht mal bei sich. Er hatte nur die einfältige kleine Schwester. Er spürte den feuchten Wind, der durch das Gitter hereinwehte. Unten auf dem vier Hektar großen Parkplatz standen nur sechs Autos. Der weiße TransAm schien auf seinem numerierten Platz in der sechsten Reihe zu leuchten. Die gesamte übrige Parkbeleuchtung auf dem Platz war abgeschaltet worden, vielleicht um Energie zu sparen, und alle anderen Lichter schimmerten nur matt. Der Mond war noch nicht aufgegangen, und hinter dem Stahlzaun lag schwarze Finsternis. Wie er so in diese dunkle Landmasse hinaus und hinab sah, hatte Freddy das Gefühl, am Rand eines Abgrunds zu stehen. Aus den Achseln tropfte ihm der Schweiß runter.

»Laß uns wieder reingehen«, sagte er. »Wird's hier nicht mal nachts kühler?«

»Ein bißchen. Gegen vier Uhr morgens geht's so auf fünfundzwanzig Grad runter, aber dafür steigt die Luftfeuchtigkeit.«

Freddy zog sich Schuhe und Hemd aus. Susan setzte sich im Wohnzimmer auf die Couch. »Möchtest du ein bißchen fernsehen, Junior?«

»Jetzt nicht. Ich muß telefonieren. Wo ist das Telefonbuch?«

»Da sind zwei, unter dem Frühstückstisch, und das Telefon steht – «

»Das Telefon kann ich sehen.«

Freddy suchte die Nummer des International Hotel heraus. Er rief die Rezeption an, gab sein Zimmer auf und wies den Mann am Empfang an, Mr. Gotliebs Kreditkarte mit der Rechnung für Zimmer und Friseur zu belasten. »Ja«, sagte er schließlich, »ich hatte einen angenehmen Aufenthalt.«

Er setzte sich neben Susan auf die Couch und bat sie, ihm eine Schere zu holen. Er zerschnitt Gotliebs Kreditkarte und Ausweispapiere und legte die Schnipsel in einen Aschenbecher.

»Jetzt«, sagte er, »ist Mr. Gotlieb nicht mehr in Miami.«

Er klopfte mit der flachen Hand auf die Couch, und Susan setzte sich wieder. »Es hat mir gefallen, wie du dich im Leichenschauhaus benommen hast, Susan. Woran hast du gedacht, als du da vor deinem toten Bruder standest?«

»Ich hab daran gedacht, wie er mir früher den Finger umknickte, wenn ich etwas tun sollte. Es tat richtig weh, und nach einer Weile brauchte er es nicht mehr zu tun. Er brauchte mir nur noch damit zu drohen, und schon tat ich, was er wollte. Ich nehme an, er war tatsächlich religiös, aber er war auch schrecklich gemein. Er hat immer gesagt, er wollte in den Himmel, und jetzt hat er schließlich gekriegt, was er wollte.« Für eine Weile verlor sie sich in Gedanken. Dann blickte sie auf.

»Morgen früh möchte ich als erstes zur Bank gehen und unsere Konten räumen. Dann kann ich das Geld woanders einzahlen. Wir haben zehntausend Dollar auf einem Sparbuch und noch mal viertausend auf unserem gemeinsamen Girokonto. Und ich will bestimmt nicht, daß Daddy oder die Krishnas es bekommen.«

»Gut, das tun wir als erstes. Jetzt, wo wir verlobt sind, werden wir mit unserer platonischen Ehe anfangen. Weißt du, was das ist?«

Susan nickte.

»Beth hatte eine, in *The Days of Our Lives*, als sie zu dem Anwalt zog. Und ich möchte auch eine führen. Ich war echt einsam hier draußen, nachts. Ich konnte Marty nicht leiden, aber er fehlte mir trotzdem, als er in dieses Camp gezogen ist.«

»Wieso konntest du ihn nicht leiden? Er war dein Bruder.«

»Weißt du noch, wie ich dir erzählt habe, daß ich nie einen festen Freund hatte? Wegen Marty, er war der Grund. Von ihm war ich schwanger, und ich vermute, Daddy hat was geahnt. Und als wir nach Miami kamen und ich die Abtreibung machen ließ, konnte Marty keine Arbeit finden. Er lernte Pablo kennen, als er im Hotel nach einem Job fragte, und dann ließ er mich für Pablo arbeiten. Ich arbeite nicht gern im Hotel, Junior, wirklich nicht. Der alte Mann heute, aus Dayton, Ohio – der war widerlich.«

»Du hast deine letzte Nummer für Pablo geschoben. Von jetzt an lebst du mit mir.«

»Du kennst Pablo noch nicht. Er lächelt und verbeugt sich und das alles, aber er ist ein übler Typ. Und er weiß, wo ich – wo wir wohnen, Junior.«

»Kümmere dich nicht um Pablo. Um den kümmere ich mich. Erinnerst du dich an den Bob-Dylan-Song über die Lady, die quer auf einem Messingbett liegt?«

»Nein. Vielleicht hab ich ihn mal gehört. Aber Dylan wird nicht mehr viel im Radio gespielt.«

»Nun, jedenfalls tust du jetzt folgendes: Du gehst ins Schlafzimmer, ziehst dich aus, schiebst dir zwei Kissen unter den Bauch und legst dich mit dem Gesicht nach unten quer auf das große Messingbett. Ich trinke noch ein Bier, und dann komme ich nach.«

»Du wirst es von hinten mit mir machen, ob ich will oder nicht, oder?«

»Ja.«

»Dann hole ich wohl besser noch ein San Miguel für dich und Fettcreme für mich.«

Später fielen Mondscheinstreifen durch die schrägstehenden Jalousien und zeichneten gelbe Striche auf Freddys unbehaarte Brust. Susan trug ein Babydoll; sie hatte sich dicht an ihn gekuschelt und benutzte seinen ausgestreckten rechten Arm als Kopfkissen. Freddy lachte leise und kehlig, und dann schnaubte er.

»Erinnerst du dich an das Haiku, das der Professor geschrieben hat?«

»Nicht genau«, sagte Susan.

»*The Miami sun / Rising in the Everglades / Burger in a bun.* Darüber hab ich gelacht. Jetzt weiß ich, was es bedeutet.«

8

Ein Mann mittleren Alters saß mit Bill Henderson in dem Glasverschlag, als Hoke in den Mannschaftsraum kam. Hoke warf einen Blick in sein Postfach und winkte Henderson zu, um ihn auf sich aufmerksam zu machen. Henderson gab ihm ein Zeichen, rüberzukommen. Er stand auf und lächelte, als Hoke den überfüllten Mannschaftsraum durchquerte. Hendersons Schneidezähne hatten großenteils Silberfüllungen; sein Lächeln wurde dadurch zu einer gespenstischen Grimasse. Hoke und Bill arbeiteten seit fast vier Jahren zusammen, und wenn Henderson lächelte, wußte Hoke, daß sein Partner wieder einmal etwas Furchtbares über die menschliche Natur bestätigt gefunden hatte.

Hoke öffnete die Tür einen Spaltbreit. »Ich gehe eben Kaffee holen, Bill. Ich bin gleich wieder da.«

»Ich hab schon Kaffee für dich.« Henderson deutete auf den mit einem Deckel verschlossenen Styroporbecher, der auf

Hokes Hälfte des Doppelschreibtischs stand. »Darf ich dir Mr. Waggoner vorstellen. Wir halten hier ein interessantes kleines Schwätzchen, und ich weiß, daß du auch gern hören möchtest, was er zu sagen hat.«

Hoke gab dem Mann die Hand und setzte sich auf seinen Stuhl. »Sergeant Moseley. Ich bin Sergeant Hendersons Partner.«

»Clyde Waggoner. Ich bin Martins Vater.« Der Mann aus Okeechobee trug eine weiße Kunstseidenkrawatte zu einem blauen Arbeitshemd und eine Khakihose. Über seinem linken Arm lag eine zusammengefaltete dünne Nylonwindjacke. Er hatte kurzes braunes Haar, und seine Schläfen waren rasiert, ein Haarschnitt, der bei der Army *white sidewalls* genannt wurde. Seine Haut war bleich, an manchen Stellen aber fleckig, weil sie der Florida-Sonne zu lange ausgesetzt gewesen war, und auf Nase und Wangen hatte er Narben von abgeheilten Hautkrebsgeschwulsten.

»Ich nehme an, Sie sind wegen der Sachen Ihres Sohnes gekommen.« Hoke schloß seine Schreibtischschublade auf. »Tut mir leid, daß ich heute ein bißchen zu spät komme, aber ich mußte noch zur Reinigung.«

Mr. Waggoner blickte auf seine abgestoßenen Stiefel, aus seiner Kehle kam ein Laut wie das Meckern eines Ziegenbocks, und er fing an zu weinen. Die Geräusche, die er von sich gab, waren leise und gedämpft, aber die Tränen, die ihm über die fleckigen Wangen liefen, waren echt. Hoke warf Henderson einen verdutzten Blick zu, und das brutale Lächeln im Gesicht seines Partners wurde breiter.

»Erzählen Sie Sergeant Moseley einfach die gleiche Geschichte, die Sie mir erzählt haben, Mr. Waggoner. Ich könnte sie zusammenfassen, aber dabei würde ich vielleicht etwas auslassen.«

Mr. Waggoner putzte sich mit einem großen blauen Taschentuch die Nase und stopfte es in die linke Hosentasche. Dann wischte er sich mit den Fingern die Wangen ab.

»Ich kann nichts beweisen, Sergeant, und das hab ich Sergeant Henderson hier schon gesagt. Ich kann Ihnen nur erzählen, was meiner Meinung nach passiert ist. Ich hoffe, ich irre mich. Ich hoffe es ehrlich. Meine Geschäfte gehen so schon schlecht genug, und ein solcher Skandal könnte alles noch schlimmer machen. Okeechobee ist eine kleine Stadt, und unsere moralischen Maßstäbe sind dort oben ganz anders als hier unten in Miami. Wissen Sie, wie man Miami oben in Okeechobee nennt?«

»Nein, aber vermutlich ist es kein schmeichelhafter Name.«

»Das ist es nicht. Man nennt es Sündenstadt, Sergeant Moseley.«

»Sind Sie etwa Geistlicher, Mr. Waggoner?«

»Nein, Sir. Software. Ich habe ein Software-Geschäft in Okeechobee. Ich verkaufe Videospiele und Computer, und ich vermiete Fernsehgeräte und Videos.«

»Mein Vater hat ein Haushaltswarengeschäft in Riviera Beach«, sagte Hoke.

»Dann ist er schlauer als ich. Was mir vorschwebte, als ich den Laden aufmachte, war ein Computergeschäft für die kommerzielle Fischerei auf dem See. Die Regierung setzt Quoten fest, verstehen Sie, und ich dachte mir, wenn die Fischereibetriebe Computer hätten, dann könnten sie damit immer exakt nachweisen, wie viele Fische sie gefangen haben und so weiter. Sie würden dann auch wissen, wann sie im Rückstand sind und so. Und als der Wasserspiegel im letzten Jahr unter drei Meter fiel, verbot die Regierung den kommerziellen Fischfang beinahe ganz. Sie dürfen nicht mehr mit Netzen fischen, sehen Sie, und damit sind alle Fischereibetriebe so gut wie raus aus dem Geschäft. Außerdem kauft da oben sowieso keiner Computer, weil es für diese Art von Binnenfischerei gar keine Programme gibt.«

»Damit sind Sie auch so gut wie raus aus dem Geschäft, richtig?«

»O nein – der Laden läuft ganz gut. Aber ich habe einen Kredit aufgenommen, um zu expandieren, und die Zinsen fressen mich auf. Mein Videoclub allein bringt mir jeden Monat die Miete, aber ich stehe bei der Bank tief in der Kreide, sehen Sie. Na – ich bin nicht hier, um über mein Geschäft zu reden. Ich habe Sergeant Henderson hier schon erzählt, daß ich den Verdacht habe, hier ist etwas faul.«

»Was könnte faul sein?«

»Martins Tod war kein Unfall. Es war Mord.«

»Dann war es der erste seiner Art.«

»Laß ihn ausreden«, sagte Henderson. »Da kommt noch mehr.«

»Es ist die beste Art«, fuhr Mr. Waggoner fort. »Die Art, die aussieht wie ein Unfall und keiner ist. Mehr als einmal hab ich das bei Rockford gesehen, und wenn Jim Rockford nicht wäre, würden viele Leute auch damit durchkommen.«

»Und wieso glauben Sie, daß der Tod Ihres Sohnes kein Unfall war?«

»Lieber würde ich nicht darüber reden, denn es ist sehr schmerzlich für mich als Vater, sehen Sie. Aber ich bin auch ein anständiger Bürger, und der Gerechtigkeit, mag sie noch so hart sein, muß Genüge getan werden. Auch wenn es das eigene Fleisch und Blut betrifft ...« Wieder fing er an zu weinen, leiser diesmal, und suchte nach seinem Taschentuch.

Hoke nahm den Plastikdeckel von seinem Kaffeebecher und nippte daran. Der Kaffee war kalt. »Wann hast du den geholt?«

»Ich bin heute ein bißchen früher hier gewesen«, sagte Henderson. »Aber ich konnte nicht wissen, daß du eine halbe Stunde zu spät kommst.«

Hoke drückte den Deckel wieder fest und warf den Becher in den Papierkorb. Er zündete sich eine Zigarette an, nahm einen tiefen Zug und zerdrückte sie im Aschenbecher, während er den Rauch langsam aus der Nase kräuseln ließ.

»Sie glauben also, Mr. Waggoner«, sagte er, »daß dieser nicht identifizierte Angreifer, der Ihrem Sohn den Finger gebrochen hat, die Absicht hatte, ihn zu töten. Ist es das?«

»So ungefähr.« Mr. Waggoner putzte sich die Nase, betrachtete sein Taschentuch und steckte es wieder ein. »Ich glaube, der Mann, wer auch immer er war, wurde dafür bezahlt, das zu tun. Das glaube ich.«

»Die Chance, einen Mann auf diese Weise zu töten, ist ziemlich gering. Ich bezweifle, daß mehr als einer unter tausend – die genaue Statistik kenne ich nicht – an einem gebrochenen Finger sterben kann. Es wäre ziemlich dumm, jemanden dafür zu bezahlen, daß er einen Menschen auf diese Weise tötet.«

»Da haben Sie vielleicht recht. Aber wenn ein Mann dafür bezahlt wird, jemanden absichtlich in dieser Weise zu verletzen, und die betreffende Person dann stirbt, wäre das dann nicht bezahlter Mord?«

»So ließe sich argumentieren, nehme ich an. Mal abgesehen von eintausend nicht identifizierten Fluggästen pro Tag, die Hare Krishnas nicht leiden können – wer hätte Ihren Sohn denn so sehr gehaßt, daß er jemanden damit beauftragt, ihm den Mittelfinger zu brechen?«

»Das ist es ja, was mich so schmerzt.« Mr. Waggoner seufzte. »Ich glaube, meine Tochter hat es getan.«

Hoke entnahm seinem Notizbuch das Formular aus dem Leichenschauhaus, faltete es auseinander und legte es auf seinen Schreibtisch. »Susan? Die Tochter, die die Leiche identifiziert hat? Oder denken Sie an eine andere Tochter?«

»Nein. Susan ist meine einzige Tochter. Und Martin war mein einziger Sohn. Wir drei haben uns nicht sonderlich gut verstanden, das gebe ich zu, und ich habe sie rausgeschmissen, als sie schwanger wurde. Aber auch wenn Martin derjenige war, der es ihr angehängt hatte, war er doch mein einziger Sohn, und sie hätte ihn nicht umbringen lassen dürfen. Susan ist genau wie ihre Mutter; die hat auch nichts getaugt. Daher weiß ich, daß sie Martin überhaupt erst dazu überredet hat.« Mr. Waggoner senkte Stimme und Kopf. »Männer sind schwach. Ich weiß das, denn ich bin selber schwach, wenn es um Frauen geht. Wir alle sind es, auch Sie beide, meine Herren, wenn ich das einmal so sagen darf. Mit dieser kleinen Haartorte, die sie zwischen ihren Beinen hat, kann eine Frau Sie dazu bringen, alles zu tun, was sie will. Ich weiß das, und Sie wissen es auch.«

»Nur damit ich Sie richtig verstehe«, sagte Hoke. »Ihr eigener Sohn hat seine Schwester geschwängert, Ihre Tochter Susan also, und da hat sie jemanden angeheuert, der ihn umbringen sollte, um sich an ihm zu rächen. Ist das richtig?«

»Das ist richtig. Ja, Sir.«

»Und wo ist das Baby?«

»Susan hat es hier in Miami abtreiben lassen. Ich hab ihr achthundert Dollar dafür gegeben und sie hierhergeschickt. Das können Sie ganz leicht nachprüfen. Martin ist mitgefahren und hat mir gesagt, er würde zurückkommen. Hat er aber nicht getan.«

»Sind Sie sicher, daß Martin der Vater war?«

»Keine Frage. Die waren immer allein im Haus, und Martin hat sie nie mit jemandem ausgehen lassen. Erst hab ich gar nicht gemerkt, was da los war. Ich dachte, er beschützt sie nur vor den anderen Jungs da oben, wie ein großer Bruder sich eben um seine kleine Schwester kümmert. Aber als sie fort waren, hab ich mich im Haus ein bißchen umgesehen, und da hab ich das eine oder andere gefunden. Martin, der immer so fromm tat – als könnte er keiner Fliege was zuleide tun –, hatte zwei spezielle Pariser in seiner alten High-School-Kladde versteckt, ganz hinten im Schrank. Und da waren auch noch andere Sachen ...« Er senkte den Blick auf seine Stiefelspitzen und sprach flüsternd weiter. »Geräusche in der Nacht ... Sie wissen schon, was für welche. Im Grunde meines Herzens hab ich wohl die ganze Zeit über gewußt, was sie da treiben, aber ich wollte es nicht glauben, und deshalb hab ich so getan, als wäre es etwas anderes.

Ich fürchte weder Gott noch die Menschen. Was ich fürchte, ist diese kleine Haartorte, die fürchte ich. Und da ich weiß, was ich weiß, und da ich Susan kenne und weiß, daß sie ein verschlagenes kleines Mädchen ist, weiß ich eben auch, daß sie sich an Martin gerächt hat. Aber wie gesagt: Beweisen kann ich nichts. Ich mußte Ihnen trotzdem erzählen, was ich denke. Alles andere liegt bei Ihnen. Ich hoffe nur, Sie beweisen mir, daß ich unrecht habe.«

»Wenn ich eine Aussage mit Ihrem Verdacht zu Protokoll nehme«, sagte Henderson, »werden Sie das unterschreiben?«

»Nein. Ich hab's Ihnen erzählt, und das muß genügen. Aber Martins Sachen werde ich Ihnen quittieren. Ich weiß, daß ich das tun muß.«

»Tut mir leid«, sagte Hoke, »aber angesichts dessen, was Sie uns soeben erzählt haben, werden wir die Sachen noch ein Weilchen behalten. Zumindest bis die Untersuchung abgeschlossen ist.«

»Das Geld auch? Sergeant Henderson sagte, Martin hatte mehr als zweihundert Dollar in der Brieftasche.«

»Ja, das Geld auch. Er hat vielleicht ein Testament hinterlassen, und in diesem Fall gehört das Geld zur Erbmasse.«

»Ich verstehe. Ich nehme an, das ist der Preis, den ein Mann dafür zu zahlen hat, daß er seine Pflicht tut. Wie komme ich an den Leichnam?«

»Das hängt davon ab, wann die Autopsie abgeschlossen ist. Aber Sie können jeden beliebigen Bestattungsunternehmer beauftragen, das für Sie zu übernehmen. Wenn Sie eine Feuerbestattung wünschen, besorgt die Neptune Society das und verstreut die Asche auf dem Meer.«

»Kann ich die Asche nicht kriegen? Ich würde sie gern bei uns in den See streuen. Als Kind hatte Martin den See immer so gern, und deshalb wäre er dort sicher gern verstreut.«

»Sie können tun, was Sie wollen. Kein Gesetz zwingt Sie dazu, den Leichnam einbalsamieren zu lassen. Also lassen Sie sich von niemandem dazu überreden, Mr. Waggoner. Danke, daß

Sie gekommen sind.« Hoke stand auf und Mr. Waggoner ebenfalls.

»Sie lassen mich wissen, wie die Untersuchung vorangeht?«

»Nein. Alle unsere Nachforschungen sind vertraulich. Wenn die Untersuchung nichts bringt, wäre es dumm, irgend jemanden wissen zu lassen, daß überhaupt eine stattgefunden hat. Sie brauchen sich also auch keine Sorgen zu machen, daß etwas davon an die Öffentlichkeit dringen könnte.«

»Ich sehe vielleicht nicht so aus«, sagte Mr. Waggoner, »aber ich schäme mich. Ich schäme mich zutiefst für das, was ich Ihnen erzählen mußte. Ich danke Ihnen beiden für ihre Geduld.«

»Ich bringe Sie zum Aufzug«, sagte Henderson. »In diesem Bau verliert man leicht die Orientierung.«

Henderson nahm ein Doughnut mit Zuckerguß aus seiner Schreibtischschublade, brach es halb durch und bot Hoke die kleinere Hälfte an. Hoke schüttelte den Kopf, und Henderson fing an, das Doughnut zu verspeisen.

»Wie gefiel dir Mr. Waggoners kleine Geschichte, Hoke?«

»Ich fand das mit der Haartorte aufschlußreich.«

»Ich auch. Obwohl ich schon wußte, daß ich in dieser Hinsicht schwach bin. Warst du jemals in Okeechobee?«

»Vor Jahren. Aber nicht mehr, seit ich aus Riviera Beach weg bin. Mein Dad und ich sind ein paarmal auf dem See gewesen, Welse fischen, aber in der Stadt waren wir nur zwei- oder dreimal. Da gibt's auch nicht viel – zumindest vor zehn Jahren gab's da nicht viel. Sie liegt an einem Knick neben dem Highway nach Norden. Ich hätte nicht gedacht, daß sich in dieser Stadt ein Software-Laden halten kann, auch wenn Waggoner noch Videos verleiht. Aber was weiß ich? Okeechobee ist wahrscheinlich inzwischen dreimal so groß wie früher, genau wie alle anderen Städte in Florida seit einigen Jahren. Wenn man gern angelt, ist der Ort nicht schlecht, um sich zur Ruhe zu setzen.«

»Anscheinend sind sie knapp an Frauen. Sonst würde ein Bruder nicht seine eigene Schwester vögeln müssen.«

»Wie du weißt, war ich gestern abend eine Zeitlang mit Susan zusammen; an dem, was Waggoner uns erzählt hat, könnte etwas dran sein.«

»Blödsinn. Wenn du in Miami jemanden kaufst, der einen für dich zusammenschlagen soll, dann kriegst du professionelle Arbeit geliefert, mit Fahrradketten. Du zahlst doch niemandem fünfzig Dollar, damit er jemandem einen lausigen Finger bricht.«

»Aber würde nicht gerade ein Mädchen zögern und nicht wollen, daß der große Bruder zu schlimm verletzt wird?«

»Möglich ist alles. Willst du es überprüfen? Wir haben was Besseres zu tun.«

»Susans Freund war bei ihr, als ich gestern mit ihr im Leichenschauhaus war. Ein Exknacki, da bin ich mir sicher, und er ist stark genug, um jemandem den *Arm* zu brechen. Er hat mir einen falschen Namen genannt – Ramon Mendez –, und dazu hatte er, soweit ich sehen konnte, nicht den geringsten Grund. Es sei denn, er ist auf der Flucht.«

»Hast du feststellen lassen, ob im Zusammenhang mit dem Namen etwas vorliegt?«

»Mendez? Davon haben wir Hunderte. Weißt du noch, wie wir mal versucht haben, José Perez zu überprüfen? Davon gab's siebenundzwanzig mit Vorstrafenregister. Diese Latinos haben allesamt vier Nachnamen und ein halbes Dutzend Vornamen und mindestens einen Heiligen auf der Liste. Und sie benutzen immer nur den, der ihnen gerade paßt. Aber dieser Freund ist überhaupt kein Latino. Erinnerst du dich an das Geheimdienstseminar, auf dem wir voriges Jahr waren? Der Leiter war ein Agent aus Georgia, vom GBI.«

»An den Hurensohn erinnere ich mich gut. Er hat sich in der ersten Stunde meinen Namen gemerkt und mich dann in jeder Sitzung drangenommen.«

»Nun ja, Susans Boyfriend hat die gleichen blauen Augen wie er – ausdruckslos und starr. Und er schaut nie weg. Eigentlich hatte ich vor, ihn ein bißchen unter Druck zu setzen, aber nachdem wir ein Weilchen geplaudert hatten, wußte ich, daß ich damit nur meine Zeit verschwenden würde. Wenn Susan ihn darum bäte, dann würde dieser Typ ihrem Bruder den Finger oder auch den Hals brechen, ohne einen Gedanken daran zu verschwenden. Er hat gesessen, da bin ich sicher, und vielleicht ist er sogar auf der Flucht. Er sagt, er ist aus Kalifornien und will hier am Miami-Dade Betriebswirtschaft studieren.«

»Ist doch möglich. Die Leute kommen aus der ganzen Welt, um am Miami-Dade zu studieren.«

»Nicht aus Kalifornien. In Kalifornien kannst du umsonst aufs College. Warum soll einer dreitausend Meilen weit fahren, um am Miami-Dade die Gebühren für Staatsfremde zu zahlen?«

»In Kalifornien kann man umsonst aufs College?«

»So ist es. Bis zum Examen.«

»Weshalb erkundigst du dich nicht am College nach ihm?«

»Mach ich ja. Aber dazu muß ich erst rauskriegen, wie er wirklich heißt.« Hoke stand auf und schob seinen Stuhl unter den Schreibtisch.

»Willst du jetzt sofort hin?«

»Nein. Ich gehe runter in die Cafeteria und hole mir einen Kaffee und ein Doughnut.«

9

Zum Frühstück machte Susan Rührei mit grüner Paprika, gebuttertem Roggentoast und gebratenen Mortadellascheiben für Freddy. Als er gegessen hatte, nahm er seine Kaffeetasse und ging damit hinaus auf die Veranda. Die braunen, bestellten Felder erstreckten sich über mehrere Meilen. Streifen von staubigem Grün verwischten sich zu dunstigem, dunklerem Grün hinten am Horizont. Die Gegend war so unglaublich flach, daß er es einfach nicht fassen konnte. So weit das Auge reichte, waren nicht ein einziger Hügel, keine Mulde und kein Hang zu sehen. Dabei mußte man hier im vierten Stock mindestens zwanzig, wenn nicht fünfundzwanzig Meilen weit schauen können. Susans Apartment lag auf der Westseite des Gebäudes, und so war es morgens schattig, aber er wußte, daß die Sonne den ganzen Nachmittag über auf diese Seite brennen würde.

Drinnen stand die Klimaanlage auf vierundzwanzig Grad, und es war angenehm kühl. Die feuchte Hitze draußen betrug mindestens dreißig Grad, und die plötzliche Temperaturveränderung war ein Schock für seine Haut. Aber er entschied, daß die Hitze ihm gefiel. Freddy trug keine Unterwäsche, und seine Leinenhose klebte ihm hinten an den Beinen, als er sich auf den plastikbespannten Verandaschaukelstuhl setzte. Susan kam in weißen Shorts und einem hellblauen Bikinioberteil heraus; sie hatte die Kaffeekanne in der Hand und schenkte ihm nach. Ihre bloßen Füße waren lang und schmal, und sie sah aus wie dreizehn.

»Erklär mir das mit der Bank noch mal«, sagte Freddy.

»Es ist keine Bank. Es ist eine Spar- und Darlehenskasse, aber es funktioniert wie eine Bank. Den genauen Unterschied kenne ich auch nicht, aber die Spar- und Darlehenskasse zahlt höhere Zinsen. Marty und ich, wir haben ein Sparkonto über zehntausend Dollar auf unser beider Namen und außerdem ein Girokonto. Die Zinsen vom Sparkonto gehen automatisch zum Monatsende auf das Girokonto. Da sind jetzt über viertausend drauf. Ich werde jetzt alles abheben und auf irgendeiner anderen Spar- und Darlehenskasse ein neues Sparkonto und ein neues Girokonto eröffnen. Auf die Weise kriegen sie nichts davon, weil dann alles auf meinen Namen läuft.«

»Das ist nicht gut.« Freddy schüttelte den Kopf. »Die können dich immer noch verklagen, die Krishnas mit ihren Anwälten, und dann wird das ganze Geld eingefroren, bis der Richter entscheidet, wer es kriegen soll. Du machst folgendes: Du fährst hin, holst das ganze Geld und bringst es mir. Ich werde mich darum kümmern.«

»Es ist zu viel, um es bar aufzubewahren. In Miami wird es dir sofort geklaut.«

»Ich miete ein Bankfach und behalte nur ein bißchen Taschengeld bei mir. Ich will nicht, daß du dir deswegen Sorgen machst. Was du nicht hast, können sie dir nicht nehmen.« Er trank seinen Kaffee aus und reichte ihr die Tasse. »Jetzt, wo wir eine platonische Ehe führen, werde ich für dich sorgen. Kümmere dich nicht um Zinsen oder solche Sachen. Wenn du etwas willst, irgend etwas – und ich meine nicht, weil du es *brauchst*, sondern weil du es willst –, dann sag's mir, und ich hole es für dich. Wer ist der Kerl da unten?« Freddy zeigte auf einen Mann im dunkelblauen Anzug mit Weste, der unten auf dem Parkplatz soeben in einen neuen Buick Skylark stieg.

»Seinen Namen kenne ich nicht. Er wohnt in Zwo-vierzehn und hat mir mal geholfen, ein paar Lebensmittel raufzutragen. Er ist Vorphasen-Immobilienmakler, hat er mir gesagt. Deswegen muß er immer mit Anzug und Krawatte herumlaufen.«

»Was ist denn ein Vorphasen-Immobilienmakler?«

»Weiß ich nicht, aber er sagte, er ist einer. Er schien sehr nett zu sein, und er sagte, er hätte eine Tochter in meinem Alter auf der Junior-High-School in Ohio. Ich hab ihm nicht gesagt, wie alt ich bin, und ich hab ihm auch kein Angebot gemacht. Ich finde, es ist keine gute Idee, die Leute aus der Nachbarschaft zu ficken.«

»Du solltest jetzt zu deiner Spar- und Darlehenskasse gehen. Also zieh dich an.«

»Ich bin angezogen. Hier draußen in Kendall braucht man sich nicht extra fein zu machen. Die Frauen hier tragen alle nur Shorts und Bikinioberteile.«

»Aber du nicht. Ich will nicht, daß meine Frau hier rumläuft wie ein kleines Mädchen. Zieh ein Kleid an, Schuhe, Strümpfe. Und tu etwas mit deinen Haaren. Du bist ganz zerzaust.«

»Kommst du denn nicht mit?«

»Nein. Ich will den Stadtplan von Miami studieren. Wenn du zurückkommst, gehen wir aus.«

Freddy beobachtete, wie Susan vom Parkplatz fuhr. Er zog sein Hemd an, aber nicht seine Schuhe, und dann stieg er über die Feuertreppe hinunter in den zweiten Stock. Er drehte den Türknopf an der Wohnungstür von Nr. 214, so weit es ging, und drückte die Tür mit der Schulter auf. Sie gab rasch nach.

In der Bibel auf dem Nachttisch fand er zwei Hundert-Dollar-Noten, und in der Schublade lag eine geladene .38er Pistole im Lederholster. Eine Schublade in dem stählernen Schreibtisch im Wohnzimmer war verschlossen, aber Freddy fand den Schlüssel im Bleistiftfach in der Mitte. Er öffnete die verschlossene Lade und stieß auf ein rindsledernes Etui mit fünfzig Silberdollar, von denen jeder in einem runden numerierten Schlitz steckte. Das war eine Sammlung, und sehr viel wertvoller, das wußte er, als der Fünfzig-Dollar-Nennwert der Münzen. Wenn er das Schließfach bei der Bank mietete, wäre es vielleicht eine gute Idee, die Sammlung als Notgroschen ebenfalls dort aufzubewahren. Er nahm zwei Paar schwarze Seidensocken aus der Kommode und verstaute die gestohlenen Gegenstände in einer braunen Einkaufstüte, die er von einem Stapel unter dem Küchenabfluß nahm. Er legte noch ein Paket mit sechs gefrorenen Schweinekoteletts aus der Tiefkühltruhe dazu und kehrte dann in Susans Wohnung zurück.

Die Kleider im Schrank des Maklers waren Freddy leider mindestens zwei Nummern zu groß gewesen, aber er war zufrieden mit seiner Beute, vor allem mit der Pistole. Er legte die Koteletts auf den Küchentisch, damit sie bis zum Abendessen auftauen konnten. Dann rasierte er sich mit einem Wegwerfrasierer für Damen, den Susan für ihn ausgepackt hatte, und nahm ein ausgiebiges Bad in der Wanne.

Während er sich in der Wanne einweichen ließ, studierte Freddy den Stadtplan von Miami Sektion für Sektion, von Perrine zum North Bay Village. Groß-Miami war fünfmal so lang wie breit, ein langer, schmaler Stadtstreifen, der sich an Küste und Bucht schmiegte, ohne eine Möglichkeit zum Expandieren, es sei denn, man baute die Häuser höher und immer höher in den Himmel. In die Everglades konnte die Stadt sich nicht weiter ausdehnen, solange sie nicht trockengelegt waren, und die Küste war zugebaut. Wenn einer vor den Cops fliehen mußte, konnte er nur nach Norden oder nach Süden fahren. Lediglich zwei Straßen führten quer durch die Everglades nach Naples, und die konnten beide gesperrt werden. Wenn ein Mann nach Süden fuhr, würde er irgendwann in Key West geschnappt, und wenn er sich nach Norden wandte, konnten die Cops ihn mühelos auf den Highways stellen, vor allem, wenn er versuchte, den Sunshine Parkway zu nehmen.

Die einzige Fluchtmöglichkeit bestand im Notfall darin, drei oder vier Verstecke zu haben. Eins in der Stadt, eins in North Miami und vielleicht noch einen Unterschlupf drüben in Miami Beach. Das war die sicherste Methode, sich dünnzumachen: Man zog sich ins Loch zurück, bis das, was man angestellt hatte, mehr oder weniger vergessen war. Dann, wenn man ihn nicht mehr suchte, konnte er einfach mit dem Wagen oder mit dem Taxi zum Flughafen fahren und sich ein Ticket irgendwohin kaufen, wo es ihm gefiel.

Nun, dachte Freddy, da hab ich ja schon ein nettes kleines Schlupfloch hier in Kendall.

Susan kam vor zwölf Uhr mit zwei Tüten Lebensmittel und viertausendzweihundertachtzig Dollar in Fünfzigern und Zwanzigern zurück. Freddy setzte sich an den Frühstückstisch, auf dem noch das schmutzige Geschirr stand, und zählte das Geld, während Susan die Lebensmittel wegzuräumen begann.

»Hier fehlen zehntausend Dollar«, sagte er.

»Ja, weil ich bei der Spar- und Darlehenskasse am Miller Square ein neues Sparkonto eröffnet habe. Hier ist genug Geld, das wir ausgeben oder ins Bankschließfach legen können, ohne daß wir noch Monat für Monat die Zinsen für die Zehntausend einbüßen. Ich mußte jetzt schon eine Zusatzgebühr von fast vierhundert Dollar zahlen, weil ich das Sparkonto vorzeitig aufgelöst habe. Gut, das ließ sich nicht ändern, aber es ist dumm, jeden Monat auf die Zinsen zu verzichten. Vorigen Monat hab ich hundertzweiunddreißig bekommen, aber von der neuen Bank kriege ich nur zweiundneunzig.« Susan nahm das Paket mit den gefrorenen Koteletts vom. Tisch. »Komisch, ich kann mich gar nicht erinnern, daß ich – «

Ohne aufzustehen, schlug Freddy ihr mit der flachen Hand hart ins Gesicht. Sie fiel hin und ließ die Schweinekoteletts los. Das Paket rutschte über den Linoleumboden. Sie fing an zu weinen und rieb sich die rote Wange, die sofort anschwoll.

»Zum Verheiratetsein«, erklärte Freddy, »gehört auch, daß du lernst, haargenau das zu tun, was dein platonischer Ehemann dir sagt. Ich bin nicht irgendein Daddy, dem du auf der Nase herumtanzen kannst, und ich bin auch kein dämlicher Bruder, den du manipulieren kannst. Weißt du, was ›manipulieren‹ bedeutet?«

Susan nickte unter Tränen. »Ja. Ich hab mal eine Sendung darüber gesehen, bei ›Donahue‹.«

»Ich lasse mit mir reden. Wahrscheinlich hast du recht mit deinen Zinsgeschichten und all dem Drum und Dran. Ich verstehe nicht viel von solchen Sachen. Aber hier geht es darum, daß du nicht getan hast, was ich dir gesagt habe. Und in Wirklichkeit ging es dir auch gar nicht um die Zinsen. Du hast die zehntausend behalten, weil du mir nicht traust. Sag nichts. Kein Wort. Ich will mir keine Lügen anhören. Paß auf: Du kannst die zehntausend auf der Bank lassen. Ich brauche sie vorläufig nicht, du brauchst sie vorläufig nicht, und ich begreife, daß du unsicher bist und das Geld für deinen Seelenfrieden brauchst. Und jetzt leg die Koteletts wieder auf den Tisch und laß sie dort liegen, damit sie auftauen können. Ich möchte sie heute abend essen, und du kochst irgend etwas dazu, was gut zu Koteletts paßt.«

»Bist du mit gebackenen Süßkartoffeln einverstanden?«

»Das ist deine Abteilung. Willst du mich jetzt nicht fragen, woher ich die Koteletts habe?«

»Ich schätze, das geht mich nichts an.«

»Das ist richtig. Allmählich kapierst du.«

Freddy öffnete Susans Handtasche und nahm die Autoschlüssel heraus. »Ich fahre jetzt ins Hotel und regle die Geschichte mit Pablo für dich. Dann werde ich mich ein wenig in der Stadt orientieren. Gegen sechs sollte ich eigentlich wieder da sein – wenn ich mich nicht verirre. Aber ich hab mir die Karte angesehen, und ich glaub nicht, daß mir das passiert, solange ich Avenues und Streets auseinanderhalte.«

»Ich habe heute abend Sozialwissenschaft. Montags und mittwochs Englisch, und dienstags und donnerstags abends Sozialwissenschaft.«

»Nein, ich glaube, du bleibst hier. Ich möchte im Augenblick nicht, daß du zum College gehst. Ruf deinen Lehrer an und sag ihm, du hättest einen Sterbefall in der Familie. Professor Turner weiß ja schon Bescheid. Ich werde später entscheiden, ob ich will, daß du überhaupt noch einmal hingehst.«

Freddy zählte tausend Dollar ab und schob den Rest des Geldes über den Tisch. »Hier.« Er faltete die Geldscheine zusammen und stopfte das Bündel in seine Brusttasche. »Nimm den Rest und versteck ihn irgendwo an einem sicheren Platz im Apartment.«

An der Tür wandte Freddy sich noch einmal um. »Eines noch. Ruf einen Schlosser an; er soll herkommen und ein Riegelschloß einsetzen. Diese Druckknopfschlösser sind ja geradezu Einladungen an jeden Einbrecher.«

»Ich hab mir schon Riegelschlösser angesehen. Die kosten über sechzig Dollar. Ist das okay – ich meine, so viel zu bezahlen?«

Freddy deutete auf den Stapel Geldscheine auf dem Tisch. »Was möchtest du lieber verlieren, sechzig Dollar oder das alles?« Er drückte den Knopf am Türknauf ein und schloß die Tür behutsam hinter sich, als er ging.

Ein wenig benommen öffnete Susan den Kühlschrank, starrte einen Moment lang in seine Tiefen, schloß die Tür wieder, nahm eine Rolle Toilettenpapier aus der Einkaufstüte, betrachtete sie, warf sie wieder zurück, ging auf das Badezimmer zu, zögerte, rannte dann hastig zum Telefonbuch von South Miami und schlug die Gelben Seiten auf.

10

Hoke Moseley und Bill Henderson saßen dicht nebeneinander auf einem rosaseidenen Zweiersofa im Wohnzimmer von Nummer 11 K, einem Reihenhaus in Tahitian Village. Reihenhäuser mit zwei Schlafzimmern waren in Tahitian Village nicht unter hundertneunundachtzigtausend Dollar zu haben; dieses hier hatte drei Schlafzimmer, und die Besitzer hatten außerdem eine Menge Geld in die spanisch-barocke Einrichtung gesteckt. Vor sämtlichen Parterrefenstern befanden sich zierlich verschlungene Eisengitter. Unter den Farben der Innenausstattung herrschten die Farben Purpur und Rosa vor. Der Teppichboden war von tiefem Purpurrot, und die violetten Samtvorhänge nahmen die Farbe mit unverminderter Wucht auf; sie hingen mit schwerem Faltenwurf in Wohn- und Eßzimmer an eisernen, zweiköpfigen Speeren.

Im purpurroten Wohnzimmer lagen zwei Männer, eindeutig Latinos, die Hände und die Füße mit Kupferdraht zusammengebunden, mit dem Gesicht nach unten auf dem Teppichboden. Beiden war in den Hinterkopf geschossen worden, und ihre Gesichter waren nicht mehr zu erkennen. Eine dunkelhaarige junge Frau in der schwarzweißen Uniform eines Hausmädchens mit einem weißen Spitzenhäubchen lag erschossen in dem Gang, der zur Küche führte. Auch ihre Hände und Füße waren mit Kupferdraht gefesselt. Ein kleiner Junge von zwei, vielleicht drei Jahren hatte ebenfalls einen Kopfschuß erhalten, aber das Kind war nicht an Händen und Füßen gefesselt. Es lag oben in einem rosa gekachelten Badezimmer in der versenkten Wanne.

Es herrschte beträchtliche Aktivität in dem Reihenhaus. Die Spurensicherung war eifrig bei der Arbeit. Zwei Techniker nahmen mit Pulver und Pinsel Fingerabdrücke vom Mobiliar, ein anderer Mann machte Blitzlichtfotos aus verschiedenen Winkeln. Der Gerichtsmediziner Dr. Merle Evans saß im Eßzimmer an dem schmiedeeisernen Tisch mit Glasplatte und machte sich Notizen auf sein Clipboard.

Die Dame des Hauses, die in der Kendall Lakes Mall einkaufen gewesen war, berichtete, sie habe bei ihrer Rückkehr den Ehemann, den Bruder, den Sohn und das Hausmädchen tot vorgefunden. Sie war Kolumbianerin und sprach nur gebrochen Englisch, und sie war hysterisch geworden. Als Doc Evans gekommen war, hatte er ihr eine Spritze gegeben und sie mit einem Krankenwagen in die Notaufnahme des American Hospital geschickt.

Nach einem ersten kurzen Blick auf den Tatort hatten Hoke Moseley und Bill Henderson in der Nachbarschaft an die Türen geklopft, der eine hier, der andere dort; sie hatten herumgefragt und verglichen jetzt ihre Aufzeichnungen.

»Niemand, mit dem ich gesprochen habe«, sagte Henderson, »hat etwas gesehen oder gehört.«

»Bei mir lief's auch nicht besser. Die Leute hier haben anscheinend sehr zurückgezogen gelebt; ich hab niemanden gefunden, der sie kannte oder mal mit ihnen gesprochen hat. Sie sprachen Spanisch und sonst nichts. Manchmal ging das Mädchen morgens mit dem Kleinen zum Pool, aber die Erwachsenen waren nie dort. Das ist der Ort, wo die Leute, die in diesem Komplex wohnen, einander kennenlernen. Der Verwalter sagt, das Haus gehört einer kolumbianischen Firma, die sämtliche Rechnungen und Wartungskosten bezahlt, und die Leute hier kommen und gehen. Wenn sie kommen, haben sie einen auf Spanisch verfaßten Brief, der sie zum Wohnen berechtigt, und er übergibt ihnen die Schlüssel. Wenn sie gehen, gibt einer von ihnen die Schlüssel bei ihm ab. Mit keinem der Mieter hat er je Schwierigkeiten gehabt, behauptet er. Es sind nette, ruhige Mieter, sagt er jedenfalls.«

»Kannte er ihren Namen?«

»Nein. In dem Brief, den er mir zeigte, stand nur, daß die Überbringer befugt seien, über längere Zeit in dem Haus zu wohnen. Ich kann Spanisch nicht lesen, aber er, und das stand drin.«

»In einem solchen Punkt wird er kaum lügen«, sagte Henderson. »Aber wir können es trotzdem überprüfen. Es müssen mindestens vier Schüsse gefallen sein, aber niemand hat auch nur einen gehört. Darüber komme ich nicht hinweg.«

»Vielleicht ist es gut, daß niemand die Schüsse gehört hat und herausgelaufen ist, um nachzusehen. Möglicherweise hätten wir sonst noch mehr Tote.«

»Aber es muß jemand etwas gehört haben. Die wollen bloß nichts damit zu tun haben, das ist es.«

Dr. Evans trat zu ihnen. »Sie sind seit ungefähr zwei Stunden tot. Vielleicht stimmt es nicht genau, aber nach der Körpertemperatur zu urteilen, liege ich nicht allzuweit daneben.«

Hoke nickte. »Das deckt sich mit dem, was die Frau gesagt hat. Sie war ungefähr zwei Stunden außer Haus, und als sie ging, waren alle noch quicklebendig. Ich hoffe, Sie finden Spuren von Heroin, wenn Sie sie aufschneiden, Doc. In der Wohnung befindet sich kein Rauschgift. Ohne irgendwelche Spuren von Stoff können wir nicht zweifelsfrei erklären, daß die Morde mit Rauschgift in Zusammenhang stehen. Wir können sagen, daß wir es glauben, aber das ist nicht das gleiche. Wenn es eine Rauschgiftgeschichte ist, dann interessiert sich niemand dafür, aber wenn es ein Raubmord war, werden die Leute hier in Panik geraten.«

»Das sieht nach Profiarbeit aus«, sagte Doc Evans. »Schade um das Kind. In dem Alter hätte der Junge niemanden identifizieren können.«

»Kolumbianische Drogenfamilien sind so, Doc«, sagte Henderson. »Sie bringen die ganze Familie um. Das müssen sie. Wenn sie den Jungen nicht getötet hätten, würde er sie eines Tages, als Mann, töten. Wann kann ich mit der Frau im Krankenhaus reden?«

»Jederzeit. Sie wird ein bißchen benommen sein, aber reden kann sie jetzt. Warum?«

»Ich habe eine Theorie. Ich glaube, sie kannte die Killer. Ich glaube außerdem, die brachten die Leute hier um, und dann fuhr die Frau sie zum Flughafen, wo sie in ein Flugzeug stiegen. Dann fuhr sie hierher zurück und alarmierte uns, sobald sie wußte, daß sie in Sicherheit waren.«

»Meine Güte, Bill«, sagte Hoke, »du glaubst doch nicht im Ernst, daß eine Mutter dem Mörder ihres eigenen Kindes zur Flucht verhilft, oder?«

»Woher wissen wir denn, daß es ihr Kind war? Ein Menschenleben zählt nicht viel für diese Wichser in Kolumbien. Kann sein, daß sie den Kleinen mitgebracht haben, weil sie die Sache von langer Hand geplant haben. Ich glaube jedenfalls, daß es so war, und ich habe auch noch einen anderen Grund. Ich nehme mir Martinez als Dolmetscher mit.«

»Warum nicht? Ich warte hier. Ich habe Kossowski vom Rauschgiftdezernat gebeten, einen Durchsuchungsbefehl mitzubringen, damit wir uns ihren Caddy anschauen können. Sie war einkaufen, sagt sie, aber ich sehe keine Tüten im Wagen. Wenn sich im Kofferraum auch nichts findet, ist deine Theorie vielleicht besser, als ich im Moment glaube. Wie auch immer«, schloß Hoke, »wenn wir den Wagen durchsucht haben, rufe ich dich im Krankenhaus an.«

»Ich werd ihr ein bißchen Dampf machen.« Henderson stand auf. »Vielleicht sind ihre Pässe auch im Kofferraum. Im ganzen Haus findet sich nicht ein einziges Ausweispapier.«

»Die Killer haben die Pässe wahrscheinlich mitgenommen. Aber fahr nur. Du wirst sicherlich mehr herausfinden, als wir bis jetzt wissen.«

Kossowski kam ein paar Minuten später, begleitet von einem Assistenten der Staatsanwaltschaft, und brachte einen Durchsuchungsbefehl für den purpurroten Cadillac mit. Kossowski und Hoke durchsuchten den Wagen; er war geleast, nicht gekauft und sehr sauber. Im Kofferraum fand sich nichts außer einem Werkzeugkasten. Im Handschuhfach lag eine säuberlich zusammengefaltete Straßenkarte von Miami, im Aschenbecher ein ausgiebig zerkauter Zigarrenstummel. Der Stadtplan wies keine Kuli- oder Bleistiftmarkierungen auf.

»Diese Art von Durchsuchung hat nicht viel zu bedeuten, Hoke«, sagte Kossowski. »Wenn ich den Wagen in die Stadt bringe und auseinandernehme und wenn auch nur ein Körnchen Heroin drin ist, dann finde ich es.«

»Nimm ihn mit. Ich glaube, Henderson ist auf der richtigen Spur.«

Hoke rief im American Hospital an und ließ Henderson ausrufen. Man fand ihn in der Unfallstation.

»Bill«, sagte Hoke, »bei einer oberflächlichen Durchsuchung war der Wagen clean. Ich hab Kossowski gesagt, er soll ihn mit in die Stadt nehmen und mit der Lupe darangehen. Im Kofferraum waren keine Einkäufe. Vielleicht ist es eine gute Idee, wenn du der Frau mal den Arm verdrehst.«

»Hab ich schon versucht, aber alles, was ich aus ihr rauskriege, ist *nunca*, als ob es das einzige Wort wäre, das sie kennt.«

»Stell fest, was ihr Mann und ihr Bruder hier in Miami zu tun hatten.«

»Sie haben hier Urlaub gemacht, sagt sie.«

»Genügt mir nicht.«

»Martinez meinte, wir sollten ihr damit drohen, daß wir sie raus nach Krome ins Ausländersammellager bringen und der Einwanderungsbehörde übergeben. Sie hat keine Papiere, und wenn sie als illegale Einwanderin für ein paar Tage mit den Haitianerinnen da draußen zusammenlebt, wird sie vielleicht ein bißchen redseliger.«

»Droht ihr nicht bloß. Wenn sie nicht redet, bringt sie raus, und überlaßt sie der Einwanderungsbehörde. Sagt denen, sie sei selbstmordgefährdet und sie könnten sie ein paar Tage in eine Einzelzelle sperren.«

»Sobald wir sie hier aus der Notaufnahme in ein Einzelzimmer verlegt haben, kann ich ihr ein bißchen härter zusetzen. Eins zu kriegen ist kein Problem – sie hat rund neunhundert Dollar in der Handtasche, und das Krankenhaus wird ihr mit Vergnügen ein Einzelzimmer zur Verfügung stellen, bis ihr Geld aufgebraucht ist.«

»Tu, was du für richtig hältst, Bill, mir ist es recht. Evans nimmt die Toten jetzt mit, und die Spurensicherung ist auch so gut wie fertig. Ich bleibe noch ein bißchen hier; nachher werd ich das Haus versiegeln und noch mal bei der Pathologie nachfragen. Dann ruf ich dich an.«

Zwei Stunden später saß Hoke in einem Restaurant in Kendall Lakes. Er hatte sein gewohntes Diätfrühstück – ein pochiertes Ei, eine Scheibe trockenen Toast und Kaffee – zu sich genommen, aber das war lange her. Es war fast halb fünf, als er jetzt die Speisekarte des Roseate Spoon Bill of Fare, eines beliebten Schnellrestaurants in dem weitläufigen Einkaufszentrum, studierte. Wenn es ums Essen ging, hatte Hoke ein größeres Problem. Im Jahr zuvor hatte er abgenommen und sein Gewicht von dreiundneunzig auf dreiundachtzig Kilo gesenkt. Dabei sollte es bleiben, aber jetzt war er ständig hungrig. Er schaffte es bestenfalls zwei Tage, seine Diät einzuhalten, dann drehte er durch und stopfte sich den Bauch mit Fleisch und Kartoffeln voll, zumal er mit seinem neuen Gebiß wieder fast alles kauen konnte.

Nach einem ausgedehnten Studium der umfangreichen Karte entschied er sich für einen Kompromiß. Er bestellte sich ein spanisches Omelett mit Hüttenkäse statt Pommes frites, ein Schälchen Apfelmus und sagte der Kellnerin, sie solle den Toast weglassen.

Während er wartete, blätterte er in seinem Notizbuch und versuchte seine Gedanken auf die Reihe zu bringen. Er strich den Namen Ronald I. France durch. Er konnte nichts tun, um ihm zu helfen; die Grand Jury hatte entschieden, daß der alte Mann wegen der Erschießung eines zwölfjährigen Jungen angeklagt werden müsse, der sein Blumenbeet verwüstet hatte. Der Mann war zweiundsiebzig Jahre alt, und er hatte geweint, als Hoke ihn ins Untersuchungsgefängnis brachte. Nach Auskunft der Nachbarn war er ein netter alter Mann, aber ein Kind zu erschießen, weil es ein Blumenbeet zerstört hatte, war ein bißchen drastisch. Es half Mr. France nicht, daß er behauptete, er habe den Jungen mit seiner Schrotflinte nur ein bißchen verletzen wollen. Wenn das der Fall war, weshalb hatte er die Flinte dann mit der stärksten Schrotsorte geladen? Aber die *Adresse* von Mr. France strich Hoke nicht aus seinem Buch. Die Nachbarschaft hatte sich in zwei Lager gespalten, und Mrs. France, die ebenfalls zweiundsiebzig war, hatte einiges an Schikanen zu erwarten.

Marshall Fisher – tot bei Einlieferung – Selbstmord. Für ihn war der Fall abgeschlossen, aber bei der gerichtlichen Untersuchung würde er als Zeuge auftreten müssen. Er machte sich eine kurze Notiz; er mußte gelegentlich in seinem Fach nachschauen, ob nicht schon eine Mitteilung zum Fall Fisher angekommen war.

Es gab drei unaufgeklärte Ladenmorde, aber keinerlei Hinweise dazu. In allen kleinen Läden standen Hinweisschilder in Spanisch und Englisch, die besagten, daß die Händler nicht mehr als fünfunddreißig Dollar in der Kasse haben durften. Aber die kubanischen Händler wurden von kubanischen Banditen auch für fünfunddreißig Dollar erschossen. Die amerikanischen Gefängnisse schreckten die kriminellen Marielitos nicht; für jemanden, der unter Castro im Knast gesessen hatte, war eine amerikanische Strafanstalt ein Country Club. Und wenn sich einmal ein Mordzeuge fand – was selten vorkam –, hatte er meistens zuviel Angst, um mit dem Finger auf den Mörder zu zeigen.

Als Hokes Blick auf die Adresse »K. P. T. – 157. Ave. – 6-418E« fiel, war er ein paar Sekunden lang ratlos. Er war nicht nur hungrig, sondern hatte auch eine Menge Dinge im Kopf. Ein Name stand nicht dabei, und er kannte niemanden, der so weit draußen in Kendall wohnte. Dann fiel ihm ein, daß es Susan Waggoners Anschrift war. Die 157. Avenue gehörte zum Dade County und fiel nicht in die Zuständigkeit des Miami Police Department; deshalb kam Hoke nur selten so weit nach Westen. West Kendall gehörte zum Bereich der Metro Police.

Das merkwürdige Pärchen hatte Hoke neugierig gemacht, vor allem der Athlet – auch wenn er nicht eine Sekunde lang glaubte, daß Susan »Junior Mendez« beauftragt hatte, ihrem Bruder den Finger zu brechen. Sie war ihm zu einfältig erschienen, um auch nur auf diese Idee zu kommen, aber es konnte trotzdem nichts schaden, einmal mit ihr zu plaudern, wenn ihr Freund nicht dabei war. Vielleicht konnte er etwas über ihn in Erfahrung bringen. Wenn diese beiden Collegestudenten waren und ein Examen in Betriebswirtschaft anstrebten, dann sollten er und Henderson vielleicht auch ein Seminar belegen und Doktor der Theologie werden.

Die hohen, unfertigen Apartmenthäuser der Kendall Pines Terrace erinnerten Hoke an römische Mietshäuser, die er einmal in einem neorealistischen Film aus Italien gesehen hatte. Der salvadorianische Wachmann am Tor erklärte ihm, wie er zum Gebäude sechs käme, und Hoke nahm die gewundene Straße zum letzten Parkplatz. Den Bremsschwellen wich er aus, indem er über den Rasen fuhr. Wie der Wachmann es ihm geraten hatte, parkte er auf einem Besucherparkplatz, um nicht abgeschleppt zu werden, und fuhr dann mit dem Aufzug in den vierten Stock.

Susan öffnete auf sein erstes Klopfen hin; das neue Riegelschloß bereitete ihr einige Schwierigkeiten, denn es war noch ein bißchen schwergängig.

»Ich habe Ihnen gar nicht viel zu erzählen, Miss Waggoner«, sagte Hoke. »Aber da ich schon hier draußen war, dachte ich, ich schaue mal bei Ihnen vorbei, um ein bißchen mit Ihnen zu plaudern.«

Susan trug ein schwarzes Kostüm, Strumpfhosen und schwarze Pumps. Sie hatte ein wenig Rouge aufgelegt und sich die Lippen mit einem rosa Lippenstift nachgezogen. Um ihren dünnen Hals hing eine Kunstperlenkette. Das Kostüm war ihr zu groß, und sie kam Hoke vor wie ein kleines Mädchen, das mit Mutters Garderobe Verkleiden spielte.

»Möchten Sie ein Bier, Sergeant? Oder Kaffee?«

»Nein, nein. Danke, aber ich hab gerade zu Mittag gegessen.«

»Zu Mittag? Es ist gleich halb sechs.«

»Dann eben ein frühes Abendessen. Tatsächlich bin ich nicht zum Mittagessen gekommen, und deshalb hab ich gerade im Roseate Spoon Bill eine Kleinigkeit gegessen.«

»Da geh ich oft hin. Ich esse gern die mexikanische Pizza.«

»Das hab ich noch nicht probiert.«

»Ist wirklich gut. Jede Menge Käse.«

»Ich werd's mal probieren. Ihr Vater ist heute morgen gekommen, Miss Waggoner. Er wollte die zweihundert Dollar.«

»Dachte ich mir.«

»Aber wir werden die Sachen noch ein Weilchen behalten. Ich wollte heute bei den Krishnas anrufen, aber dann war ich mit anderen Dingen beschäftigt. Hat Ihr Vater sich heute bei Ihnen gemeldet?«

Susan schüttelte den Kopf. »Wird er kaum tun. Aber ich habe sowieso nicht vor, zur Beerdigung zu gehen.«

»Er sagte, er wollte Ihren Bruder verbrennen lassen und die Asche auf dem Lake Okeechobee verstreuen.«

»Das würde Martin gefallen. Er hatte den See immer gern.«

»Ihr Vater wohnt im Royalton in der Stadt, falls Sie ihn anrufen wollen.«

»Will ich nicht.«

»Wo ist Mendez?«

»Wer?«

»Ramon Mendez. Ihr Verlobter.«

»Ach, Sie meinen Junior. Sein Name ist Ramon Mendez, Junior, aber alle nennen ihn Junior. Er haßt es, wenn man Ramon zu ihm sagt.«

»Woher kennen Sie ihn?«

»Wir haben uns im Englischseminar kennengelernt, am College. Er hat mir geholfen, meine Haikus zu schreiben. Ich hatte Schwierigkeiten damit.«

»Haikus? Was ist das?«

»Eine Art japanische Gedichte.«

»Aha. Da haben Sie sich also im College kennengelernt und sich verlobt.«

»Genau. Aber jetzt führen wir eine platonische Ehe.«

»Das heißt, er wohnt hier bei Ihnen?«

»Er müßte gleich nach Hause kommen. Wenn Sie mir Fragen über Junior stellen wollen, dann sollten Sie besser mit ihm selber reden.«

»Was riecht denn hier so gut?«

»Das Abendessen. Ich mache gefüllte Koteletts. Dazu nehme ich Stove-Top-Dressing, Schalotten und Pilze, alles mit reichlich brauner Sauce. Dann noch gebackene Süßkartoffeln, Erbsen und einen gemischten Salat mit Tomaten, Gurken und Zwiebeln. Was meinen Sie – soll ich noch warme Biskuits machen?«

»Mag Junior Biskuits?«

»Weiß ich wirklich nicht. Ich habe Weißbrot, aber ich glaube, ich mache doch ein paar. Die meisten Männer mögen warme Biskuits. Haben Sie Lust, zum Abendessen zu bleiben?«

»Ich sage doch, ich hab schon gegessen. Sie haben eine hübsche Wohnung hier, Miss Waggoner.«

»Oh, die gehört mir nicht. Ich hab sie gemietet, möbliert.«

»Es muß hart sein, zu arbeiten und parallel zu studieren.«

»So schlimm ist es nicht. Die Arbeit im International Hotel ist nicht schwer, und nachts brauche ich nicht zu arbeiten.«

»Was sind Sie denn – Zimmermädchen?«

»O nein!« Susan lachte. »Zimmermädchen werden zu schlecht bezahlt. Ich kriege fünfzig Dollar pro Nummer, und die teile ich mit Pablo. Ich bin eins von Pablo Lhosas Mädchen. Das heißt, ich war es, aber ich hab aufgehört. Jetzt, wo wir eine platonische Ehe führen, will Junior nicht mehr, daß ich für Pablo arbeite.«

»Das heißt, Sie sind eine Nutte?«

»Ich dachte, das wüßten Sie. Sie wollen mich doch nicht verhaften, oder?«

»Nein, das fällt nicht in mein Ressort. Ich bearbeite nur Tötungsdelikte. Ich schätze, ich habe bisher Glück gehabt. Drei Jahre war ich bei der Polizei in Riviera, und seit zwölf Jahren bin ich in Miami, und ich mußte noch nie bei der Sitte arbeiten. Wann rechnen Sie mit Junior?«

»Wenn er kommt, ist er da. Mir kommt's nicht darauf an. Die Koteletts sind im Bräter, und das andere dauert nicht lange. Die Kartoffeln sind schon fertig. Er sagte, er kommt gegen sechs, aber es kann sein, daß er sich verspätet.«

Hoke reichte ihr eine seiner Karten. »Junior soll mich anrufen, wenn er heute abend nach Hause kommt. Hier steht Eldorado Hotel in Miami Beach, aber ich bin da zu erreichen. Wenn sich nicht sofort jemand meldet, soll er's klingeln lassen. Nachts ist am Empfang nur ein Mann, und wenn der gerade unterwegs ist, dauert's ein Weilchen, bis er ans Telefon kommt. Aber irgendwann meldet sich jemand.«

»Okay, ich sag's ihm. Aber das heißt nicht, daß er's auch tut.«

»Sagen Sie ihm nur, ich hätte mir ein paar Alben angeschaut.«

»Alben?«

»Er wird wissen, was ich meine.« Hoke ging zur Tür.

»Sergeant Moseley? Sie haben Daddy doch nichts von dem Auto gesagt, oder?«

Hoke schüttelte den Kopf. »Nein. Er hat nicht gefragt, und von mir aus hab ich nichts erzählt.«

Als Hoke in die Stadt zurückfuhr, herrschte auf dem North Kendall Drive dichter Verkehr, und auf dem Dixie Highway war es noch schlimmer. Als er die LeJeune Road erreichte, war es schon nach sieben. Er hielt an einer Tankstelle, tankte und rief den diensthabenden Beamten im Morddezernat an, bei dem er für Sergeant Henderson die Nachricht hinterließ, er solle ihn zu Hause anrufen. Dann rief er noch einmal in der Pathologie an und erfuhr, daß die Autopsie der Kolumbianer erst am folgenden Tag stattfände, wahrscheinlich am späten Nachmittag. Er bezahlte das Benzin, legte die Quittung in sein Notizbuch und beschloß, nach Hause zu fahren. An seinem Bericht konnte er auch am nächsten Morgen arbeiten. Vielleicht hatte Henderson bis dahin von der Frau etwas erfahren können.

Hoke fuhr auf dem MacArthur Causeway nach South Beach, beschloß aber, bei Irish Mike noch einen zur Brust zu nehmen, bevor er nach Hause fuhr. Mike brachte ihm einen Early Times und ein Glas Miller's vom Faß. Er wartete, bis Hoke den Whiskey hinuntergestürzt und einen Schluck Bier getrunken hatte.

»Ich nehme an, ich soll's Ihnen wieder anschreiben, Sergeant.«

»Ja, das und noch einen Whiskey. Bier hab ich noch genug.«

»Wissen Sie, wie hoch Sie in der Kreide stehen?«

»Nein, sagen Sie's mir.«

»Es sind fünfundachtzig Dollar.« Mike schenkte Hoke einen Whiskey nach. »Die beiden kommen noch dazu.«

»Ich wußte nicht, daß es soviel ist.«

»Soviel ist es aber, Sergeant. Wenn wir die Hundertermarke erreichen, werde ich Sie standrechtlich trockenlegen, bis Sie zahlen. Ich hätte gegen eine Anzahlung jetzt gleich nichts einzuwenden.«

»Ich hätte auch nichts gegen eine Anzahlung, Mike, aber im Moment bin ich ein bißchen knapp. Am Zahltag bring ich Ihnen fünfzig. Aber lassen Sie es nicht wieder so hoch auflaufen.«

»Ich bin nicht derjenige, der es auflaufen läßt. Das sind Sie.«

Mike ging nach hinten, und Hoke stürzte den zweiten Whiskey hinunter, trank sein Bier und ging hinaus. Er war schon deprimiert genug, auch ohne wegen fünfundachtzig Dollar Barschulden angemacht zu werden. Hoke trank gar nicht mal soviel, aber wenn er trank, dann verabscheute er es, allein in seinem Zimmer zu trinken. Zum Glück hatte er noch eine Flasche El Presidente zu Hause. Diesmal würde er sich eben doch selbst Gesellschaft leisten müssen.

Hoke stieg in seinen Wagen und fuhr zum Eldorado Hotel.

11

Bevor Freddy die Kendall Pines Terrace hinter sich ließ, hatte er die Pistole im Handschuhfach eingeschlossen und den Stadtplan von Miami auf dem Beifahrersitz ausgebreitet. Er wandte sich auf dem Kendall Drive nach Osten und nahm dann den Homestead Extension Freeway nach Norden auf die Stadt zu. Der Verkehr wurde erst dicht, als er nach Osten Richtung Flughafen auf den Dolphin Expressway bog. Aufmerksam beachtete er die Hinweisschilder über der Straße, damit er nicht auf die Spur geriet, die ihn auf den MacArthur Causeway und damit nach Miami Beach führen würde. Er drückte sich auf die linke Spur, um zum Biscayne Boulevard zu kommen. Er wunderte sich über die unberechenbare Fahrweise der Leute auf dem Freeway. Wenn sie in Los Angeles so fahren würden, dachte er, wären die meisten von ihnen innerhalb weniger Minuten nicht mehr am Leben. Freddy hielt sich selbst nicht für einen guten Autofahrer, aber verglichen mit diesen Fahrern in Miami war er ein Profi.

Einem Impuls folgend, bog er in die Omni Mall ein; er mußte bis zum dritten Parkdeck hinauffahren, ehe er einen Platz fand. Die Einstellplätze waren nicht nur numeriert, sondern außerdem farbcodiert; Freddy schrieb *Lila 3* auf seinen Parkschein, bevor er ihn in die Gesäßtasche schob.

Mit Mendez' Visa-Karte kaufte er im County Seat zwei kurzärmlige Sporthemden; einen federleichten Popelineanzug bezahlte er bar bei einem italienischen Herrenausstatter. Der Anzug war ein Sonderangebot für dreihundertfünfzig Dollar, aber damit das Geschäft zustande kam, mußte der Verkäufer von einem zweiten Anzug eine Hose mit neunundzwanzig Zoll Bundweite herbeischaffen, die zu dem zweiundfünfziger Jackett paßte. In einem zweiten Herrenbekleidungsgeschäft erstand er zwei Fünfundzwanzig-Dollar-Krawatten mit Mendez' Karte, und bei Bally bezahlte er hundertfünfzig Dollar in bar für ein Paar Lederslipper. Er kehrte zu dem TransAm zurück und schloß seine Einkäufe in den Kofferraum. Dann ging er noch einmal in das Einkaufszentrum. Im »One Potato, Two« bestellte er sich eine gefüllte in der Schale gebackene Kartoffel, dazu ein »Mexican Idaho«, das aus Butter, Chili con Carne, Quark und Tortillachips bestand. Das Chili war scharf, und er trank ein großes Glas Tab-Cola mit viel Eis.

Jetzt brauchte er noch einen Karton Oberhemden und ein Geschenk für Susan. Sie war kein Mädchen, das oft Geschenke bekam, und sie würde sich über alles freuen, was er ihr mitbrachte. Im Bett war sie so passiv, daß sie vermutlich niemals Trinkgeld von ihren Freiern bekam.

Zusätzlich zu den in drei Ebenen angeordneten Ladenstraßen gab es an jedem Ende des vollklimatisierten Einkaufszentrums ein Kaufhaus – Penney's am einen und Jordan Marsh am anderen. Außerdem hatte man von hier aus Zugang zum Omni Hotel. Man konnte sich leicht verlaufen in der Omni Mall, aber dank der farbcodierten Ausgänge und dem Nummernleitsystem fand man sich rasch wieder zurecht.

Ein korpulenter Mann in einem blau-weißen Seersuckeranzug stand vor einem Schaufenster und betrachtete interessiert die Auslage. Als Freddy ihn ansah und sich fragte, was in dem Schaufenster wohl seine Aufmerksamkeit fesselte, stieß ein dunkelhäutiger kleiner Mann mit buschigem Lockenschopf gegen den korpulenten Mann, entschuldigte sich und ging weiter. Freddy sah, wie der kleine Mann dem dicken Mann die Brieftasche aus der Hose zog, ohne daß dieser etwas merkte. Freddy folgte dem kleinen Mann, der einen blauen Sergeanzug und eine blaue Wollkrawatte trug, zur Rolltreppe und beobachtete, wie er die Brieftasche in die zusammengefaltete *El Diario* eines anderen Mannes fallen ließ. Der Taschendieb setzte seinen Weg durch das Einkaufszentrum fort. Der Mann mit der Zeitung, ein hochgewachsener dunkler Typ mit schwarzen Koteletten, die bis zu seinen Mundwinkeln reichten, nahm die Rolltreppe nach unten.

Freddy trat hinter ihm auf die Rolltreppe. Er folgte ihm vorbei an Treasure Island und dem Karussell in die untere Etage des Einkaufszentrums. Der Mann schlenderte vorbei am Unicorn Store, einem T-Shirt-Geschäft, umrundete ein französisches Straßencafé und ging schließlich in eine Herrentoilette. Freddy wartete draußen vor der Tür, zählte bis dreißig und ging dann ebenfalls hinein. Der große Mann mit den Koteletten hatte die Brieftasche in der Hand. Er hob den Kopf und sah Freddy kurz an, dann wieder auf die Brieftasche. Freddy packte sein linkes Handgelenk und riß es in einer einzigen Bewegung nach hinten. Dann stieß er den Mann mit dem Gesicht gegen die weißgekachelte Wand. Der Mann kreischte etwas auf spanisch und versuchte die rechte Hand in die Hosentasche zu bringen. Freddy bog den Arm weiter nach oben, bis er am Ellbogen brach. Als der Knochen knackte, übergab der Mann sich und fiel auf die Knie. Freddy gab ihm einen Fußtritt hinters Ohr, und der Mann wurde bewußtlos.

Freddy hob die Brieftasche vom Boden auf und steckte sie ein. Dann durchsuchte er den Mann. In der rechten Hosentasche fand er ein Schnappmesser mit Perlmuttgriff, in der linken Gesäßtasche eine Rolle Geldscheine, die mit einem Gummiband zusammengehalten wurde. In der Innentasche der Jacke steckte eine zweite Brieftasche. Freddy steckte alles ein und wusch sich die Hände. Ein Teenager kam herein; er trug Jeans, eine rote Red-Man-Schirmmütze und ein T-Shirt mit der Aufschrift CLASH. Er sah, daß dem Mann am Boden das Blut schaumig aus Mund und Ohren quoll, und trat ans Pissoir.

»Was ist mit dem Typ?«

»Frag ihn doch«, sagte Freddy und tupfte sich die Hände mit einem braunen Papierhandtuch trocken.

»Ich will damit nichts zu tun haben«, sagte der Teenager und öffnete den Reißverschluß an seiner Jeans.

Freddy verließ die Herrentoilette und ging über die Treppe hinauf zur Ebene zwei. Bei Baron's kaufte er sich einen Karton mit drei weißen, in sich gemusterten Excello-Hemden. Dann erwarb er einen Kaffeebecher, auf dem in altenglischen Lettern *Susie* stand, und einen Halbpfundbeutel kolumbianischen Kaffee. Er ließ sich von dem Mädchen im Kaffeegeschäft beides in Geschenkpapier verpacken, was ihn zusätzlich anderthalb Dollar kostete. Er ging zum Wagen und schloß die neuen Sachen in den Kofferraum, ehe er sich ans Steuer setzte, den Motor startete und die Klimaanlage einschaltete.

In der gestohlenen Brieftasche des korpulenten Mannes fand Freddy dreihundertzweiundzwanzig Dollar und in der des großen Mannes achthundertundneun Dollar. Das festgerollte Banknotenbündel enthielt zwölfhundert Dollar. In der Mitte dieser Rolle fand sich eine noch enger zusammengedrehte Rolle mit zehntausend mexikanischen Pesos. Also war er jetzt – wenn man die Pesos nicht mitrechnete; die würde er vielleicht später wechseln können – um zweitausenddreihundertundeinunddreißig Dollar reicher als bei seiner Ankunft im Omni, natürlich minus der Summe, die er für seine Einkäufe ausgegeben hatte. Dies war mit Abstand der beste Tagesschnitt, den Freddy je gemacht hatte. Außerdem hatte er zwei neue Kreditkarten, eine Visa und eine MasterCard, die dem dicken Mann gehört hatten. Der große Mann mit dem Backenbart, anscheinend die zweite Hälfte der Taschendiebmannschaft aus Mexico City, hatte eine Green Card auf den Namen Jaime Figueras in der Brieftasche. Das bedeutete, daß er in Miami arbeiten durfte, nicht aber, daß er das Recht hatte, als Taschendieb zu arbeiten; es war kaum damit zu rechnen, daß er den Überfall der Polizei melden würde. Wenn der verdammte Junge nicht in die Toilette gekommen wäre, hätte Freddy ein paar Minuten warten und noch einmal ordentlich absahnen können, wenn nämlich der kleine Partner heruntergekommen wäre, um sich seinen Anteil abzuholen. Aber vielleicht war es ganz gut so. Er hatte schon mal Schwierigkeiten bekommen, weil er zu lange auf einer Herrentoilette herumgelungert hatte. Cops von der Sitte, die so taten, als wären sie schwul, und ein paar, die gar nicht so zu tun brauchten, trieben sich dauernd in öffentlichen Bedürfnisanstalten herum, um ihre tägliche Festnahmequote zu erreichen.

Freddy bezahlte die Parkgebühr bei dem kubanischen Mädchen an der Ausfahrt und fuhr auf dem Biscayne Boulevard nach Süden. Dabei überlegte er sich, was er zu Pablo Lhosa im International Hotel sagen würde.

Als er im schleichenden Verkehr bis zur Dupont Plaza gekommen war, hatte Freddy entschieden, daß es vielleicht am besten war, wenn er überhaupt nicht mit Pablo sprach. Pablo kannte ihn als Gotlieb, und inzwischen – oder spätestens in ein oder zwei Tagen – würde das Hotel bemerkt haben, daß es mit einer gestohlenen Kreditkarte geprellt worden war. Natürlich würde das Hotel sein Geld höchstwahrscheinlich bekommen, aber Pablo hätte etwas gegen ihn in der Hand. Vielleicht war es vorläufig am besten, überhaupt nichts zu tun. Er würde Susan sagen, sie solle nicht ans Telefon gehen, und wenn Pablo kam, um mit ihr zu reden, würde er sich um ihn kümmern. Bis dahin würde ihm sicher eine Lösung einfallen.

Freddy umkreiste die Dupont Plaza und fuhr auf dem Biscayne zurück zum Omni. Diesmal bog er in die Hotelzufahrt ein. Dem Türsteher gab er den Zündschlüssel, aber nicht den Schlüssel für den Kofferraum. An der Rezeption meldete er sich als Mr. und Mrs. Junior Waggoner an und steckte den Zimmerschlüssel in die Tasche. Er gab dem Empfangschef tausend Dollar in bar als Vorauszahlung für das Zimmer, das hundertzwanzig Dollar pro Nacht kostete, und sagte ihm, er werde später sein Gepäck mitbringen, wenn er seine Frau vom Flughafen abgeholt habe.

Nein, sagte er ihm weiter, er wisse nicht, wie lange er bleiben würde, aber man solle ihn darauf aufmerksam machen, wenn seine Rechnung auf neunhundert Dollar gestiegen sei; er werde dann entweder ausziehen oder eine weitere Vorauszahlung leisten. Freddy winkte dem Pagen ab und fuhr mit dem Aufzug hinauf zu seinem Zimmer.

Er verstaute die neuen Brieftaschen und die Pesos in der Schublade des Nachttisches neben dem Kingsize-Bett und fuhr dann wieder hinunter zum Ausgang, um seinen Wagen zu holen. Er zahlte die Parkgebühr, gab dem Hoteldiener einen Vierteldollar und stellte die Salsa-Musik ab, die mit voller Lautstärke aus dem Radio schmetterte. Wenn der Junge das Radio nicht eingeschaltet hätte, überlegte Freddy, hätte er einen Dollar bekommen. Auf dem Biscayne fuhr er wieder nach Süden, über den Miami River hinweg und die Brickell hinunter. Jetzt hatte er schon zwei nette Schlupflöcher, eines in Kendall und eines in der Stadt im Omni. Wenn ihm die Sonne und die Hitze zuviel wurden, konnte er in der Omni Mall arbeiten – wie das Ding gebaut war, mußte es für Taschendiebe ein Paradies sein. Wenn er nur Taschendiebe ausraubte, würde er wochenlang arbeiten können, ohne befürchten zu müssen, daß er gefaßt wurde. Natürlich würde es Konkurrenz geben; in einem solchen Laden war das nicht zu vermeiden. Freddy hatte nichts gegen ein bißchen Konkurrenz. Wie sagte die Fliege, als sie über den Spiegel krabbelte? »So kann man es auch sehen.«

Freddy parkte auf dem Dach des Parkhauses der Busgesellschaft und verbrachte zwei Stunden damit, die Miracle Mile in Coral Gables auszukundschaften. Die Geschäfte gehörten Amerikanern, aber die Waren entsprachen dem Geschmack der Latinos. Die Frauenkleider waren eher grell, mit vielen Rüschen und Spitzen. Grundfarben herrschten vor, und nur wenige Pastelltöne waren zu sehen. Die Herrenanzüge waren grau oder blau und hatten schmale rostbraune oder korallenrote Streifen, und Hemden und Krawatten sahen aus wie die, die Freddy schon in Santa Anita gesehen hatte, wenn er sich nachmittags auf der Rennbahn herumgetrieben hatte. Abgesehen von der unglaublichen Sauberkeit, erinnerte die Einkaufsstraße in Coral Gables Freddy an East Los Angeles, auch wenn East L.A. nie einen derart wohlhabenden Eindruck gemacht hatte.

In einem Sportartikelgeschäft kaufte Freddy drei Frisbeescheiben in der offiziellen All-American-Wettkampfausführung und bezahlte sie mit Mendez' Kreditkarte. Er ging wieder zurück auf das Dach der Parkgarage, nahm die Frisbeescheiben aus der Tüte und riß die Plastikumhüllung ab. Dann ließ er sie, eine nach der anderen, über die Straße und über ein niedriges Dach hinwegsegeln, und er sah zu, wie sie landeten und im dichten Verkehr auf der LeJeune Road dahinrollten. Zwei seiner Zellengenossen in San Quentin hatten eine Frisbeescheibe gehabt, und Freddy hatte oft zugeschaut, wenn sie sie auf dem Hof hin und her geworfen hatten. Sie hatten gelacht, wenn es ihnen gelungen war, das Ding zu fangen, und sie hatten noch mehr gelacht, wenn einer es mal nicht geschafft hatte. Freddy hätte die Scheibe gern auch einmal geworfen, aber die beiden ließen niemals jemanden mitspielen, und natürlich bat auch niemand darum. Aber mit den drei Frisbees zu werfen hatte keinen besonderen Spaß gemacht; vielleicht brauchte man einen Partner, auf den man zielen konnte.

Freddy verirrte sich zweimal bei seinem Versuch, den Komplex der University of Miami zu durchqueren; schließlich gab er auf und fuhr außen herum. Er stieß auf die Miller Road, und um halb sieben war er in Kendall Pines Terrace.

Freddy warf seine Pakete auf die Couch, gab Susan ihr in Geschenkpapier eingewickeltes Päckchen und inspizierte das neue Riegelschloß an der Wohnungstür. Er nahm den mädchenhaften Kuß entgegen, den sie ihm für das Geschenk auf die Wange drückte, und beauftragte sie, ein Fläschchen Schmieröl zu kaufen, wenn sie das nächste Mal einkaufen ging. Sie erzählte Freddy von Sergeant Moseleys Besuch und gab ihm die Karte des Polizisten. Freddy ließ sich Wort für Wort wiederholen, was sie geredet hatten.

»Hat er gesagt ›Archivalben‹ oder ›Fahndungsalben‹?«

»Einfach Alben. Er sagte, du wüßtest schon, was er meint.«

»Du hättest ihm nicht sagen dürfen, daß du für Pablo gearbeitet hast. Das war nicht sehr schlau.«

»Ich dachte, er wüßte es.«

»Am besten, man sagt einem Cop überhaupt nichts. Merk dir das. Hat Pablo dich angerufen?«

»Nein. Das heißt, vielleicht doch. Das Telefon hat zweimal geklingelt, aber ich hab nicht abgenommen. Wenn es Pablo gewesen wäre, hätte ich nicht gewußt, was ich sagen sollte, und wenn du es gewesen wärest, dann hättest du vorher gesagt, daß du anrufen würdest. Hast du aber nicht.«

»Wenigstens etwas hast du richtig gemacht. Hol deine Handtasche. Ich fahre hinüber nach Miami Beach und besuche den Cop.«

»Und was ist mit dem Abendessen? Es ist alles fertig.«

»Das nehmen wir mit.«

Im Wandschrank stand ein großer Pappkarton mit Martins Angelzeug. Freddy kippte ihn aus, und Susan stellte den Bräter und den Rest ihres Menüs hinein. Da sie sich beeilte, war sie schon bald startbereit und mußte warten, bis Freddy geduscht und sich seinen neuen Anzug und die Bally-Slipper angezogen hatte. Die .38er beulte Freddys Jackentasche aus, aber er trug eine Pistole nicht gern am Hosenbund, weil ein Freund von ihm in San Diego einmal einen Unfall gehabt hatte.

Wie hatten die Schwarzen im Hof von San Quentin immer gesagt, wenn sie mit jemandem eine Rechnung zu begleichen hatten? Freddy würde »diesem Wichser die Zähne ziehen, Mann«.

12

Als Hoke die Lobby des Eldorado Hotel betrat, sprang Old Man Zuckerman von seinem verblichenen Brokatsessel auf und reichte ihm eine sauber gefaltete Papierserviette. Hoke dankte dem Alten und steckte die Serviette in die Tasche. Mr. Zuckerman verzog den zahnlosen Mund zu einem Grinsen und setzte sich wieder in seinen Sessel. Mr. Zuckerman war weit über achtzig, und sein »Job« bestand darin, jedem, der das Hotel betrat, eine Papierserviette zu reichen, Besuchern wie Gästen, auch Mr. Howard Bennett, dem Besitzer und Geschäftsführer des Hotels. Hoke vermutete, daß dieser Job, den Mr.

Zuckerman für sich erfunden hatte, dazu beitrug, den alten Knaben am Leben zu erhalten. Und Old Man Zuckerman verfügte über einen unerschöpflichen Vorrat an Papierservietten, denn er nahm sich, was er brauchte, wenn er ein paar Häuser weiter in Gold's Deli zu Mittag aß.

Das Eldorado Hotel war ein heruntergekommenes Art-Deco-Hotel, das vom Abbruch bedroht war. Es würde verschwinden, wenn das Sanierungsprogramm für South Miami Beach anlief. Aber inzwischen befand sich das Sanierungsprogramm schon seit zehn Jahren im Stadium der Planung, und noch war nichts geschehen. Wegen des Baustopps in South Beach reparierten die Hausbesitzer nichts, was nicht unbedingt repariert werden mußte; allenfalls den Mindestanforderungen für Brandschutz und Gebäudesicherheit wurde noch genügt. Weil Hoke in seiner Freizeit als unbezahlter Hoteldetektiv arbeitete, wohnte er hier umsonst, aber schon seit mehreren Monaten erwog er auszuziehen.

Sein Problem war Geld. Jedes zweite Gehalt ging an seine Exfrau in Vero Beach, und er mußte sich mit der Hälfte seines Einkommens begnügen. Wenn die Beiträge für Lebens-, Auto- und Pensionsversicherung und die Gewerkschaft bezahlt waren, blieben ihm nicht mal zwölftausend Dollar im Jahr zum Leben. Angesichts der Gratiswohnung und des Umstands, daß der zerbeulte LeMans bezahlt war, hätte dies eigentlich genug – oder mehr als genug – sein müssen, aber Krankenhauskosten für ihn selbst waren dazugekommen und dann eine neue, gesalzene Rechnung von dem Kiefernorthopäden, der seine beiden Töchter behandelte. Er hatte die Rechnung zerrissen, aber Patsy, seine Exfrau, hatte ihm mit einer Klage gedroht. Zu ihrer Scheidungsvereinbarung gehörte, daß er die Arztkosten für die Mädchen zu tragen hatte. Die Begradigung von Gebissen, fand Hoke, war als kosmetische Operation zu betrachten, nicht als notwendige medizinische Maßnahme. Aber um den Gang vor Gericht zu vermeiden, hatte er dem Kiefernorthopäden schließlich einen Scheck über fünfzig Dollar geschickt und ihm mitgeteilt, er werde versuchen, für die achtzehnhundert Dollar einen regelmäßigen Abzahlungsmodus zu finden.

Die schäbige Lobby war deprimierend. Acht alte Damen, allesamt Mitglieder des »Eldorado Hotel TV«-Clubs, saßen schweigend im Halbkreis und starrten auf ein Fernsehgerät, das mit Schrauben an der Wand befestigt war. Hoke schaute quer durch den Raum, und vier Marielitos, die an einem Ecktisch Domino spielten, erhoben sich respektvoll und nickten ihm schüchtern zu. Sie setzten sich wieder, als er ihren Gruß mit einem Winken erwidert hatte. Auf dem Weg zur Rezeption warf Hoke einen Blick auf den Bildschirm. Eine grüne Schlange fraß einen roten Frosch. Ein Bildungsprogramm. Er warf einen Blick in sein Postfach (Eddie Cohen war nicht am Empfang) und beschloß, heute abend nur einen sehr flüchtigen Rundgang zu machen.

Auf dem Weg zu seinem Zimmer im achten Stock ließ er den Lift in jeder Etage anhalten. Jedesmal warf er einen Blick nach rechts und links in den Gang, ohne den Lift zu verlassen, und fuhr gleich weiter. Im fünften Stock sah er Mrs. Friedman, die im Nachthemd auf dem Gang herumspazierte. Er schaltete den Aufzug mit dem Schlüssel ab und führte die alte Dame in ihr Zimmer zurück, bevor er weiter zum sechsten fuhr. Sie war oft durcheinander, und wenn sie zufällig ihr Zimmer verließ, konnte sie sich nie an ihre Nummer erinnern. Man munkelte, daß das Programm »Essen auf Rädern« entweder gekürzt oder völlig gestrichen werden sollte; wovon Mrs. Friedman sich ernähren würde, wenn das geschah, wußte er nicht. Selbst wenn ihr Scheck von der Sozialhilfe käme, würde sie nicht den Weg zu Gold's Deli und zurück finden.

Es deprimierte ihn, wenn er an Mrs. Friedman dachte, aber zu erfahren, daß Susan Waggoner eine Hure war, hatte ihn noch mehr deprimiert. Nicht einmal Hoke hatte so etwas vermutet, nicht in hundert Jahren. Bill Henderson, der drei Jahre bei der Sitte gearbeitet hatte, wäre wahrscheinlich nach einem Blick auf Susan darauf gekommen, aber Hoke hatte es nicht geahnt. Teufel, Hokes vierzehnjährige Tochter hatte eine bessere Figur und mehr Sex-Appeal.

Und dann war da dieses tote Baby gewesen – und das Hausmädchen. Das Kind hatte wahrscheinlich noch keine ganzen Sätze sprechen können, und das Mädchen konnte nicht mehr als neunzehn oder zwanzig Jahre alt gewesen sein. Um die beiden Kolumbianer tat es ihm nicht leid. Sie waren Männer von Anfang Dreißig gewesen, und was es auch war, wofür sie getötet worden waren, sie hatten es als erwachsene Menschen getan. Wenn das Mädchen aus der Gegend stammte, bot sich hier vielleicht eine Spur, aber er vermutete, daß man sie aus Kolumbien mitgebracht hatte, damit sie sich um das Baby kümmerte.

Wie er es auch betrachtete, es war eine üble Geschichte.

Statt auf sein Zimmer zu gehen, stieg Hoke vom achten Stock aus über die Treppe aufs Dach. Das einzig Gute am Eldorado Hotel war die Aussicht vom Dach. Hoke zündete sich eine Zigarette an und schaute über die Biscayne Bay nach Miami hinüber. Die weißen, ungleichmäßigen Gebäude sahen aus wie Zähne, aber aus dieser Entfernung war es ein weißes Lächeln. Oberhalb der Skyline leuchtete sogar ein zahnfleischfarbener Sonnenuntergang, und im Nordwesten über den Everglades dräute ein Stapel schwarzer Wolken, die aussahen wie Tausend-Dollar-Pokerchips. Es regnete in den Glades, und vielleicht würde noch genug Regen für die Stadt übrigbleiben, damit sie über Nacht ein wenig abkühlen konnte. Hoke rauchte seine Zigarette auf und warf sie über die Brüstung in den Swimmingpool hinter dem Hotel. Es war ein kleiner Pool, und er war mit Sand gefüllt. Wenn kein Wasser drin war, konnte man ihn sowieso nicht benutzen, aber Mr. Bennett sparte das Geld für die Wartung, wenn das Bassin voller Sand war. Die Oberfläche war von einer Menge Abfall bedeckt. Hoke beschloß, in seinem nächsten Bericht festzustellen, daß der Abfall ein Brandrisiko darstellte; dann würde Mr. Bennett das Ding säubern müssen.

Hoke schloß sein Zimmer auf und schaltete das Licht neben der Tür ein. Die Luft in dem kleinen Raum war stickig, und es roch nach schmutzigen Laken, ungewaschenen Socken und Unterhosen, Pimentöl und schalem Tabaksqualm. Howard Bennett, der knauserige Besitzer, war in Hokes Abwesenheit in das Zimmer eingedrungen und hatte den Stecker der Klimaanlage unter dem Fenster herausgezogen, um Strom zu sparen. Hoke steckte ihn wieder ein und schaltete die Anlage auf volle Kraft.

Er zog die Jacke seines Freizeitanzugs aus, nahm Revolver, Handschellen und Totschläger ab und warf die Sachen oben auf die vollgestopfte Kommode. Dann schaltete er seinen kleinen Schwarzweiß-Sony ein und goß sich drei Fingerbreit »El Presidente«-Brandy in sein Zahnputzglas. Im Fernsehen lief »Familienduell«, und zum hundertsten Mal wunderte sich Hoke über die amerikanische Definition von *Familie*. In beiden Parteien gab es fünf Familienangehörige, aber weder Mütter noch Väter, sondern diverse Onkel und Vettern und Frauen von Vettern sowie einen Teenager, der keiner der beiden Familien ähnlich sah und wahrscheinlich für die Sendung von Nachbarn ausgeborgt worden war.

Es klopfte. Hoke seufzte und versteckte das Glas Brandy hinter einem Foto seiner beiden Töchter auf der Kommode. Das letzte Mal, als ein Besucher bei ihm an die Tür geklopft hatte, war es Mrs. Goldberg von 409 gewesen. Ihr Exgatte, hatte sie ihm erzählt, war in ihr Zimmer geschlichen, während sie unten in der Lobby vor dem Fernseher saß, und hatte ihre Haarbürste mit dem Perlmuttgriff gestohlen, die Haarbürste, die ihrer Mutter gehört hatte. Hoke war mit ihr hinunter zu Zimmer 409 gefahren und hatte die Haarbürste in der untersten Schublade von Mrs. Goldbergs Kommode gefunden.

»Er muß sie da versteckt haben«, hatte sie gesagt.

Später, als Hoke Mr. Bennett von dem Ereignis erzählt hatte, war der Geschäftsführer sehr erheitert gewesen und hatte ihm erzählt, daß Mrs. Goldberg seit fünfzehn Jahren Witwe war.

Hoke streckte die Hand nach dem Türknopf aus.

13

Susan fuhr. Der Verkehr floß in die entgegengesetzte Richtung, und so kamen sie gut voran, als sie nach Osten über die Killian zur Old Cutler Road und dann nach Norden durch Coconut Grove fuhren. Das Laub der tropischen Vegetation längs der Old Cutler war dicht und grün, und als sie Fairchild Gardens hinter sich gelassen hatten, peitschten die Luftwurzeln von den überhängenden Ästen immer wieder über das Wagendach.

Hinter der Vizcaya stieß Susan wieder auf den South Dixie Highway, und dann fuhr sie über die Brickell Avenue zum Biscayne Boulevard. Sie nahm den gebührenfreien MacArthur Causeway, um nach Miami Beach zu gelangen. Das Eldorado Hotel befand sich in der Nähe von Joe's Stone Crab Restaurant, und weil Susan dieses Restaurant kannte, hatte sie keine Mühe, das alte Hotel am Rand der Bucht zu finden.

»Warte im Wagen«, befahl Freddy, als sie auf dem kleinen Platz neben dem Hotel geparkt hatte.

»Wie lange?«

»So lange, wie es dauert. Wenn er da ist, dauert es nicht lange. Wenn er nicht da ist, muß ich in seinem Zimmer warten, bis er kommt. Bleib hier sitzen und warte.«

»Darf ich das Radio einschalten?«

»Nein. Das erregt vielleicht Aufmerksamkeit. Hör auf, mir dumme Fragen zu stellen.«

Freddy ging in die Lobby, und Old Man Zuckerman trottete auf ihn zu und reichte ihm eine Papierserviette. Freddy dankte mit einem Kopfnicken, und der Alte kehrte zu seinem Sessel zurück und versank wieder in Halbschlaf. In einer Ecke der Lobby saßen vier Männer und spielten Domino; woanders hockten ein paar alte Damen vor dem Fernseher. Der verschrammte Kartentisch, an dem die Latinos spielten, wurde von einer schmiedeeisernen Lampe aus den dreißiger Jahren mit rosafarbenem Schirm und stumpfglänzenden Goldfransen beleuchtet. Die Männer trugen T-Shirts und Jeans; die Sachen waren allesamt schmutzig. Einer hatte eine Machetennarbe, die vom Scheitel über die linke Wange bis hinunter zum Kinn reichte. Alle vier hatten schwärzliche selbstgemachte Tätowierungen auf Handrücken und Armen.

Freddy trat an den Tisch, und die Männer verstummten.

»Sergeant Moseleys Zimmer?« Freddy gab dem Mann mit der Narbe zehn Dollar.

»Oberster Stock.« Der Mann zeigte mit dem Finger zur Dekke. »Achthundertneun. *Gracias.*«

»A casa?«

Der Mann ignorierte die Frage; er schürzte die Lippen und studierte seine Dominosteine. Freddy packte sein Handgelenk, quetschte es zusammen und nahm ihm den Zehn-Dollar-Schein aus den starren Fingern.

»Si, senn«, sagte der Mann. *»A casa.«*

»Un hombre duro«, sagte Freddy. Er stopfte ihm den Zehner in die Hand und schloß die Finger darum.

»¡Despotico!« Der Narbengesichtige nickte, und die anderen drei Kubaner lachten. Freddy durchquerte die matt erleuchtete Lobby bis zu den Aufzügen.

Vor der Tür von 809 zog Freddy seine Pistole. Er klopfte und drückte sich mit dem Rücken gegen die Wand. Hoke Moseley öffnete, sah niemanden und trat einen Schritt heraus. Freddy schlug ihm mit weitausladendem Schwung die Pistole seitlich ans Kinn. Als Hoke zur Seite fiel, hatte Freddy noch Zeit für einen Schlag mit der Rückhand, und Hokes falsche Zähne flogen ihm aus dem Mund und kollerten über den staubigen Teppichboden im Korridor. Freddy hob das Gebiß auf, steckte es in die Jackentasche und schleifte den Bewußtlosen ins Zimmer. Er schloß die Tür und trat dem am Boden liegenden Mann mit der Schuhspitze unters Kinn. Der Kieferknochen knackte hörbar, und Hoke quoll das Blut aus Mund und Nase.

Freddy zog die Jacke aus und setzte sich auf die Kante des ungemachten Betts. Er mußte sich einen Augenblick abkühlen. Sein Hemd war bereits schweißgetränkt, und er wollte nicht, daß sein neues Jackett Flecken bekam. Die Klimaanlage mühte sich eifrig, aber sie produzierte mehr Lärm als kühle Luft. Bei dieser Schwüle brachte einen die geringste Anstrengung zum Schwitzen. In Kalifornien hätte Freddy sich mindestens eine halbe Stunde lang verausgaben müssen, um dermaßen in Schweiß zu geraten. Es war, als atme er durch ein nasses Badetuch.

Das Zimmer war dreckig. Das war mal ein Bulle, dachte Freddy, der tatsächlich im Stall wohnte. Alufolie bedeckte die Glasscheibe der Schiebetür, die auf den winzigen Balkon hinausführte. Die Folie diente dazu, nachmittags die Hitze, die auf das Zimmer herunterbrannte, zu reflektieren, ohne großen Erfolg. Der schmutzigbeige Teppichboden war mit Kringeln und Flecken von Kaffeetassen und verschüttetem Essen übersät. Die Laken auf dem Einzelbett waren schmutzig, und neben einem überquellenden Papierkorb in der Ecke türmte sich ein Berg ungewaschener Wäsche.

Im Schrank hingen zwei Polizeiuniformen in schweren Plastiksäcken, daneben ein schwarzer Anzug und zwei Freizeitanzüge aus Popeline. Dazwischen hing ein halbes Dutzend saubere kurzärmelige Sporthemden auf Kleiderbügeln, ein weißes Oberhemd und drei Krawatten.

In der unteren Schublade der Kommode standen ein Elektrokocher mit einer Platte und ein kleiner Henkeltopf. Außerdem enthielt die Schublade ein Messer, einen Löffel, eine Gabel, drei Dosen Truthahnsuppe mit Nudeln und eine Schachtel Krispy-Chips. Ein halbes Roggenbrot lag daneben, vier Eier in einem braunen Karton, ein Glas Nescafe und ein Fläschchen Tabasco. In den anderen Schubladen fanden sich Pappordner mit säuberlich abgehefteten Papieren, Fruit of the Loom-Unterwäsche und schwarze Baumwollsocken, dann ein paar T-Shirts, zwei zerschlissene Khaki-Turnhosen und ein Paar blaurote Laufschuhe. Ein zweites Paar schwarze Lederschuhe hatte der Cop nicht – nur die, die er an den Füßen trug. Natürlich, dachte Freddy, konnte er noch Schuhe und Kleider in seinem Spind auf dem Polizeirevier haben.

Jedenfalls aber führte dieser Detective ein unglaublich ärmliches Leben, und das konnte Freddy nicht verstehen. Oben auf der Kommode des Mannes lagen die Schlüssel zu einem Haufen Geld: eine Polizeimarke und ein Ausweis in einer abgegriffenen Lederhülle, ein .38er Police Special im Holster, ein Totschläger und Handschellen. Freddy durchsuchte Hokes Taschen. Er fand einen Schlüsselbund, eine Brieftasche, eine Schachtel Kool, ein Streichholzheftchen vom Dupont Plaza Hotel und achtzig Cent Kleingeld. In der Brieftasche steckten achtzehn Dollar, mehrere Visitenkarten mit handschriftlichen Vermerken und eine MasterCard. Weiter hinten fanden sich noch zwei Fotos, ältere Versionen der beiden Mädchen auf dem eingerahmten Bild, das auf der Kommode stand. Das Notizbuch des Polizisten steckte in seiner Freizeitjacke. Freddy blätterte es müßig durch, aber mit der Kurzschrift, die Hoke für seine Notizen verwendete, konnte er nichts anfangen.

Freddy setzte sich wieder auf die Bettkante und schlug sich mit dem schwarzen Ledertotschläger sanft auf die Handfläche der anderen Hand. Der leichte Schlag schmerzte. Der spitz zulaufende Totschläger, etwa zwanzig Zentimeter lang und mit einer Griffschlaufe an einem Ende, war mit Postenschrot gefüllt. Einmal, in Santa Barbara, hatte ein Cop ihn mit einem Totschläger, der fast genauso ausgesehen hatte, auf das Bein geschlagen. Er hatte keinen Grund gehabt, Freddy mit dem Ding zu schlagen; Freddy hatte Handschellen getragen und ruhig auf einem geradlehnigen Stuhl gesessen. Der Cop hatte ihn geschlagen, weil er ihn hatte schlagen wollen. Der Schmerz war mörderisch gewesen. Das ganze Bein war taub geworden, und gegen seinen Willen brannten ihm Tränen in den Augen.

Ohne aufzustehen, beugte Freddy sich vor und schlug mit dem schwarzen Stock hart auf Hokes rechten Oberschenkel. Hoke stöhnte, und seine Finger krümmten sich kratzend auf dem abgewetzten Teppich. Den bewußtlosen Mann zu schlagen hatte ihm keinen Spaß gemacht; er wußte immer noch nicht, weshalb der Cop in Santa Barbara ihn damals geschlagen hatte. Zweifellos hatten Polizisten irgendeine angeborene perverse Ader, die normale Menschen wie er nicht besaßen.

Freddy nahm sich eine braune Papiertüte aus dem Schrank und warf das Holster mit dem .38er, die Marke und das Ausweismäppchen und dann auch den Totschläger hinein. Jetzt verfügte er über die Diebstahlslizenz eines Cops und die nötige Ausrüstung noch dazu. Er verstaute auch die Handschellen in dem Beutel und legte Hokes achtzehn Dollar auf die Kommode. Dann fügte er noch fünf Zwanziger hinzu; das würde den Bullen noch mehr verwirren, wenn er aufwachte.

Freddy zog die Tür hinter sich zu, und das Schloß rastete ein. Er fuhr mit dem Aufzug nach unten und verließ die Lobby durch eine Verandatür an der Seite, damit die Dominospieler und die alten Damen ihn nicht sehen konnten. Er wußte, daß die Spieler ihn identifizieren konnten, aber vier Latinos mit selbstgemachten Knasttätowierungen würden nicht freiwillig mit Informationen herausrücken, wenn ein Cop verletzt worden war. Es sei denn, Freddy mußte grinsen, jemand steckte ihnen einen Zehner zu. Aber die Polizei warf nicht mit Geld für Informationen um sich.

Freddy wies Susan an, über den Venetian Causeway nach Miami und zum Omni-Hotel zu fahren. Als sie DiLido Island erreichten, befahl er ihr, auf der anderen Seite der Insel vor der Brücke zu stoppen. Als sie angehalten hatte, stieg er aus und warf das Gebiß in die Bay. Dann stieg er wieder ein.

»Was hast du da weggeworfen?« sagte Susan.

»Das geht dich nichts an. Wenn du es wissen müßtest, hätte ich es dir erzählt. Wie oft muß ich dir noch sagen, daß du keine Fragen stellen sollst?«

»Entschuldigung«, sagte Susan. »Das hatte ich vergessen.«

Sie übergaben den Wagen dem Hausdiener zum Parken, und als Freddy dem Portier seinen Zimmerschlüssel zeigte, kam ein Page mit einem Wägelchen heraus und transportierte den Karton mit Susans Abendessen aufs Zimmer hinauf. Freddy rief den Zimmerservice an und bestellte eine Flasche Champagner, eine Kanne Kaffee und ein Tischgedeck für zwei. Dann aßen sie die gefüllten Koteletts und die immer noch warmen Süßkartoffeln bei Kerzenlicht in dem geschmackvoll ausgestatteten Zimmer. Durch das Fenster hatten sie einen prachtvollen Blick auf die Biscayne Bay und die Skyline von Miami Beach.

Freddy machte Susan ein Kompliment zu ihren Koteletts und den Biskuits, obwohl sie kalt waren.

Falls Susan immer noch neugierig war, behielt sie ihre Fragen für sich.

14

Als Hoke sein rechtes Bein bewegte, schmerzte es mehr als sein Unterkiefer, aber wenigstens ließ es sich bewegen. Seine Schädeldecke schien sich bei jedem Atemzug auf unheimliche Weise zu heben und zu senken. Zwei Kissen klemmten seinen Kopf ein, so daß er ihn nicht mehr als zwei oder drei Zentimeter weit nach rechts oder links drehen konnte. Seine Handgelenke waren locker mit Verbandsmull ans Bettgitter gebunden, was ihn daran hinderte, sein Gesicht zu betasten oder an den Verbänden zu zupfen. Rechts und links von seinem Bett sah er Schläuche und Flaschenständer, und klare Flüssigkeit tropfte ihm in beide Arme. Vielleicht hatte man ihm deswegen die Arme fixiert.

Der untere Teil seines Gesichtes war völlig gefühllos. Selbst wenn er den Kopf ein wenig hob, konnte er von seinem Bett aus nichts weiter sehen als eine graue Stahlkonstruktion an der Wand. Verschwommen fragte er sich, wozu sie dienen mochte, aber es sollten noch zwei Tage vergehen, ehe er herausfand, daß diese Konstruktion die Halterung für einen Fernsehapparat war, und wenn er ein Formular unterschrieb, würde man ihm ein Gerät bringen, das er statt der Halterung anstarren könnte.

Am Ende der ersten Woche, als Hoke aufrecht sitzen und allein zur Toilette gehen konnte, erwog er, sich den Fernsehapparat kommen zu lassen, doch dann ließ er es bleiben. Er dachte daran, daß das Fernsehen allzu viele Werbespots über Lebensmittel sendete, in Farbe, und er wußte, daß diese Werbung ihn noch hungriger machen würde, als er schon war. Manchmal, wenn er die Augen schloß, sah er einen Double Cheeseburger von Burger King vor sich, garniert mit brutzelnden Speckstreifen. Er war dauernd hungrig.

Auf der Station gab es vier Betten, aber Hoke war der einzige Patient. Es war eine Spezialstation für Kieferchirurgie im St. Mary's Hospital in Miami Shores, und sie wurde ausschließlich von Zahn- und Kieferchirurgen benutzt, die Patienten mit besonderen Problemen zu behandeln hatten. Bis auf einmal, als ein vierzehnjähriger jüdisch-amerikanischer Prinz von seiner Mutter über Nacht hier untergebracht wurde, weil ihm einer der hinteren Backenzähne gezogen werden mußte, hatte

Hoke die kleine Station während seines gesamten Aufenthaltes für sich allein. Das Zimmer mochte er nicht, das Krankenhaus haßte er, und er verabscheute den schwulen Krankenpfleger, einen Kanaren, der ein unziemliches Vergnügen an den Tag legte, als er Hoke einen Einlauf verpaßte.

Hoke war von einem Kieferchirurgen namens Murray Goldstein und seinem langjährigen Zahnarzt Dr. David Rubin operiert worden. Dr. Rubin brachte ihm sein Mitgefühl zum Ausdruck, aber er hatte ihm nie verziehen, daß er sich von Doc Evans im Leichenschauhaus die Zähne hatte ziehen lassen. Dennoch schien ihn die Tatsache zu beglücken, daß Hokes beschädigter Kiefer ein neues Gebiß würde tragen können. Aber dieses neue Gebiß mußte warten, bis der Kieferknochen verheilt und alle Knochensplitter herausoperiert waren. Bis dahin blieb sein Unterkiefer starr mit Drähten fixiert, und Hoke nahm seine Mahlzeiten durch ein Glasröhrchen zu sich. Der Bluterguß auf seinem rechten Oberschenkel ähnelte in Größe und Form einem Football, und er humpelte noch einige Tage, nachdem er aufstehen und sich auf den Stuhl neben seinem Bett setzen konnte.

Als er noch von Medikamenten benommen war und nicht sprechen konnte, besuchte Red Farris ihn und brachte Louise mit. Später erinnerte Hoke sich daran, wie Reds roter Seehundsschnauzer über ihm gehangen hatte, und auch an Louises weißes Gesicht und ihr regendunkles Haar, das geisterhaft in der Tür geschwebt hatte. Was Red Farris gesagt hatte, wußte er nicht mehr, aber Red hatte einen Zettel bei seinen Geschenken hinterlassen, den Hoke später mit den anderen Sachen in seiner Nachttischschublade fand: eine Flasche Smirnoff-Wodka und ein Pfund Toffees in Goldpapier. Auf dem Zettel stand:

> *Nimm den Wodka zum Mundspülen. Du kriegst keine Fahne davon. Louise hat dir die Toffees gemacht. Wenn ich mich in Sebring eingerichtet habe, kannst du deinen Genesungsurlaub da oben machen, und dann gehen wir Tauben schießen. Alles Gute.*
>
> *»Red«*

Als Hoke später Besuch empfangen konnte, kam Farris nicht mehr, und Hoke nahm an, daß er nach Sebring gezogen war. Aber Hoke wußte, daß er niemals mit Red Farris Tauben schießen gehen würde. Wenn ein Mann Miami verlassen hatte, dann war's das, und das wußte Farris ebensogut wie er.

Obwohl sein Unterkiefer immer noch verdrahtet war und er nur mit Mühe sprechen konnte, war er froh, als Bill Henderson ihn besuchte. Bill erzählte ihm, daß der Fall der vier ermordeten Kolumbianer gelöst worden war.

Henderson hatte sich Uniform und Mütze eines Flugkapitäns geliehen und einem seiner schwarzen Detectives angezogen; in seiner Verkleidung hatte der Detective dann die Kolumbianerin als die Frau in dem purpurroten Cadillac identifiziert, die am Miami International Airport zwei Männer abgesetzt hatte. Angesichts dieser direkten, wenn auch gefälschten Identifizierung war die Frau zusammengebrochen. Wie sich herausstellte, war nicht sie, sondern das Hausmädchen die Mutter des Kindes gewesen, und das Kind hatte nicht getötet werden sollen. Sie war deshalb empört gewesen, und dies hatte sie mit dazu bewogen, ein Geständnis abzulegen. Die Mörder waren wieder in Cartagena und in Sicherheit; sie würden nicht ausgeliefert werden. Aber zumindest waren ihre Namen jetzt bekannt, und infolgedessen war es unwahrscheinlich, daß die beiden je wieder für einen Mordauftrag in Miami eingesetzt werden würden.

»Ich war sicher, daß sie mit drinsteckte, Hoke, als du mir sagtest, daß im Kofferraum keine Pakete waren. Die Frau hatte neunhundert Dollar in der Handtasche, und das gibt's einfach nicht, daß eine Frau mit so viel Moos in der Tasche zwei Stunden lang durch die Geschäfte tigert, ohne was zu kaufen.«

Er zuckte die Achseln. »Aber bis jetzt ist noch keine Anklage erhoben worden. Ich würde mich nicht wundern, wenn sie sie gegen hunderttausend Dollar Kaution laufen lassen, damit sie nach Kolumbien entwischen kann. So läuft das normalerweise.«

Hoke nickte und formte Daumen und Zeigefinger zu einem Kreis. Henderson zog seinen Stuhl näher ans Bett heran.

»Hast du eine Idee, wer dich so in die Mangel genommen hat?«

»Hn-nhn.« Hoke rollte den Kopf auf dem Kissen hin und her.

»Hast du *irgendeine* Idee?«

Hoke nickte und zuckte dann die Achseln. Er war müde, und er wollte, daß Henderson ging.

»Ich hab mit Eddie Cohen geredet, dem alten Furz unten an der Rezeption, und er sagt, er habe keinen Fremden im Hotel gesehen. Der Geschäftsführer hat ein paar von den alten Damen befragt, die in der Lobby vor dem Fernseher sitzen, und die haben auch niemanden bemerkt.«

Henderson stand auf und ging zum Fenster. Er schaute hinunter auf den Parkplatz. »Ich – äh – ich hab mir dein Zimmer angesehen, Hoke, und ich finde, du solltest wirklich nicht in so 'ner miesen Bude wohnen. All diese Sozialfälle und die Marielitos – das ist beschissen deprimierend, Hoke. Wenn du hier rauskommst, hast du noch vierzehn Tage Erholungsurlaub. Ich kann dich in meinem Haus unterbringen. Wir stellen eine Pritsche in den Florida-Room, und Marie versorgt dich.«

»Nichts da, Bill.« Hoke schloß die Augen. Nach ein paar Sekunden tippte Henderson ihm auf die Schulter.

»Na, überleg's dir, alter Knabe. Ich werd mich jetzt verziehen, damit du dich ein bißchen ausruhen kannst. Wenn du irgend etwas brauchst, laß es mich wissen.«

Als Henderson gegangen war, fand Hoke die Stange Kools und das neue Bic-Feuerzeug, das sein Partner in einer Tüte auf dem Fußboden neben dem Bett liegengelassen hatte. Hoke hatte das Verlangen zu rauchen verloren; wenn er Glück hatte, würde es vielleicht nicht zurückkommen.

Captain Willie Brownley war Hokes dritter Besucher. Der Captain hatte schon ein- oder zweimal hereingeschaut. Brownley war schwarz, und Hoke sah den Chef des Morddezernats zum erstenmal in Zivilkleidung. Auf dem Revier trug er stets Uniform, und zwar mit zugeknöpfter Jacke. Jetzt hatte er ein rosarotes »Golden Bear«-Strickhemd an, dazu eine malvenfarbene Cordhose, einen weißen Gürtel und weiße Schuhe. Mit seiner goldgefaßten Brille hatte Brownley mehr Ähnlichkeit mit einem Zahnarzt aus Liberty City als mit einem Captain der Polizei. Hoke kannte Brownley seit zehn Jahren, und er hatte auch schon für ihn gearbeitet, als er Chef der Verkehrspolizei gewesen war. Obwohl Brownley sich nicht besonders gut für die Arbeit im Morddezernat eignete, hatte man ihn hier zum Chef gemacht, damit man ihn schließlich zum Major befördern konnte. Die schwarze Fraktion in der Gewerkschaft forderte seit Jahren einen schwarzen Major, und Brownley war derjenige, den sie dazu auserkoren hatte.

Brownley legte seinen Aktenkoffer aufs Bett, klappte ihn auf und gab Hoke eine Pfundpackung Toffees in Goldpapier, die mit einem goldenen Gummiband umschlungen war.

»Meine Frau hat Ihnen ein paar Toffees gemacht, Hoke«, sagte er. »Wenn Sie sie jetzt nicht essen können, dann geht's sicher später. Und die Jungs haben mich gebeten, Ihnen diese Karte zu geben.« Er reichte Hoke eine Gute-Besserung-Karte von Hallmark, unterschrieben von vierzig der siebenundvierzig Mitarbeiter des Morddezernats, einschließlich Captain Brownley.

Ohne nachzudenken, hatte Hoke die Unterschriften gezählt und sich gefragt, wieso sieben Mann nicht unterschrieben hatten. Dann schämte er sich. Es gab hundert verschiedene Gründe – Krankheit, Urlaub, Schichtwechsel –, weshalb nicht alle die Karte hatten unterschreiben können.

»Eine Zeitlang«, sagte Captain Brownley, »haben wir uns Sorgen um Sie gemacht, aber Dr. Goldstein sagte, er kriegt Sie wieder hin. Das einzige dringende Problem ist jetzt der Papierkram wegen des Verlusts von Waffe und Marke. Tut mir leid, daß ich Sie damit belästigen muß, Hoke, aber wir müssen Sie schützen.

Ich habe die Formulare mitgebracht und einen Notizblock, und Sie können die Dinger ausfüllen. Es ist sechs Jahre her, seit das letzte Mal einer vom Morddezernat Waffe und Marke verloren hat, aber die große Frage in Ihrem Fall ist: Wieso wohnen Sie überhaupt in Miami Beach und nicht in Miami? Ich wußte, daß Sie im Eldorado wohnen, und ich habe mein Okay dazu gegeben, daß Sie es als vorübergehenden Wohnsitz benutzen. Jetzt wohnen Sie aber seit fast einem Jahr da, und damit sitzen wir beide in der Tinte. Wie Sie ja wissen, sollen alle Cops, die in Miami arbeiten, auch in Miami wohnen – «

»Ich kenne mindestens ein Dutzend, die das nicht tun – «

»Ich kenne noch mehr, Hoke – darunter sogar einen City Commissioner, der täglich von Boca Raton herunterkommt. Aber der hat eine offizielle Anschrift in Miami, damit die Vorschriften formal erfüllt sind. In Ihrem Fall können wir das genauso machen. Henderson sagte mir, Ihre offizielle Anschrift sei in seinem Haus; also schreiben Sie die auf die Formulare.«

»Kommt nicht in Frage, daß ich bei Henderson und seiner Frau wohne.«

»Das verlange ich ja gar nicht. Sie sollen nur auf den Formularen seine Adresse benutzen, damit Sie in diesem Punkt abgesichert sind. Als erstes füllen Sie den Opferbericht aus, damit ich einen vom Raubdezernat mit der Untersuchung beauftragen kann. Dann schicken Sie mir ein offizielles Memo, in dem Sie die Tatumstände schildern, und drittens müssen Sie das Formular für verlorengegangene oder beschädigte Ausrüstungsgegenstände ausfüllen. Sobald Sie damit fertig sind, gebe ich die Nummern von Marke und Waffe in den Computer. Schreiben Sie Ihre Angaben auf den Block und unterzeichnen Sie die Formulare. Ich kann die Sachen dann auf dem Revier tippen lassen. Der Verlust ist legitim; die Stadt wird Ihnen Waffe und Marke ersetzen, ohne daß Sie dafür aufkommen müssen, und damit hat sich's. Ich werde tun, was ich kann, um zu verhindern, daß es in der Frage, weshalb Sie im Eldorado statt in Miami wohnen, zu einer Untersuchung kommt.«

»Diese Vorschrift wurde noch nie beachtet«, sagte Hoke. »Es gibt Leute, die haben Eigentumswohnungen in Hialeah und Kendall, Captain.«

»Nichts wird beachtet, solange nichts passiert. Aber dann ist es eine ganz andere Geschichte. Ein schwarzer Abteilungschef darf keine Fehler machen. Ich habe Ihnen erlaubt, vorübergehend am Beach zu wohnen, und Sie sind ein Jahr dort geblieben. Es ist mein Fehler, daß ich das nicht überwacht habe, denn jetzt läuft in Dade County ein Dieb mit Ihrem Revolver und Ihrer Dienstmarke herum. Sollte er je begreifen, welche Macht er damit hat, dann hat das Department eine Menge Ärger.«

Hoke zuckte die Achseln und griff nach dem Kugelschreiber. »Wann wollen Sie die Angaben haben?«

»Warum machen Sie's nicht sofort? Ich gehe nach unten in die Cafeteria und hole mir ein Sandwich und einen Kaffee. Ich möchte die Angaben im Computer haben.« In der Tür drehte Brownley sich noch einmal um. »Wollen Sie auch etwas? Kaffee vielleicht?«

Hoke schüttelte den Kopf und zog das Tablett näher ans Bett.

»Okay, Hoke. Ich bin in einer Stunde zurück. Achten Sie darauf, daß niemand meinen Aktenkoffer anrührt – auch nicht die Schwester.«

Hoke füllte die Formulare aus und faßte das Memo ab. Es war zwar möglich, daß einem Cop das Gehalt gesperrt wurde, weil er nicht in Miami wohnte, aber tatsächlich war so etwas noch nie vorgekommen, und Hoke fand, daß Brownley sich in diesem Punkt ein bißchen paranoid benahm. Andrerseits war Brownley scharf auf seine Beförderung, und Hoke wollte sie nicht gefährden. Vielleicht würde er tatsächlich aus dem Eldorado ausziehen müssen – aber zu Henderson würde er nicht ziehen, darauf konnten sie Gift nehmen. Hoke mochte Marie Henderson nicht, und Hendersons Kinder konnte er noch weniger leiden.

Als Captain Brownley zurückkam, um die Formulare abzuholen, bat Hoke ihn, seiner Frau für die Toffees zu danken.

»Ich werd's ausrichten. Möchten Sie Besuch haben, Hoke?«

»Lieber nicht, Captain. Ich sehe scheußlich aus, und das Sprechen tut weh.«

»Okay, ich werd's weitersagen. Aber dienstlich muß ich noch mal vorbeikommen. Ach – noch was, Hoke: Sie haben einen neuen Partner, wenn Sie Ihren Dienst wiederaufnehmen. Ich habe Henderson bei Ihnen gelassen, als er zum Sergeant befördert wurde, weil Sie beide gut miteinander gearbeitet haben, aber jetzt hat sich einiges geändert. Ich bekomme fünf neue Leute, alles Kubaner, alle zweisprachig, und weder Sie noch Henderson sprechen Spanisch. Ich hab Lopez zu Henderson gesteckt, und wenn Sie zurückkommen, haben Sie einen zweisprachigen Partner. Selbst wenn Sie und Henderson zweisprachig wären, müßte ich Sie trennen. Ich hab zu wenig erfahrene Leute, als daß ich zwei Sergeants noch länger zusammenarbeiten lassen könnte.«

»Das überrascht mich nicht«, sagte Hoke. »Wußten Sie, das Red Farris ausgestiegen ist?«

»Vom Raubdezernat?«

»Yeah, und er war zehn Jahre dabei. Er war im Morddezernat, bevor Sie Chief wurden.«

»Ich kannte Red. Ich kannte ihn nicht gut, aber gut genug, um ein paarmal mit ihm zu reden. Er war ein guter Mann. Wir verlieren zu viele gute Leute, Hoke.«

Da die Berichte, die er eben verfaßt hatte, sein Gedächtnis aufgefrischt hatten, ließ Hoke sich noch einmal durch den Kopf gehen, was geschehen war. Es hatte geklopft. Schüchtern oder herrisch? Zweimal oder dreimal? Er erinnerte sich nicht. Ein männliches oder ein weibliches Klopfen? Irgendwie war es ihm weiblich vorgekommen, aber sicher konnte er nicht sein. Er hatte so automatisch reagiert, als kenne er seinen Besucher. Er hatte seinen Drink hinter dem Foto seiner beiden Töchter versteckt. Wieso? Er hatte doch wohl, um Himmels willen, das Recht, in seinem eigenen Zimmer einen Schluck zu trinken und die Tür mit einem Drink in der Hand zu öffnen. Das dominikanische Mädchen war es nicht gewesen; er kannte ihr schüchternes, zögerndes Klopfen. Mr. Bennett war es auch nicht gewesen. Wenn dieser Halunke von Bennett ihn hätte verprügeln lassen wollen, dann hätte er den Schläger beim Honorar übers Ohr gehauen, und die Arbeit wäre nicht so gründlich ausgeführt worden.

Damit blieben die Marielitos, aber Hoke hatte das Gefühl, daß die Kubaner, die im Hotel wohnten, nichts damit zu tun hatten. Als Hoke damals ins Eldorado gezogen war, hatten die Flüchtlinge ein ständiges Problem dargestellt. Zwanzig Mann wohnten in einem Zimmer; sie schliefen auf Matratzen auf dem Boden, und Mr. Bennett berechnete ihnen dafür drei Dollar pro Nacht. Sie betranken sich, sie prügelten sich, sie waren laut, und sie brachten Frauen mit und erschreckten die jüdischen Rentner, die hier von der Sozialhilfe lebten. Ein- oder zweimal hatte Hoke das Zimmer durchsucht und eine .32er Pistole (die niemandem gehörte und von der auch keiner wußte, wie sie dorthin gekommen war) und drei Messer gefunden. Schließlich, als Reagan ihnen die monatlichen Hundertfünfzehn-Dollar-Schecks vom Staat gestrichen hatte, waren die Flüchtlinge ohne Jobs ausgezogen, weil sie auch die drei Dollar für die Nacht nicht mehr bezahlen konnten. Hoke hatte Mr. Bennett dann überredet, die schlimmsten Galgenvögel rauszuwerfen, und jetzt waren nur noch fünf oder sechs Marielitos übrig, und von denen hatte jeder irgendeinen Job. Hoke schätzte, daß sie ihn alle mochten. Hin und wieder ließ er einem von ihnen einen Dollar zukommen – damit er ihm den Wagen wusch oder ihm ein Sandwich von Gold's Deli holte. Wenn der Angreifer also ein Marielito gewesen war, dann mußte es einer von denen gewesen sein, die er hinausgeworfen hatte. Aber der Überfall war nicht nach Latino-Manier vonstatten gegangen. Wenn ein Latino sich rächen wollte, dann wollte er auch, daß man es wußte, und dann erklärte er einem ausführlich und präzise, was er zu tun gedachte und warum er es tat, bevor er dazu kam, es auch zu tun.

Hoke wußte, daß er eine Menge Feinde hatte. Welcher Polizist hatte keine? Hoke hatte viele hinter Schloß und Riegel gebracht, und die Bewährungsausschüsse ließen sie schneller wieder laufen, als man sie eingesperrt hatte. Unter ihnen waren sicherlich ein paar, die ihn nach ihrer Haftentlassung tatsächlich zu erwischen versuchten, wie sie es versprochen hatten. Andererseits hatte ein Gefängnisaufenthalt die Eigenschaft, die Gemüter abzukühlen. Man hatte reichlich Zeit zum Nachdenken im Gefängnis, und wenn die Zeit die feindseligen Gefühle schon nicht auslöschte, milderte sie diese zumindest. Wie die meisten Menschen hielt auch Hoke sich für einen guten Kerl. Er konnte nicht verstehen, wie irgend jemand, der ihn kannte, ihn auf so grausame und unpersönliche Weise überfallen konnte.

So kam Hoke zu dem Schluß, daß man ihn mit jemandem verwechselt hatte und daß der Zwischenfall auf irgendeinem verrückten Irrtum beruhte.

Außerdem fand er es merkwürdig, daß beide Toffeeschachteln, die von Louise und die von Captain Brownley, in das gleiche Goldpapier eingewickelt und von dem gleichen goldenen Gummiband umschlungen waren. Ein paar Tage später, als er durch die Gänge des Krankenhauses humpelte, um einmal aus seinem Zimmer rauszukommen, stieß er auf den Geschenkladen des Krankenhauses. Auf der Theke stand eine Pyramide aus Toffeeschachteln; es waren Pfundschachteln, und sie waren in Goldpapier eingewickelt. Hoke sah sich eine der Schachteln näher an und fand einen Aufkleber an der Unterseite: *Toffees Gray Lady* – vier Dollar und fünfundneunzig Cent.

15

Freddy hatte schon immer einen leichten Schlaf gehabt, aber Lärm hatte ihn selten geweckt. Im Gefängnis hatte er tief schlafen können, während zwei Männer in derselben Zelle lautstark miteinander stritten und überall im Block die Gitterstäbe klirrten. Aber wenn sich im gewohnten Geräuschmuster etwas änderte, wachte er augenblicklich auf, sprungbereit wie ein Tier, bis er wußte, was dieses Muster verändert hatte. Dann konnte er ebenso rasch wieder einschlafen, wie er aufgewacht war.

Als er jetzt erwachte, war es halb fünf in der Frühe, aber er hörte nichts außer dem leisen Rauschen der kühlen Luft in den Kanälen der Klimaanlage. Susan hatte den linken Daumen in den Mund gesteckt und schlief geräuschlos neben ihm, nackt bis auf das Laken, das sie sich bis über die Hüften gezogen hatten. Ein sanftes Kribbeln erfüllte Freddys Bauch, als ob ein paar Mäuse darin herumhuschten. Sein Mund war trocken, und obwohl die Klimaanlage lief, bedeckte ein feiner Schweißfilm seine Stirn. Sein rechtes Bein begann unwillkürlich zu zucken, und es vergingen ein oder zwei Augenblicke, bis er den Tic unter Kontrolle gebracht hatte. Er schlug das Laken beiseite und setzte sich auf die Bettkante. Zu seiner Überraschung fühlte er einen leichten Schwindel. Er goß sich ein Glas Wasser aus der Karaffe auf dem Nachttisch ein und aß das Stück Schokolade, das das Zimmermädchen auf sein Kopfkissen gelegt hatte, nachdem es das Bett aufgeschlagen hatte.

Freddy hatte eine Angstattacke, aber weil es seine erste war, wußte er nicht, was mit ihm vorging. Er nahm seine Uhr zur Hand und beobachtete, wie der Sekundenzeiger auf dem Zifferblatt kreiste, während er sich selbst den Puls fühlte. Die Frequenz von siebzig beunruhigte ihn; normalerweise lag sein Puls gleichmäßig bei fünfundfünfzig. Er ging zur Kommode, nahm Hokes .38er Police Special, spannte den Hahn und warf einen Blick in beide Wandschränke und ins Badezimmer. Niemand. Vorsichtig ließ er den Hahn zurücksinken, dann schob er die Waffe wieder in das Holster. Er hätte gern eine Zigarette geraucht. Dazu brauchte er nichts weiter zu tun, als den Hörer abzunehmen, und innerhalb von wenigen Minuten würde er eine ganze Stange Zigaretten im Zimmer haben. Aber er rührte das Telefon nicht an. Die Leute in der Hölle, dachte er, möchten auch gern Piña Colada trinken. Ihr Problem ist, daß sie keine bekommen. Mein Problem ist, daß ich alles bekommen kann – alles, was ich will. Aber was will ich?

Er wollte nichts. Auch nicht die Zigarette, von der er geglaubt hatte, daß er sie wollte. Was wollte er? Nichts. Im Gefängnis hatte er sich im Geiste Listen der Dinge gemacht, die er sich besorgen würde, wenn er frei wäre – von Milkshakes bis zu taubenblauen Caddy-Kabrios. Aber Milkshakes mochte er wegen des pelzigen Nachgeschmacks nicht, und in einem Kabrio war es in Florida unangenehm heiß – es sei denn, man hielt das Dach geschlossen und ließ die Klimaanlage auf Hochtouren laufen. Wer wollte da schon ein Kabrio?

Was er brauchte, war ein Ziel, und wenn er ein Ziel hatte, brauchte er einen Plan.

Freddy zog Susan in eine sitzende Position. »Bist du wach, Susie?«

»Ich glaube.«

»Dann mach die Augen auf.«

»Ich bin müde.«

Freddy goß ein Glas Wasser ein und spritzte Susan etwas davon ins Gesicht. Sie rieb sich die verschwollenen Augen und blinzelte. »Ich bin wach.«

»Erzähl mir«, sagte er, »noch mal von der Burger-King-Lizenz.«

»Was?«

»Die Burger-King-Lizenz. Du und dein Bruder, erinnerst du dich? Wie funktioniert das? Wieviel Geld braucht man dafür, und warum wollt ihr eine haben?«

»Das war nicht meine Idee, sondern Martys. Was man braucht, sagte er, sind ungefähr fünfzigtausend von der Bank, und damit geht man zu den Burger-King-Leuten. Sie sagen einem, was man kriegen kann, und dann kauft oder pachtet man es und führt es nach ihren Regeln. Marty wollte einen Laden in Okeechobee aufmachen. Er hatte sogar schon das Lokal dafür ausgesucht.«

»Aber warum wollte er so einen Laden haben? Was war sein Ziel?«

»Er wollte damit seinen Lebensunterhalt verdienen, sonst nichts. Man stellt billige Aushilfen vom College ein und macht so einen hübschen Profit. Als Geschäftsführer braucht man bloß die ganze Zeit im Laden zu sein, um darauf zu achten, daß alles sauber ist, und sein Geld zu zählen. Wenn man den Bankkredit zurückgezahlt hat, ist jeder Cent, den der Laden abwirft, Reibach.«

»Und welche Rolle solltest du bei alledem spielen?«

»Na ja, er meinte, wir würden uns die Arbeit teilen, so daß einer von uns beiden immer da wäre. Sonst beklauen einen die Kids, die da beinahe umsonst arbeiten, nach Strich und Faden. Wenn er tagsüber da wäre und ich nachts, dann könnten wir das verhindern.«

»Und ist es das, was du wolltest?«

»Weiß ich nicht. Es schien noch so weit entfernt, daß ich nicht viel darüber nachgedacht hab. Aber Marty redete gern darüber. Ich glaube, mir war es egal. Man hätte was zu tun, denke ich mir. Ich weiß nicht.«

»Nun, ich finde, es ist blöd. Ich seh nicht ein, wieso ich von morgens bis abends in einem Burger King rumhängen soll, ganz egal, wieviel Geld man damit machen kann. Weißt du nicht, warum es blöd ist?«

»Ich hab noch nicht zuviel drüber nachgedacht.«

»Ich will dir sagen, warum. Dein Leben würde von den willkürlichen Gelüsten irgendwelcher Leute abhängen, die einen Hamburger wollen. Deshalb kannst du den Burger King vergessen.«

»Okay. Kann ich jetzt weiterschlafen?«

»Ja. Ich gehe für ein Weilchen fort. Laß niemanden herein, solange ich nicht da bin. Willst du irgend etwas haben, während ich weg bin?«

»Hn-nhn.« Sie war eingeschlafen.

Freddy trug Hokes Totschläger und die Handschellen in der Jackentasche. Das Holster mit dem Revolver hatte er hinten an den Gürtel seiner Hose gehakt, und die Polizeimarke und die Ausweismappe steckten in seiner rechten Hosentasche. So verließ er die menschenleere Lobby. Er ging den Biscayne Boulevard in Richtung Sammy's hinunter, das Tag und Nacht geöffnet hatte. So kurz vor dem Morgengrauen war die Luft feucht und ein wenig kühler, und man schmeckte einen Hauch von Salz, der von der Bucht hereintrieb.

An der Straßenecke stand eine langbeinige schwarze Nutte am Rinnstein. Als er vorbeiging, legte sie ihm lange schwarze Finger wie Krallen auf den Arm.

»Willste 'n bißchen Spaß haben?« fragte sie.

Freddy zeigte ihr seine Marke. »Mach Feierabend.«

»Ja, Sir.« Sie überquerte die Straße im gelben Lichtschein und ging rasch davon. Ihre hohen Absätze klapperten in der Dunkelheit.

Freddy ging weiter bis zu Sammy's, betrat das saubere, gutbeleuchtete Restaurant und setzte sich in eine Ecknische. Macht, dachte er. Ohne die Marke hätte er eine Auseinandersetzung führen müssen, und es wäre nicht einfach gewesen, die Nutte loszuwerden, ohne ihr einen Tritt in den Arsch zu geben. Das aber hätte ihm unter Umständen Schwierigkeiten eingebracht. Schwierigkeiten, mit denen er hätte fertig werden können, aber lästig wäre es trotzdem gewesen. Und mit der Marke war es so leicht ...

Eine schlanke rothaarige Kellnerin kam herüber, um seine Bestellung entgegenzunehmen.

»Kaffee. Ist das okay, oder muß ich noch etwas dazubestellen?«

»Die meisten Leute tun's, aber man muß es nicht.«

»Okay. Dann bringen Sie mir ein Stück Kuchen.«

»Was für einen?«

»Ich werde ihn nicht essen; also kommt's nicht darauf an.«

»Ja, Sir.«

Freddy wollte auch den Kaffee nicht. Aber der lange Spaziergang durch die kühle Luft hatte seine Unruhe ein wenig gemildert, und er fing an, einen Plan auszuarbeiten, der ihn zu einem Ziel führen würde. Jetzt, entschied er, mußte er sich gut vorbereiten und noch mal von vorn anfangen. Das Haiku über den Frosch, der nach Miami kam und irgendeine Art Platscher machte, machte viel Sinn. Allein mit dieser neuen Stadt und einer neuen Chance hatte er die Möglichkeit, das eine oder andere zu tun – wenn er nur herausfinden konnte, was ihm zu tun bestimmt war. Gern wäre er Susan wieder losgeworden, aber er begriff, daß er sie nun am Hals hatte. Er hatte, rein zufällig, den Tod ihres dummen Bruders verursacht. Die Tatsache, daß es die Schuld ihres Bruders und nicht seine gewesen war, machte dabei keinen Unterschied. Da sich sonst niemand um sie kümmern konnte, war Freddy jetzt für sie verantwortlich. Von ihrem Vater hatte sie keine Hilfe zu erwarten, das stand fest. Also lag es jetzt an ihm. Seine erste Idee, ihr eine Burger-King-Lizenz zu kaufen, taugte nichts. Sie hatte kein echtes Interesse an dieser Idee, und sie wäre auch gar nicht in der Lage, einen solchen Laden zu führen, wenn sie einen hätte. Ihr dummer Bruder hätte es höchstwahrscheinlich auch nicht gekonnt.

Freddy nippte an seinem schwarzen Kaffee und zählte die halben Pekannüsse auf dem Kuchen, den die Rothaarige ihm zusammen mit dem Kaffee gebracht hatte. Der Kuchen war warm und duftete, aber er hatte ein gewaltiges Abendessen im Leib. Er war nicht hungrig ...

Ein Schwarzer mit einem breitkrempigen Filzhut kam herein. Er hielt ein Jagdmesser in der Hand. Der Mann packte die rothaarige Kellnerin beim Handgelenk und wand ihr den Arm auf den Rücken. Sie quiekte, und er bohrte ihr die Spitze seines Messers ein paar Millimeter tief in den Hals, gerade weit genug, daß ein Blutstropfen hervorquoll. Er befahl ihr, die Kasse zu öffnen.

Außer Freddy befanden sich noch zwei Gäste im Restaurant; sie saßen wie gelähmt an der Theke. Es waren kanadische Touristen mittleren Alters, die zeitig frühstückten, weil sie einen Ausflug zu den Keys unternehmen wollten. Der Räuber hatte Freddy in seiner Ecknische anscheinend nicht bemerkt; zumindest kümmerte er sich nicht um ihn. Er konzentrierte sich auf die Kellnerin und auf das Geld in der Registrierkasse, als Freddy ihn in die linke Kniescheibe schoß. Der Knall des .38ers war laut, aber das Kreischen des Mannes war so durchdringend, daß die Kanadier zu zittern anfingen. Der Schwarze ließ den Arm der Kellnerin und sein Messer los und fiel, immer noch kreischend, auf den Boden. Freddy beendete sein Schreien jäh, indem er ihm mit dem schweren Ledertotschläger einen Hieb hinter das rechte Ohr versetzte.

Freddy ließ die Polizeimarke aufblitzen. »Alles okay, meine Liebe«, sagte er zu der Kellnerin. »Ich bin Polizist.« Er hielt die Marke hoch, damit auch das Paar an der Bar sie sehen konnte, und lächelte. »Polizei. Na los, frühstücken Sie nur weiter.«

Die Kellnerin setzte sich an die Theke, ließ den Kopf auf die gekreuzten Arme sinken und fing an zu weinen. Freddy zog dem Bewußtlosen das Portemonnaie aus der Gesäßtasche und ließ es zu den Handschellen in seine Jackentasche fallen. Er holte die Handschellen hervor, entschied aber dann, daß er sie nicht brauchte. Er befahl dem Ehepaar, sich nicht von der Stelle zu rühren, während er über das Funkgerät in seinem Polizeiwagen draußen einen Krankenwagen herbeiriefe. Beide nickten, immer noch zu benommen, um zu antworten.

Freddy legte einen Dollar unter seine Kaffeetasse in der Ecknische, verließ das Restaurant und ging zurück zum Omni-Hotel. Als er die Lobby betrat, hörte er die Sirene des Streifenwagens, der den Biscayne Boulevard zu Sammy's hinaufjagte. Freddy nahm auf einem roten Ledersessel in der Lobby Platz und zog das Portemonnaie des Räubers hervor. Achtzig Dollar. Drei Führerscheine mit verschiedenen Namen, aber alle mit dem gleichen Foto. Weder für die Führerscheine noch für das Portemonnaie hatte Freddy Verwendung, aber achtzig Dollar konnte man immer gebrauchen. Er warf das Portemonnaie in einen Blumentopf und fuhr mit dem Aufzug zu seinem Zimmer hinauf. Er hatte jetzt eine Idee, wie er mit Pablo Lhosa fertig werden würde.

Freddy schüttelte Susan wach und sagte ihr, sie solle sich duschen und anziehen. Beim Zimmerservice bestellte er Kaffee, Orangensaft und Plundergebäck. Als Susan angezogen war, wurde das Frühstück gebracht.

»Das Frühstück ist für dich, damit du wach wirst«, sagte er. »Während du ißt, werde ich dir sagen, was du tun sollst.«

»Möchtest du auch?« fragte sie und biß in ein Pflaumenteilchen.

»Wenn ich etwas möchte, hätte ich es mir bestellt.«

Freddy sagte Susan, sie solle zu ihrer Wohnung fahren, seine Einkäufe vom Tag vorher zusammenpacken und damit ins Hotel zurückkommen. Er sagte ihr, wo er die Lederschatulle mit der Münzsammlung versteckt hatte und daß sie sie ebenfalls mitbringen solle. Außerdem könne sie, wenn sie einmal zu Hause sei, ein paar Sachen zusammenpacken, die sie für einen mehrtägigen Aufenthalt im Hotel vielleicht brauchen würde. »Zerbrich dir nicht den Kopf deswegen. Wenn du etwas vergißt, können wir es jederzeit hier im Omni kaufen. Wichtig ist, daß du mein Zeug einpackst und das Geld holst und daß du zurückkommst, ohne Pablo über den Weg zu laufen. So früh am Morgen wird er noch nicht auf sein. Achte auf dem Rückweg darauf, daß dir niemand folgt. Falls du merkst, daß dir jemand auf den Fersen ist, hängst du ihn ab, bevor du zum Hotel zurückfährst.«

»Ist jemand hinter uns her, Junior?«

»Nicht hinter uns, aber hinter mir, ja. Ich bin kein netter Mensch, und deshalb ist meistens jemand hinter mir her. Und weil du jetzt bei mir bist, ist wahrscheinlich auch hinter dir jemand her.«

»Das verstehe ich nicht.«

»Ist nicht so wichtig. Wenn es etwas Wichtiges gibt, was du wirklich verstehen mußt, dann erkläre ich es dir. Aber jetzt möchte ich, daß du losfährst, sobald du deinen Kaffee getrunken hast. Hier ist der zweite Zimmerschlüssel. Und zieh dich um, wenn du nach Hause kommst. Zieh einen Rock an, eine Bluse, und Collegeschuhe.«

»Collegeschuhe? Ich hab keine Collegeschuhe. Ich kann meine Turnschuhe anziehen.«

»Okay. Wir besorgen dir später ein paar Collegeschuhe. Dann siehst du aus wie eine Studentin. Aber vorher regle ich die Sache mit Pablo.«

»Muß ich Pablo noch mal treffen? Ich hab Angst vor ihm.«

»Hat Pablo dich gefickt, als du anfingst, für ihn zu arbeiten?«

»Nein. Ich hab ihm nur einen geblasen, mehr nicht. Er wollte sehen, ob ich es kann, und nachher hat er mir ein paar Tips gegeben. Pablo kennt sich aus.«

»Nein, du brauchst Pablo nicht noch mal zu treffen. Und jetzt verschwinde und komm rasch wieder zurück. Wenn ich nicht hier bin, kannst du fernsehen, bis ich zurückkomme. Wenn du Hunger hast, rufst du den Zimmerservice.«

Als Susan gegangen war, trank Freddy den Orangensaft aus. Sein Mund war immer noch trocken. Er fand es anstrengend, mit Susan zu reden, und er war nie sicher, ob sie alles verstand, was er ihr sagte. Es schien so, denn bisher hatte sie noch alles richtig gemacht, und sie war auch gleich auf seine Lügen eingegangen, als er in dem brasilianischen Steakhouse mit dem Cop gesprochen hatte. Aber sie hatte auch die schlechte Angewohnheit, die Wahrheit zu sagen, wenn eine Lüge nützlicher war. Sie hätte dem Detective nicht sagen dürfen, daß sie in dem Hotel als Nutte gearbeitet hatte. So, wie sie aussah, hätte nie jemand erraten können, womit sie ihren Lebensunterhalt verdiente. Später, wenn er Zeit hätte, würde er mit ihr darüber reden und ihr erklären, was man erzählte und was man nicht erzählte, denn sonst könnte sie sich – und ihn – leicht in eine unangenehme Situation bringen.

Freddy rief bei der Rezeption an und erfuhr, daß der Friseur erst um halb neun öffnete. Er duschte und sah sich dann verdrossen die Sendung »Today« im Fernsehen an, bis es acht Uhr war. Rastlos zog er sich wieder an und fuhr mit dem Aufzug hinunter in die Lobby; er teilte die Kabine mit einer Latino-Familie mit vier kleinen Kindern und einer alten Lady mit einem behaarten Mal am Kinn. Es stank nach Knoblauch und Moschus, und weil die verdammten Gören beim Einsteigen auf sämtliche Knöpfe gedrückt hatten, blieb der Lift beim Hinunterfahren in jedem Stockwerk stehen.

Der Friseursalon war geöffnet. Freddy ließ sich rasieren. Als er fertig war, kämmte der Friseur ihm das Haar und sagte: »Sie haben wunderschönes Haar, aber Sie sollten es wirklich wachsen lassen. Es ist viel zu kurz für die aktuellen Frisuren.«

»Deine Haare sind zu lang«, sagte Freddy. »Du siehst aus wie eine Tunte, und wenn ich es nicht an deinen Haaren sehen könnte, dann verrät dein Schwulenohrring dich immer noch.«

Freddy stieg in das erste Taxi in der Reihe und sagte der alten Frau am Steuer, sie solle ihn zum International Hotel fahren.

»Das ist in der Brickell, nicht wahr?

»Gibt es zwei International Hotels?«

»Nicht, daß ich wüßte – «

»Dann muß es wohl in der Brickell sein, stimmt's?«

»Sag ich ja.«

Die Leute fuhren zur Arbeit, und auf den Straßen herrschte dichter Verkehr. Das Taxameter tickte mit Lichtgeschwindigkeit. Als der Wagen vor dem Eingang anhielt, sagte Freddy: »Es dauert nicht lange. Wenn Sie warten wollen, können Sie mich nachher nach Miami Beach rüberfahren.«

»Das ist besser als zum Flughafen. Aber Sie können mich jetzt bezahlen, und ich stelle die Uhr solange ab.«

»Trauen Sie mir nicht?«

»Genauso, wie Sie mir trauen.«

»Lassen Sie die Uhr laufen.« Freddy zählte vier Zwanziger ab. »Wenn sie soweit gekommen ist und ich bin noch nicht wieder da, können Sie ohne mich losfahren.«

»Ja, Sir.«

Freddy schlenderte lässig durch die riesige Lobby. Hier gab es drei Restaurants, einen Coffeeshop, drei Bars und ein Dutzend Spezialgeschäfte, in denen man Strandkleidung und Geschenke kaufen konnte. Neben der Zanzi Bar lag ein kleiner Konferenzraum; an der Tür hing eine Tafel mit einer schwarzen Aufschrift:

INSTITUT FÜR ZUCKERRÜBENVERARBEITUNG
TAGUNGSBEGINN 11.00 UHR
BAR-TREFF ZANZI BAR 10.00 UHR

Die Zanzi Bar war noch geschlossen, und auch der kleine Konferenzraum lag ausgestorben da. Für die Tagung waren ein Vortragspult und eine Projektionsleinwand sowie mindestens dreißig Klappstühle aufgestellt worden. Freddy ging zu einem Haustelefon, verlangte den Chef der Hotelpagen und wartete, bis er sich meldete.

»Sorgen Sie dafür«, sagte Freddy, »daß Pablo Lhosa in den kleinen Konferenzraum neben der Zanzi Bar kommt.«

»Ist etwas nicht in Ordnung, Sir?«

»Wie kommen Sie darauf? Ich veranstalte die Tagung für die Zuckerrübenleute, und wenn etwas nicht in Ordnung wäre, würde ich den Geschäftsführer verlangen – nicht Pablo.«

»Sehr wohl, Sir.«

Drei Minuten später kam der übergewichtige Pablo ein wenig außer Atem herbeigeeilt. Die beiden untersten Knöpfe seines Affenjäckchens standen offen, weil sein Bauch zu dick war. Freddy schloß die Tür des Konferenzraumes und schlug Pablo die Faust in die Magengrube. Pablo schnappte nach Luft und taumelte leicht, aber er fiel nicht. Unversehens hatte er ein Messer in der rechten Hand. Freddy zeigte ihm seine Polizeimarke.

»Steck das Messer weg, Pablo.«

Pablo klappte das Messer zusammen und schob es wieder in die Tasche.

»Mein Name ist nicht Gotlieb, Pablo. Mein Name ist Sergeant Moseley vom Miami Police Department. Und das kleine Mädchen, das du mir aufs Zimmer geschickt hast, Susan Waggoner, ist erst vierzehn Jahre alt. Du sitzt mit deinem fetten Arsch in der Patsche.«

»Ihr Bruder hat mir gesagt – «

»Ihr Bruder ist tot, und er hat dich belogen. Er wurde am Flughafen getötet, und das haben sie in den Nachrichten gebracht. Du gehörst zu den Tatverdächtigen. Hast du Martin Waggoner fertigmachen lassen, Pablo?«

»Scheiße, nein! Ich hab – ich weiß überhaupt nichts drüber!«

»Ich habe hier eine unterschriebene Aussage von Susan, in der sie erklärt, daß du ihr Zuhälter bist. Das Feuer unter deinem schmierigen Arsch brennt schon.«

»Susie hat Sie belogen, Sergeant. Die ist neunzehn, nicht vierzehn. Das hab ich überprüft, Sergeant. Sergeant Wilson weiß, daß ich hier ein paar Mädels laufen habe. Da gibt's kein Problem. Wieso rufen Sie nicht einfach Sergeant Wilson an? Ich bezahle ihn jede Woche. Sie sollten sich mal mit ihm unterhalten.«

»Wilson weiß nicht, daß du hier Minderjährige auf den Strich schickst. Susie hat mir erzählt, was du ihr beigebracht hast.«

»Ich schwöre bei Gott, Sergeant!« Pablo streckte den rechten Arm in die Höhe. »Ihr Bruder hat mir ihren Führerschein gezeigt!«

»Ihr Bruder ist tot, und Führerscheine kann man fälschen. Dein kubanischer Arsch ist *ab*.«

»Ich bin kein Kubaner. Ich bin aus Nicaragua. Ich war Major in der Nationalgarde. Sergeant Wilson hat mir gesagt – Sie kennen Sergeant Wilson doch, oder?«

»Ich scheiße auf Wilson, und ich scheiße auf dich, Pablo. Wieviel zahlst du an Wilson?«

»Wer hat behauptet, daß ich ihm was bezahle?«

Freddy zog den Totschläger heraus und näherte sich Pablo. Pablo hob die Hände und wich zurück.

»Nicht. Bitte. Ich zahle ihm fünfhundert die Woche.«

»Okay.« Freddy steckte den Totschläger ein. »Ich werde dich laufen lassen, Pablo. Von jetzt an gibst du Wilson zweihundertfünfzig die Woche, und die anderen zweihundertfünfzig kannst du mir schicken. Steck das Geld einfach in einen Umschlag und schick's mir. Sergeant Hoke Moseley, Eldorado Hotel. Durch Boten – nicht mit der Post.«

Pablo schüttelte den Kopf. »Da muß ich vorher mit Wilson reden.«

»Zerbrich dir nicht den Kopf wegen Wilson. Ich bin der Mann mit Susies schriftlicher Aussage, nicht Wilson.«

»Ich schätze, dann kennen Sie Sergeant Wilson nicht. Der wird sich weigern, mit Ihnen zu teilen.«

»In dem Fall kostet es dich eben siebenhundertfünfzig pro Woche, nicht mehr fünfhundert. Nicht wahr?«

»Um Himmels willen, geben Sie mir doch 'ne Chance!«

»Das hab ich schon getan. Aber lieber würde ich dich mitnehmen und einsperren. Es gibt genug Mädchen über achtzehn in Miami; da braucht man keine Kinder auf den Strich zu schicken.«

»Ich hatte doch keine Ahnung. Dieser unglaubliche Hurensohn! Ich hab Marty danach als erstes gefragt, eben weil sie so verdammt jung aussieht, aber er hat mir geschworen, daß – «

»Martin Waggoner ist tot, Pablo. Du hast keinen einzigen Zeugen. Du kannst mit dem Bezahlen heute anfangen. Heute abend um zehn Uhr ist ein Umschlag im Eldorado Hotel.«

»Das ist in South Beach, nicht?«

»So ist es. Zur Bucht hin, drei Straßen vor Joe's Stone Crabs. Gib es einfach dem Mann an der Rezeption und sag ihm, er soll's für mich in den Safe legen.«

»Okay, aber ich werde mit Wilson darüber sprechen, und der wird ein Wörtchen mit Ihnen zu reden haben.«

»Da bin ich sicher. Sag ihm, wenn er mit mir sprechen will, können wir uns im Büro der Dienstaufsicht treffen. Sag ihm das.«

»Und Sie hätten mich auch nicht zu schlagen brauchen.«

»Ich wollte, daß du mir zuhörst, und ich dachte, du hast vielleicht ein Messer. Wiedersehen, Pablo.«

Pablo sah aus, als wolle er noch etwas sagen, aber dann drehte er sich auf dem Absatz um und marschierte hinaus, ohne die Tür hinter sich zu schließen.

Er wird die zweihundertfünfzig Dollar heute abend schicken, dachte Freddy, aber wenn er mit Wilson gesprochen hat – wer immer das sein mag –, wird er seine Zahlungen vermutlich einstellen. Vielleicht aber auch nicht. Das magische Wort *Dienstaufsicht* würde Sergeant Wilson beunruhigen. Selbst anständige Bullen hatten Angst vor den Untersuchungsbeamten dieser Abteilung. Wie auch immer – ein verstörter Pablo Lhosa würde nicht nach Susan suchen. Mit der Zeit würde der alte Pablo versuchen zu vergessen, daß er sie je gekannt hatte.

Die alte Lady wartete noch auf Freddy, als er aus dem Hotel kam. Sie rauchte eine aromatische Tijuana Small, und das Taxameter tickte.

»Stellen Sie die Uhr jetzt ab«, sagte Freddy, als er auf dem Rücksitz Platz genommen hatte. »Sie erinnert mich nur daran, wie die Zeit vergeht. Ich gebe Ihnen noch einmal einen Hunderter, und dafür machen Sie mit mir die große Touristenrundfahrt durch Miami Beach. Und wenn wir in Bal Harbour sind, dann können Sie mich bei einem Grundstücksmakler absetzen.«

»Ich habe nichts Besseres zu tun«, sagte die alte Lady.

Als Freddy ihr das Geld reichte, hob sie ihr Mercury-Morris-T-Shirt mit der Nummer 22 auf dem Rücken hoch und stopfte sich den Schein in den BH.

16

Mit der Arbeit an Hokes Kiefer klappte es nicht so gut, wie die Doktoren Rubin und Goldstein gehofft hatten. Hokes neues Gebiß war beinahe zerbrechlich, verglichen mit den alten Dolphin-Beißern; eine massivere Prothese hielt der Unterkiefer nicht mehr. Als der Knochen ausgeheilt war – und er heilte bemerkenswert schnell –, wurden die Fixierungen abgenommen, und man schob ihm einen Klumpen übelschmeckende rosafarbene Modelliermasse in den Mund. Abgüsse wurden angefertigt, und dreiundzwanzig Tage nach dem Überfall besaß Hoke wieder ein volles Gebiß mit leicht gelblichen Prothesen oben und unten. Hoke hätte sie gern weißer gehabt, aber Dr. Rubin hatte behauptet, weißere Zähne würden künstlich aussehen, und die gelben seien für einen Mann seines Alters natürlicher.

Aber als Hoke sich dazu zwang, sein neues Gesicht ausgiebig zu betrachten, stellte er fest, daß die Zähne nichtsdestoweniger unecht aussahen, und mit Erschrecken nahm er sein allgemeines Erscheinungsbild zur Kenntnis.

Durch die Flüssigdiät hatte er abgenommen; er wog jetzt noch knapp zweiundsiebzig Kilo. So wenig hatte er zuletzt in der High-School gewogen. Er war erst zweiundvierzig, aber mit seinen eingefallenen Wangen und dem grauen Stoppelbart glich er eher einem Sechzigjährigen. Die runzligen Sonnenfältchen rings um seine Augen hatten sich tiefer in die Haut gegraben, und die Linien, die sich von den Nasenflügeln zu den Mundwinkeln zogen, sahen aus, als seien sie mit der Flex in sein Gesicht gefräst worden. Wenn er lächelte, machte seine gewohnheitsmäßig finstere Miene eine verblüffende Verwandlung durch: Die gelben Zähne gaben ihm ein gespenstisches Aussehen.

Aber Hoke hatte keinen Grund zum Lächeln.

Die Polizeiversicherung hatte achtzig Prozent der Krankenhauskosten und einen großen Teil der Gebühren für Zahnarzt und Chirurg übernommen, aber trotzdem schuldete Hoke der Klinik und den beiden Ärzten immer noch mehr als zehntausend Dollar. Bis auf die eine Nacht, in der er das Vierbettzimmer mit dem Jungen geteilt hatte, war er allein auf der Station gewesen. Infolgedessen hatte das Krankenhaus ihm für die ganze Zeit mit Ausnahme dieser einen Nacht ein Privatzimmer berechnet. Für diese Nacht hatten sie ihm ein Zweibettzimmer in Rechnung gestellt. Für ein Privatzimmer kam Hokes Versicherung aber nicht auf, und so bedeutete das »Privatzimmer« auf der Rechnung zusätzliche zehn Dollar pro Tag. Hoke erhob Einspruch gegen diese Zusatzgebühr, doch ohne Erfolg. Als er das Krankenhaus verließ, packten die Schwestern ihm seine Bettpfanne und die Einlaufklistiere zusammen und erklärten ihm, er habe dafür bezahlt und sei daher berechtigt, diese Dinge mit nach Hause zu nehmen.

Bevor er mit Bill Henderson, der hergekommen war, um ihn abzuholen, auf die Straße hinaustrat, hatte er noch eine Unterredung mit dem geistlichen Beistand des Krankenhauses, der ihm dabei helfen wollte, einen vernünftigen Plan für monatliche Zahlungen auszuarbeiten. Am Ende dieser Unterredung waren sie beide wütend, weil Hoke darauf bestand, daß er unmöglich mehr als fünfundzwanzig Dollar im Monat für diese enorme Rechnung aufbringen könne.

Henderson fuhr Hoke geradewegs zum Eldorado, damit er dort seinen Wagen abholen konnte. Das Polizeifunkgerät war ausgebaut und die Batterie ebenfalls.

»Ein neues Funkgerät werden sie dir einbauen, Hoke«, sagte Henderson. »Du brauchst nur das Formular für verlorene oder beschädigte Ausrüstungsgegenstände auszufüllen. Aber eine neue Batterie kriegst du nicht, darauf kannst du Gift nehmen.«

»Noch mal fünfzig Dollar durch den Schornstein.«

»Na und? Du hast die hundertachtzehn, die der Kerl nicht gefunden hat oder nicht haben wollte. Sie lagen auf deiner Kommode. Und in Captain Brownleys Büro liegen zwei Gehaltsschecks für dich.«

»Einer von denen geht an meine Exfrau«, erinnerte Hoke ihn. »Aber ich begreife einfach nicht, wieso du soviel Geld in meinem Zimmer gefunden hast. Ich kann schwören, ich hatte weniger als zwanzig Dollar bei mir, als ich nach Hause kam. Wenn ich hundert Dollar gehabt hätte, dann hätte ich einen Teil davon bei Irish Mike gelassen, um meine Schulden abzuzahlen.«

»Vielleicht hast du dem Kerl leid getan. Er hat deine Brieftasche mitgehen lassen, also hat er das Geld rausgenommen und es auf deiner Kommode liegenlassen.«

»So einem Kerl tut keiner leid. Gehen wir rein und reden mit Mr. Bennett. Und Bill, ich will wirklich nicht mit zu dir. Ich bin dir dankbar für das Angebot, aber ich bin ein zu eingefleischter Einzelgänger, als daß ich mit Marie und deinen Kindern klarkommen könnte. Die nächsten zwei Wochen möchte ich allein sein.«

»Ich dachte mir schon, daß du das vielleicht so siehst. Ich hab deshalb mit Mr. Bennett gesprochen. Ich gehe übrigens nicht mit dir rein, weil Mr. Bennett und ich nämlich – nun ja, wir hatten, sagen wir, einen Wortwechsel. Ich hab ihn zur Schnekke gemacht, weil er dich in einer so lausigen Kammer wohnen ließ, und schließlich hat er sich bereit erklärt, dir eine kleine Suite im zweiten Stock zu geben. Suite zwei-null-sieben. Die alte Dame, die elf Jahre drin gewohnt hat, ist gestorben.«

»Mrs. Schulz ist gestorben?«

»Ich glaube, so hieß sie. Jedenfalls hatte sie ein paar hübsche Sachen, und er hat sie für dich dringelassen und alles für dich saubergemacht. Die haben dich hier vermißt, als du im Krankenhaus warst. Die alten Leutchen haben sich vor Angst in die Hosen gemacht, als du überfallen worden bist. Ich schätze also, dein Mr. Bennett hat endlich begriffen, daß ein kostenloser Sicherheitsbeauftragter für sein Hotel zwei Zimmer wert ist, nicht bloß eins.«

»Ich nehme an, du hast von vornherein gewußt, daß ich nicht zu dir und Marie ziehen würde?«

»Ich hab so was geahnt. Die Hauptsache war, daß du eine Adresse in Miami hast. Also vergiß nicht, meine Adresse auf deiner Korrespondenz zu benutzen. Jedenfalls hab ich dein ganzes Zeug mitgebracht, für den Fall, daß du hierbleiben wolltest; es ist im Kofferraum.«

»Komm mit rein, Bill. Wegen Bennett brauchst du keine Angst zu haben.«

Eddie Cohen, der alte Mann, der sowohl Tag- als auch Nachtportier war, wenn er nicht gerade etwas anderes zu tun hatte, freute sich, Hoke wiederzusehen. Er rieb sich das Stoppelkinn und deutete auf Hokes grauen Bart.

»Sie sehen aus wie Dr. Freud, Sergeant Moseley.«

Sie gaben sich die Hand. »Vor der neuen Prothese oder nachher?«

»Vorher *und* nachher. Ein bißchen abgenommen haben Sie auch.«

»Fünfundzwanzig Pfund.« Hoke lächelte.

»Die neuen Zähne sind schön! Einfach bildschön!«

»Danke. Sergeant Henderson kennen Sie?«

»O ja. Wir haben uns neulich unterhalten. Mr. Bennett läßt Ihnen sagen, willkommen daheim. Er ist zum Wochenende in Palm Beach. Wissen Sie schon von Ihrer neuen Suite?«

»Sergeant Henderson hat mir eben davon erzählt.«

Eddie schüttelte den Kopf. »Mrs. Schulz ist ganz ruhig dahingegangen. Im Schlaf. Sie hat sich in der Lobby noch ›Magnum‹ angesehen, und dann ist sie nach oben gegangen, und am nächsten Morgen hat Mrs. Feeny sie gefunden.«

»Sie war die Expertin für ›General Hospital‹ im TV-Club, nicht wahr?«

»Genau. Und für ›Dallas‹.«

»Meine Sachen sind draußen in Hendersons Wagen. Irgendein Schweinehund hat mir das Funkgerät und die Batterie geklaut, während ich im – «

»Nein.« Cohen schüttelte den Kopf. »Bloß das Funkgerät. Bei meinem Rundgang morgens hab ich gesehen, daß das Funkgerät geklaut war, und da hab ich Gutierrez gesagt, er soll die Batterie ausbauen und sie in Mr. Bennetts Büro stellen. Ihre Batterie haben Sie also noch. Wissen Sie« – er wandte sich an Henderson –, »als das Eldorado 1929 gebaut wurde, da kamen die Leute mit der Eisenbahn oder mit dem Schiff hierher. Deshalb gab's damals hier nicht so viele Autos, als daß man Parkgaragen für sie hätte bauen müssen wie heute. Ach ja, Geld hab ich auch noch für Sie.«

Ed Cohen ging ins Büro und kehrte mit zwei braunen Umschlägen zurück. Die Umschlagklappen waren mit Klebestreifen verschlossen.

»Ich hab sie aufgemacht, als sie gebracht wurden, und es waren exakt zweihundertfünfzig Dollar in jedem Umschlag. Ich hab natürlich Mr. Bennett Bescheid gesagt, und wir haben das Geld im Safe verwahrt. Vielleicht hätte ich sie gar nicht aufmachen sollen« – Eddie zuckte die Achseln –, »aber ich dachte, es wär vielleicht was Wichtiges.«

»Das ist schon okay, Eddie«, sagte Hoke. SGT. MOSLEY hatte jemand mit schwarzem Filzstift in Blockbuchstaben auf jeden Umschlag geschrieben. »Wer hat die Umschläge gebracht?«

»Ein kubanischer Junge auf 'nem Minibike. Beide Male. Er sagte, ich sollte die beiden Umschläge für Sergeant Moseley in den Safe legen. Mehr weiß ich nicht. Eine Quittung oder so was brauchte ich nicht zu unterschreiben.«

Hoke zählte das Geld auf den Tisch. Es waren ausnahmslos benutzte Scheine, Zehner, Fünfer und Einer.

»Was ist denn das, Hoke?« fragte Henderson.

»Ich hab keinen Schimmer. Laß uns rübergehen zu Irish Mike und einen trinken.«

»Ziemlich viel Kohle, um nichts darüber zu wissen – «

»Ich weiß. Laß uns bei Irish Mike darüber reden. Während wir weg sind, kann Eddie meine Sachen aus deinem Wagen nehmen. Okay, Eddie?«

»Klar. Gehen Sie nur. Gutierrez treibt sich hier irgendwo rum. Er wird's Ihnen nach oben bringen.«

»Vorhin hast du gesagt, du fühlst dich ein bißchen schwach«, sagte Henderson. »Kannst du denn zwei Blocks weit durch die Sonne laufen?«

»Ich muß ein bißchen Adrenalin abarbeiten.«

Bei Irish Mike fanden sie zwei Plätze an der Bar. Mike schüttelte Hoke die Hand und runzelte die Stirn. »Der Bart sieht furchtbar aus, Sergeant.«

»Der Doc meinte, ich soll ihn noch zwei Wochen stehenlassen.«

Hoke zog einen der braunen Umschläge aus der Jackentasche und zählte hundert Dollar auf die Bar. Dann schob er das Geld zu Irish Mike hinüber. »Sie können meine Schulden streichen, und was übrig ist, behalten Sie als Vorauszahlung.«

»Sie haben hier immer Kredit, Sergeant. Das wissen Sie. Ich werde Ihre Schulden abrechnen und Ihnen den Rest zurückgeben.«

»Nein, behalten Sie's. Ich will wissen, was es für ein Gefühl ist, wenn man zur Abwechslung mal ein Guthaben hat. Early Times. Pur. Wasser extra.«

»Dito«, sagte Henderson.

Mike brachte ihnen ihre Drinks und zog sich ans andere Ende der Bar zurück, um einem weißbärtigen alten Mann ein Fünfundzwanzig-Cent-Los an seinem Lotteriebrett zu verkaufen.

»Hältst du das für eine gute Idee, alte Schulden mit Geld zu bezahlen, von dem du nicht weißt, woher es kommt, Hoke? Oder doch?«

»Doch was?«

»Weißt du doch, woher das Geld stammt? Das ist 'ne Menge Geld. Du steckst doch nicht in 'ner Sache, von der du mir nichts erzählt hast, oder?«

»Ich weiß nicht, woher es kommt, und es ist mir auch egal. Vielleicht habt ihr Jungs auf dem Revier eine Sammlung für mich veranstaltet.«

»So weit kommt es noch, verdammt. Erst findest du hundert Dollar auf deiner Kommode, von denen du nichts weißt, und dann kriegst du zwei Schmiergeldzahlungen à zwo-fünfzig in anonymen braunen Umschlägen. Das muß von dem Kerl kommen, der dich zusammengeschlagen hat.«

»Das hoffe ich. Aber Schmiergeld ist es nicht, Bill. Vielleicht hat das Schwein ein schlechtes Gewissen. Wenn, dann deshalb, weil er den Falschen überfallen hat. Ich bin jeden Fall aus den letzten zehn Jahren durchgegangen, der mir eingefallen ist. Als ich im Krankenhaus lag, hatte ich jede Menge Zeit zum Nachdenken, und mir ist keiner eingefallen, der ein Interesse daran haben könnte, mich so zusammenzuschlagen. Es gibt zwei Kerle, die mich vielleicht mit Vergnügen umbringen würden, aber die hätten's dann auch getan. Eine Tracht Prügel hätte ihnen nicht gereicht.«

»Trotzdem, Hoke – an deiner Stelle wäre ich verdammt zurückhaltend mit der Kohle, solange ich nicht weiß, woher sie kommt.«

»Scheißegal, woher sie kommt. Ich brauche das Geld, und es kommt mir gerade recht. Ich komme am Montag, um meine Gehaltsschecks abzuholen, aber Captain Brownley hat gesagt, ich habe zwei Wochen Genesungsurlaub, bevor ich meinen Dienst wieder antreten muß. Und den werde ich nehmen. Wie macht sich dein neuer Partner Lopez?«

»Lopez ist Kubaner, um Gottes willen. Er hat *French Connection* gesehen, und seither trägt er seine Waffe in einem Holster am Knöchel, wie Popeye im Film.«

»Im Ernst?« Hoke entblößte seine gelben Zähne zu einem Grinsen.

»So wahr mir Gott helfe. Laß uns die andere Hälfte bestellen.« Henderson hob zwei Finger zu Irish Mike und zog dann seine Brieftasche heraus.

»Steck dein Geld wieder ein«, sagte Hoke. »Ich hab hier Kredit.«

Als Hoke in seine neue Suite kam, hatte Gutierrez seine Garderobe bereits säuberlich eingeräumt. Es war eine ziemlich kleine Suite, auch wenn ein Wohnzimmer dabei war, und sie wirkte noch kleiner, weil die verstorbene Mrs. Schulz das Wohnzimmer mit zahllosen Eroberungen von irgendwelchen Trödelmärkten vollgestopft hatte, seit sie vor elf Jahren hier eingezogen war. Ein viktorianischer, mit Roßhaar gepolsterter Sessel erwies sich als bequem; Hoke konnte sich hineinsetzen, wenn er eine Sendung in seinem kleinen Sony sehen wollte. An der Wand stand ein hübsches Rollpult mit einem dazu passenden Drehstuhl. Hoke verstaute seine Akten und Unterlagen in den Schubladen; er war froh, einen Schreibtisch in seinem Zimmer zu haben. In seinem Kämmerchen im achten Stock hatte er immer, wenn er etwas essen wollte oder sich Arbeit mit nach Hause genommen hatte, einen Bridgetisch aufklappen müssen, den er unter dem Bett verwahrte. Das Messingbett im Schlafzimmer war größer als das alte, und das hieß, daß er jetzt auch eine Frau mit aufs Zimmer nehmen konnte, ohne verlegen zu werden.

Hoke nahm sein Gebiß heraus und legte es zum Einweichen in einen Plastikbecher mit Polident. Das Zahnfleisch tat ihm weh. Dr. Rubin hatte gesagt, es werde ein Weilchen dauern, bis er sich daran gewöhnt habe; falls sich rauhe Stellen bemerkbar machen sollten, solle er bei seinem nächsten Termin in der Praxis darauf aufmerksam machen, damit sie ausgebessert werden könnten. Hoke betrachtete sein Gesicht im Spiegel und war entsetzt. Ohne seine Zähne sah er noch schlimmer aus. Mit seinem grauen, zwei Zentimeter langen Bart glich er dem Mr. Geezil in den alten Popeye-Comics. Seine Chancen, jemals eine Frau in das neue Messingbett zu bekommen, schienen verschwindend gering zu sein, und dabei hatte er schon seit fünf Monaten keine Frau mehr gehabt. Seufzend verließ Hoke das Badezimmer.

Das einzige Klimagerät befand sich unter dem Schlafzimmerfenster, aber nur wenig kühle Luft sickerte ins Wohnzimmer. Wenn er Mr. Bennett nicht noch ein Gerät aus den Rippen leiern könnte, dann würde er sich einen Deckenventilator kaufen müssen. An der Wand über dem Sekretär hing ein großes Gemälde mit drei weißen Pferden, die einen Feuerwehrwagen zogen. Die Pferde blähten ihre Nüstern und rollten wild mit den Augen. Ein höllisches Gemälde, fand Hoke, und wahrscheinlich einen Haufen Geld wert. Es wunderte ihn, daß Mr. Bennett es im Zimmer hatte hängen lassen, statt es zu verkaufen –

Es klopfte. Dreimal, hart und gebieterisch.

Hoke geriet in Panik. Er riß Schubladen in dem Schreibtisch auf und brach sich dabei einen Fingernagel ab. Einen wahnwitzigen Augenblick lang vergaß er, daß sein Revolver gestohlen worden war. Was konnte er als Waffe benutzen? Auf dem

Schreibtisch stand ein massiver gläserner Briefbeschwerer mit einem eingegossenen Schmetterling. Hoke packte ihn und stellte sich mit dem Rücken zur Wand neben die Tür.

»Wer ist da?« sagte er.

»Sergeant Wilson«, grollte eine tiefe Stimme. »Miami Police Department.«

»Schieben Sie Ihren Ausweis unter der Tür durch.«

»Soll das ein Witz sein?«

»Lassen Sie's drauf ankommen. Das nächste, was Sie hören – falls Sie noch was hören –, ist eine Kugel, die durch die Tür fliegt.«

»Du liebe Güte!« Die tiefe Stimme klang angewidert.

Einen Augenblick später glitt der Ausweis mit Wilsons Foto unter der Tür herein. Hoke hob ihn auf. Er stellte fest, daß Wilson schwarz, einsachtundachtzig groß und hundertvier Kilo schwer war, Sergeant beim Miami Police Department, und zwar bei der Sitte. Häßlich war er außerdem. Seine Nase war fast so breit wie sein Mund, und er hatte die Blumenkohlohren eines Boxers.

Hoke nahm die Kette ab und öffnete die Tür. Der Mann streckte die Hand nach seinem Ausweis aus. In der anderen hielt er seine Polizeimarke. Er nahm Hoke die Karte aus den Fingern und schob sie in seine Ausweismappe. Dann steckte er seine Marke wieder ein.

»Was ist los, Sergeant?« fragte Wilson. »Haben Sie ein schlechtes Gewissen?«

»Ich komme gerade aus dem Krankenhaus.«

»Ich weiß. Ich hab mich erkundigt. Außerdem haben Sie etwas, was mir gehört. Raus damit.«

»Ich weiß nicht, wovon Sie reden. Ich hab Sie noch nie gesehen.«

»Aber ich hab Sie gesehen. Ich bin bei der Sitte, und Sie sind in meinem Revier herumgestreunt. Die Umschläge, bitte.« Er streckte Hoke eine riesige Hand entgegen.

Hoke war verwirrt. Wenn er versehentlich geschmiert worden war, wie hatte es dann geschehen können, daß irgend jemand ihn mit Sergeant Wilson verwechselte? Wer immer es war, der sie miteinander verwechselt hatte, war entweder farbenblind oder falschen Informationen aufgesessen.

»Die Briefumschläge, die an mich adressiert waren?«

»Die Briefumschläge, die an Sie adressiert waren.«

Hoke reichte ihm die beiden braunen Umschläge. Sergeant Wilson zählte das Geld. »Da fehlen hundert Dollar.«

Hoke räusperte sich. »Ich hab ein bißchen ausgegeben.«

»Gib mir deine Brieftasche.«

»Leck mich am Arsch.«

Wilson stieß Hoke mit der flachen Hand auf den Drehstuhl vor dem Sekretär und drückte ihn dort mühelos nieder. Hoke sträubte sich, doch dann merkte er, wie entkräftet er war, und sackte zusammen. Wilson zog ihm die Brieftasche aus der Hosentasche, zählte sich hundert Dollar ab und warf die Brieftasche auf den Sekretär. Er steckte das Geld in den einen Umschlag und schob dann beide in die Brusttasche seines beigeseidenen Sportsakkos.

»Und das Mädchen will Pablo auch zurückhaben, Alterchen. Sieh zu, daß sie morgen früh um zehn am International Hotel aufkreuzt, und alles ist vergessen. Nicht vergeben, aber vergessen. Andernfalls ...« Er sah sich im Zimmer um und schüttelte den Kopf. »Ich schätze, du brauchst dringend Schotter, wenn du in so 'nem Stall wohnst. Aber du mußt verrückt gewesen sein, mich anzupissen.«

Wilson ging ins Schlafzimmer und warf dann einen kurzen Blick ins Bad. Er entdeckte Hokes falsche Zähne in dem Plastikbecher. Er goß das Wasser ins Waschbecken, öffnete das Fenster im Wohnzimmer, stieß das Fliegengitter zurück und warf das Gebiß hinaus.

Hoke hätte fast gesagt: Was für ein Mädchen? Aber er wußte, daß das Mädchen Susan Waggoner hieß. Und jetzt wußte er auch, wer ihn ins Krankenhaus gebracht hatte. Er wußte nicht, warum, und er wußte auch nicht, warum man ihm Geld geschickt hatte, aber er gedachte es herauszufinden.

Wilson schloß leise die Tür hinter sich, als er hinausging.

Hoke brauchte zwanzig Minuten, um seine Zähne wiederzufinden; zum Glück waren sie in einem kräuselblättrigen Krotonstrauch gelandet und unversehrt geblieben. Er legte sie noch einmal in ein Glas Wasser mit einem Spritzer Polident, und dann fragte er sich, was zum Teufel er als nächstes machen sollte.

17

Nachdem sie die Collins Avenue in Miami Beach hinuntergefahren waren, hielt Mrs. Freeman kurz an, damit Freddy einen Blick auf die Lincoln Road werfen konnte, die einst so berühmte und jetzt heruntergekommene Einkaufspassage. Freddy schlug vor, ein spätes Frühstück einzunehmen.

»Haben Sie schon mal im Manny's gegessen?« fragte Mrs. Freeman. »Da kriegen Sie Krabbenfleischomelett, und dazu gibt's einen Korb heiße Brötchen mit Butter und Honig. Und inzwischen ist es das einzige Lokal am Beach, wo man Kaffee gratis nachgeschenkt bekommt.«

Manny's duckte sich zwischen ein vierstöckiges koscheres Badehaus und ein mit Brettern vernageltes zweistöckiges Lager. Mrs. Freeman parkte das Taxi auf dem unkrautbewachsenen Platz vor dem Lagerschuppen, und sie betraten das Lokal. Drinnen wehte ihnen strenger Fischgeruch entgegen. Mrs. Freeman bestellte sich das Krabbenfleischomelett, aber Freddy schüttelte den Kopf.

»Ich hab's mir anders überlegt. Bringen Sie mir ein Denver-Omelett.«

»Was ist das?« fragte der Kellner, ein Pakistani.

»Das ist Rührei mit gehacktem Schinken, grüner Paprika und Zwiebeln.«

»Was er haben will«, sagte Mrs. Freeman, »ist ein Western-Omelett.

»Das haben wir«, sagte der Kellner und verschwand in der Küche.

»In Kalifornien nennen wir es Denver-Omelett.«

»Sie sind also aus Kalifornien?«

»Wie kommen Sie darauf?«

»Sie sagten gerade: ›In Kalifornien ...‹«

»Nur weil ich sagte, daß ich *in* Kalifornien gewesen bin, muß ich noch lange nicht *aus* Kalifornien sein. Die Leute sind zu rasch damit bei der Hand, negative Schlußfolgerungen über andere zu ziehen, ohne zu Ende zu denken.«

»Dann wohnen Sie in Miami?« Mrs. Freeman schüttelte die grauen Locken. Ihre grauweißen Zähne hatten etwas Durchscheinendes. Ihre hellblauen Augen waren sehr klar.

»Ja. Was ich suche, ist ein hübsches kleines Haus, aber was

ich bisher von Miami Beach gesehen habe, gefällt mir nicht. Was gibt es denn weiter nördlich?«

»Nun, wenn wir an Bal Harbour vorbei sind, wo die betuchten Weißen wohnen, fängt die Motel Row an. Das Thunderbird, das Aztec – alles Motels, die nach einem bestimmten Thema gestaltet sind. Dort steigen im Sommer hauptsächlich einfache kanadische und britische Touristen ab und auch amerikanische Familien, die während der Saison hier unten auf die billige Tour Urlaub machen – hauptsächlich Familien aus New York, New Jersey und Pennsylvania. Aber wenn Sie ein kleines Haus mieten möchten, dann können wir daran vorbei und hinüber nach Dania fahren. Da gibt's ein paar hübsche kleine Häuser, und es ist auch ein ruhiges Städtchen – mal abgesehen von der Jai-alai-Anlage.«

»Sehen wir's uns mal an.«

»In Dania, da verkaufen sie Antiquitäten. Längs der US One finden Sie Dutzende von kleinen Antiquitätenläden. Hauptsächlich Imitationen, aber die Möbel sind heutzutage um einiges besser als die echten Teile damals.«

»Ich hab gern neue Möbel.«

»Nun, genau das kriegen Sie in Dania. Neue Antiquitäten.«

Was Freddy von Dania sah, gefiel ihm. Die kleinen Stuckhäuser erinnerten ihn an den südwestlichen Teil von Los Angeles, unten in der Gegend von Slauson und Figueroa. Die Hauptdurchgangsstraße war zudem die US 1, die ihn geradewegs nach Miami bringen würde – bis dorthin, wo die US 1 zum Biscayne Boulevard wurde. Er wies Mrs. Freeman an, langsam in den von Bäumen überschatteten Straßen auf und ab zu fahren, damit er Ausschau nach Schildern halten konnte, auf denen ein Haus zum Vermieten oder zum Verkauf angeboten wurde. Davon gab es mehrere, aber Freddy ließ sie vor einem kleinen weißen Haus anhalten, das von einem weißen Lattenzaun umgeben war. Im Vorgarten ragten zwei hohe Mangobäume auf, und der Besitzer hatte zu beiden Seiten der Haustür Geranienbeete angelegt. Eine seitlich angebaute Garage war ebenfalls vorhanden.

Freddy klopfte und verhandelte mit der Hausbesitzerin. Es war eine Witwe, deren Mann kürzlich verstorben war, und sie wollte das Haus verkaufen und nach Cincinnati zurückziehen, um dort bei ihrer Tochter und ihrem Schwiegersohn zu wohnen. Wenn sie das Haus nicht verkaufte, hatte sie nicht genug Geld, um von hier fortzugehen.

»Ich weiß nicht, ob ich kaufen will oder nicht«, sagte Freddy. »Aber ich werde folgendes tun: Ich miete es für zwei Monate, und wenn es mir dann gefällt, können Sie mir eine Kaufoption geben. Wenn ich nicht kaufe, haben Sie immerhin die zwei Monatsmieten, und Sie können sofort nach Cincinnati fahren. Wie hoch soll die Miete sein?«

»Ich weiß es wirklich nicht«, sagte die Witwe. »Wären zweihundertfünfzig zuviel?«

»Nicht annähernd genug. Ich zahle Ihnen fünfhundert im Monat, im voraus, und Sie können die Möbel hier lassen, packen und noch heute abend nach Cincinnati fliegen.«

»Ich weiß nicht, ob ich so schnell fertig bin – «

Freddy zählte eintausend Dollar auf eine imitierte Schusterbank.

»Aber ich schätze, es wird gehen«, sagte sie schnell und raffte das Geld zusammen. Freddy ließ sich eine Quittung geben, und nach zwei Telefongesprächen sagte die Witwe, sie könne um zehn Uhr abends aus dem Haus sein, und wenn sie ginge, würde sie die Schlüssel nebenan hinterlassen. Freddy kehrte zum Taxi zurück und sagte Mrs. Freeman, er habe das Haus gemietet.

»Möbliert oder unmöbliert?«

»Möbliert.«

»Wie viele Schlafzimmer?«

»Eins, glaube ich, aber ich habe nicht nachgeschaut. Hinten gibt es noch eine große Veranda mit Fliegengittern.«

»Ich will meine Nase nicht in Ihre Angelegenheiten stecken, Mister, aber Sie machen einen so unschuldigen Eindruck. Wieviel knöpft sie Ihnen ab?«

»Was geht das Sie an? Sie sind eine neugierige alte Fledermaus, Mrs. Freeman. Hat Ihnen das schon mal jemand gesagt?«

»Schon oft. Sie hätten mich für Sie verhandeln lassen sollen. Diese Stadt heißt Dania, weil die Dänen sie gegründet haben, und wenn man einen Dänen übers Ohr hauen will, braucht man schon einen Juden. Mehr sage ich gar nicht.«

»Ich diskutiere nie über Preise. Man kommt hier in Miami viel zu leicht an Geld. Darum ist hier unten auch alles so teuer.«

»Wenn das so ist«, sagte sie und schüttelte ihre Locken, »können Sie mir zehn Dollar Trinkgeld geben, wenn ich Sie beim Omni absetze.«

Als sie vor dem Omni hielten, gab Freddy der alten Dame einen Zehn-Dollar-Schein. »Sie sind nicht so gerissen, wie Sie glauben, Mrs. Freeman. Ich wollte Ihnen zwanzig geben.«

Ihr hohes, meckerndes Lachen folgte ihm bis in die Lobby.

Susan trug abgeschnittene weiße Jeans und ein T-Shirt, auf dem kiss stand; sie aß ein Thunfischsalat-Sandwich und trank ein Tab, als Freddy die Tür aufschloß und ins Zimmer kam. Das Bett war gemacht, die Vorhänge waren zurückgezogen, und es war angenehm kühl im Zimmer.

»Warum siehst du nicht fern?« fragte Freddy.

»Hab ich schon. Ich hab die Gymnastik mit Richard Simmons gemacht, und dann hab ich auf Kabel geschaltet und fünf Minuten Aerobic gemacht. Das war genug Fernsehen für mich. Ich hab deine Hose mit den kleinen Tennisschlägern und dein blaues *guayabera* in die Reinigung gegeben. In drei Stunden sind die Sachen zurück, hat der Boy gesagt.«

»Gut. Das gefällt mir. Ich hab mich ein bißchen umgesehen und mir überlegt, was zu tun ist, und dann habe ich uns oben in Dania ein kleines Haus gemietet.«

»Bei der Jai-alai-Anlage?«

»Nein, aber die ist nur acht Straßen weiter. Vielleicht können wir abends mal hingehen. Jai alai hab ich noch nie gesehen. In Kalifornien gibt es das nicht. Zumindest weiß ich nichts davon.«

»Das erste Spiel, das man sieht, ist aufregend. Aber danach ist es fast so langweilig wie ein Windhundrennen.«

»Wir gehen trotzdem mal hin. Aber darüber will ich jetzt nicht reden. Gib mir den Rest von deinem Tab. Es ist saumäßig heiß draußen. Ich wollte dich etwas fragen – « Freddy trank das Tab aus. »Du hast gesagt, deine Freundinnen in Okeechobee haben geheiratet, stimmt's?«

»Die meisten. Wenn sie nicht woanders hingezogen oder zu Hause geblieben sind, um Trübsal zu blasen. Sehr viel anderes bleibt einem in Okeechobee nicht übrig. Sie halten das Haus in Ordnung, gehen einkaufen, kochen ... Sue Ellen, die mit mir in der elften Klasse war, hat schon drei Kinder.«

»Ist es das, was du willst? Kinder?«

»Nicht mehr. Früher wollte ich mal welche, aber seit der Abtreibung nicht mehr. Ich nehme die Pille, und außerdem benutze ich Schaum – es sei denn, der Freier will mir unten ran. Aber jetzt, wo wir verheiratet sind, kann ich die Pille wohl absetzen, und den Schaum kann ich auch weglassen.«

»Nein, nimm die Pille weiter. Ich will auch keine Kinder, aber wenn du welche gewollt hättest, dann hätten wir es irgendwann mal damit versuchen können. Vorläufig gefällt es mir so, wie es ist.«

Susan errötete vor Freude. »Möchtest du die Hälfte von diesem Thunfischsandwich?«

»Nein. Ich habe ein Western-Omelett gegessen, als spätes Frühstück. Was tun die verheirateten Mädchen sonst noch da oben in Okeechobee?«

»Nicht viel, wenigstens nicht die Mädchen, mit denen ich zusammen war. Sie arbeiten nicht, weil es kaum Jobs gibt, und ihre Männer würden es auch nicht wollen. Es macht keinen guten Eindruck, wenn die Ehefrau arbeiten muß – es sei denn, sie haben ein Geschäft zusammen oder so was, und sie hilft ihm dabei. Sie besuchen ihre Mütter, gehen im K-Mart einkaufen; manchmal gehen sie auch auf die Rollschuhbahn drüben in Clewiston. Am Wochenende grillen sie, Fleisch, Fisch und so. Ich glaube, die verheirateten Mädchen in meinem Alter tun immer noch das, was sie auf der High-School getan haben, außer daß sie jetzt nur noch mit einem gehen, und das ist meistens derselbe, den sie schon auf der High-School die ganze Zeit über gefickt haben. Das beste daran ist, daß sie von zu Hause und von ihren Eltern weg sind. Sie können lange aufbleiben und auch lange schlafen. Wenn Marty nicht gewesen wäre, dann wäre ich inzwischen wohl auch verheiratet.«

»Okay – sagen wir mal, wir sind jetzt verheiratet, was wir ja sind, auch wenn es eine platonische Ehe ist. Ist es das, was du gern tun würdest? Das Haus in Ordnung halten, regelmäßig kochen, einkaufen gehen? Ich weiß, daß du eine gute Köchin bist. Diese gefüllten Koteletts haben mir gut geschmeckt.«

Susan lächelte und sah auf ihre wackelnden Zehen. »Ich hab zu Hause immer gekocht. Warte mal, bis du meinen Rippenbraten probiert hast, mit Sherry in der Sauce! Ich mach ihn im Tontopf, mit kleinen Perlzwiebeln, neuen Kartoffeln und gehacktem Sellerie und Petersilie. Dazu nehme ich eine winzige Prise

Currypulver – das ist das Geheimnis bei meinem Rippenbraten aus dem Tontopf.«

»Klingt okay.«

»Ist auch gut; ich sag's dir.«

»Ich war noch nie verheiratet.« Freddy zog sein Jackett aus und streifte die Bally-Schuhe von den Füßen. »Ich hab mal ungefähr zwei Monate lang mit einer Frau zusammengelebt. Sie hat nie was gekocht oder das Haus in Ordnung gehalten oder sonst was getan, was eine Frau so tun soll. Aber, siehst du, wenn ich nach Hause kam, dann war eben jemand da. Und eines Abends kam ich nach Hause und sah, daß sie weg war, und die fünfhundert Dollar, die wir zusammen unter dem Teppich versteckt hatten, die hatte sie mitgenommen. Erst wollte ich sie suchen gehen, aber dann wurde mir klar, daß ich verdammtes Glück gehabt hatte, sie so leicht loszuwerden. Sie war ein Junkie, und ich versuchte gar nicht erst, sie zu finden.

Und einmal hab ich auch mit einem kleinen Filipino zusammengelebt, in Oakland. Aber der war ein eifersüchtiger kleiner Scheißer und stellte mir andauernd Fragen. Ich hab's nicht gern, wenn man mir Fragen stellt, weißt du.«

»Ich weiß.«

»Worauf ich hinauswill, Susie, oder was ich will, ist ein geregeltes Leben. Ich will morgens zur Arbeit gehen, von mir aus auch abends, und wenn ich zurückkomme, will ich ein sauberes Haus, ein anständiges Essen und eine liebende Ehefrau wie dich. Ich will keine Kinder. Die Welt ist zu mies, als daß man noch so ein Kind hineinsetzen sollte; so verantwortungslos bin ich nicht. Den Niggern und den Katholiken ist das egal, aber jemand muß sich Gedanken darüber machen – weißt du, was ich meine? Glaubst du, du könntest es schaffen?«

Susan fing an zu weinen und nickte mit dem Kopf. »Ja, o ja, das ist es, was ich auch immer wollte, Junior. Und ich werd dir auch eine gute Frau sein. Wart's nur ab!«

»Also gut. Dann geh ich jetzt unter die Dusche. Du kannst aufhören zu weinen und unsere Sachen packen, und dann ziehen wir um. Wenn du glaubst, daß du jetzt glücklich bist, dann warte, bis du das kleine Häuschen gesehen hast, das ich in Dania für dich gefunden habe.«

Susan wischte sich die Tränen aus den Augen. »Und was ist mit deinem Hemd und der Hose in der Reinigung?«

»Der Boy kann sie in den Schrank hängen. Ich gebe dieses

nette Zimmer nicht auf. Es wird so etwas wie ein Büro für mich sein, denn meistens werde ich hier im Einkaufszentrum arbeiten.«

Aber so einfach ging es doch nicht. Es stellte sich heraus, daß die Witwe in Dania erst in zwei Tagen abreisen konnte. Sie verbrachten diese beiden Tage damit, die Dinge, die sie für das Haus brauchten, zu kaufen, darunter einen neuen Mikrowellenherd für Susan. Als sie dann schließlich das Haus beziehen konnten, waren Wasser und Strom abgestellt worden, und Susan brauchte einen ganzen Vormittag, um das Wasser- und das E-Werk ausfindig zu machen, damit sie die nötige Vorauszahlung leisten konnten. Auch die Gasfirma mußte angerufen werden, damit ein Mann herauskam und den Propangas-Tank vor dem Küchenfenster füllte.

Freddy schickte Susan außerdem zur Bank, damit sie die zehntausend Pesos einwechselte, die er dem mexikanischen Taschendieb abgejagt hatte; aber sie kam mit dem Geld zurück.

»Der Mann auf der Bank sagte, sie wechseln keine Pesos mehr. Er meinte, die beste Möglichkeit wäre noch, zum Flughafen hinauszufahren und jemanden anzusprechen, der nach Mexico fliegt; vielleicht würde ich's da los«, sagte Susan. »Soll ich?«

»Ich glaube nicht. Es ist zu gefährlich, am Flughafen die Touristen anzusprechen. Weißt du nicht mehr, was mit deinem Bruder passiert ist? Leg die Pesos wieder zu dem anderen Geld in die Keksdose.«

Als sie eingezogen waren, kämmte Freddy die Einrichtung durch und stellte alles, was ihm nicht gefiel, in die Garage. Susan wollte ein Telefon haben, aber Freddy nicht.

»Wenn wir eins hätten«, sagte er, »wen würden wir dann anrufen?«

»Einen Mechaniker für die Spülmaschine; das Ding funktioniert zwar, aber irgendwo hat sie ein Leck oder so was, denn nach jeder Ladung ist eine große Pfütze davor. Und es könnte sein, daß du in Schwierigkeiten gerätst und mich aus dem Gefängnis anrufen möchtest.«

»Beschwör so was nicht, verdammt.«

»Tu ich ja nicht. Aber ein Haus ist eben kein Apartment, wo man den Hausmeister rufen kann, wenn etwas repariert werden muß. Wir haben einen Klärtank vor dem Haus. Hast du den großen viereckigen Flecken hellgrünes Gras unter dem Mangobaum vor dem Wohnzimmerfenster gesehen? Da liegt er, und ich wette, die Wurzeln bohren sich dort durch die Wände. Wenn man richtig damit umgeht, funktionieren solche Klärbehälter wie durch Zauberei, aber wenn man etwas falsch macht, dann staut sich die Scheiße im Klo und quillt durchs ganze Haus.«

»Dann laß ein Telefon legen. Aber auf deinen Namen, nicht auf meinen.«

Susan wollte den Wagen haben, Freddy ebenfalls. Sie schlossen einen Kompromiß, und Susan fuhr Freddy jeden Morgen um neun zum Omni. Um vier Uhr nachmittags holte sie ihn wieder ab, und sie fuhren zurück nach Dania.

Morgens begab Freddy sich direkt in sein Hotelzimmer und zog sich um – Slacks, Laufschuhe und ein Sporthemd mit langen eckigen Hemdschößen. Die Hemdzipfel bedeckten das Revolverholster, das er hinten im Gürtel trug, und auch die Handschellen am Gürtel waren so nicht zu sehen. In der rechten Hosentasche brachte er den Totschläger unter, in der linken Brusttasche Marke und Ausweis.

Allmählich kannte er sich auf allen Einkaufsebenen gut aus, und im Geiste hielt er für jedes Stockwerk eine Route für eine schnelle Flucht bereit. Nach kurzer Zeit konnte er südamerikanische Urlauber von den Leuten, die dauernd in Miami wohnten, unterscheiden. Die südamerikanischen Männer erkannte er an ihren dunklen Anzügen, und die Frauen hatten zumeist nicht diesen kleinen Vorsprung oberhalb des Hinterns, wie ihn die kubanischen und puertoricanischen Frauen hatten. Wenn er unsicher war, konnte er immer noch darauf achten wie sie sprachen: Das Spanisch der Südamerikaner klang weicher und langsamer als das der Kubaner.

Schon bald erkannte er, wieviel Glück er an jenem ersten Tag gehabt hatte, als er den Taschendieb aus Mexico City ausgenommen hatte.

Es gab eine Menge Wachmänner in diesem Einkaufszentrum, einige in Uniform, andere in Zivil. Nach dem Hausdetektiv von Penney's konnte er beinahe die Uhr stellen. Der Mann trug eine Anglermütze mit großem Schirm, ein geblümtes Sporthemd und Jeans. Er verbrachte durchschnittlich fünfzehn Minuten in jedem Stockwerk, und vormittags um halb elf und nachmittags um halb vier machte er Pause im Aufenthaltsraum der Angestellten. Und jeden Tag um die Mittagszeit bestellte er sich im Deli auf Ebene drei das Special, was immer es auch sein mochte.

Aber es gab andere, da war sich Freddy sicher, die nicht nach einem so regelmäßigen Schema arbeiteten und viel schwieriger zu erkennen waren. Wenn sie keine Uniform trugen, sahen sie aus wie jeder x-beliebige Kunde. Aber mit Sergeant Moseleys Marke in der Tasche fühlte Freddy sich geschützt. Die verlorene Marke war dem Computer des Miami Police Department zweifellos bekannt, und jeder Cop konnte ihm deshalb auf die Schliche kommen, aber das MPD pflegte solche Informationen nicht an die Privatagenturen weiterzugeben, die von Firmen wie Omni International oder von den Kaufhäusern angeheuert wurden. Wenn er also Schwierigkeiten bekam, brauchte er lediglich seine Marke vorzuzeigen und konnte sich damit aus beinahe jeder Klemme befreien.

In seinen ersten drei Arbeitstagen im Omni gelang es Freddy nur einmal, etwas zu stehlen, nämlich ein Päckchen, das er aus einem unverschlossenen Kombiwagen in Parkebene Rosa Zwei entwendete. Als er das Päckchen später in seinem Hotelzimmer öffnete, fand er zwei Paar Kinderjeans, Größe acht, strapazierfähig. Er schenkte sie einem der jamaikanischen Zimmermädchen.

Auch der vierte Arbeitstag war frustrierend. An diesem Abend nahm er sich nach dem Essen den TransAm und fuhr in der Stadt umher, und dann brach er in ein Elektrogeschäft an der 27. Avenue ein. Kaum hatte er einen Betonblock durch das Drahtgitterfenster an der Hintertür geworfen, ging der Alarm los. Er griff hinein, öffnete die Tür und nahm sich einen RCA-Farbfernseher und zwei elektrische Digitaluhren. Vierzig Minuten später fuhr er noch einmal langsam und in der entgegengesetzten Richtung an dem Geschäft vorbei; die Alarmglocke schrillte immer noch, und die Cops waren noch nicht gekommen.

Susan schloß das Fernsehgerät an die Antenne an, die auf dem Haus stand, und es funktionierte; nur Channel 2 war ein bißchen verschneit. Aber keine der beiden Digitaluhren ging genau.

Am folgenden Tag lief es besser. Freddy erwischte zwei Grasdealer in der Toilette im zweiten Stock von Jordan Marsh. Sie stritten wütend um Geld und schauten nicht einmal zu ihm herüber, bis er seine .38er auf sie richtete.

»Keine Bewegung, Polizei«, sagte Freddy.

Sie bewegten sich nicht. Freddy nahm ihnen die Brieftaschen und einen Plastikbeutel mit zweihundert Gramm Marihuana ab. Dann kettete er die beiden, den einen mit dem rechten, den anderen mit dem linken Handgelenk, an das Wasserrohr in der ersten Toilettenkabine und ging hinaus. Er hätte die Schlüssel zu den Handschellen knapp außerhalb ihrer Reichweite liegen lassen, aber er hatte sie nicht. Wenn jemand sie aus ihrer Lage befreite, würden sie ihm sicher eine Erklärung anbieten können, vermutete er; zumindest hatte er genug Zeit, um sein Zimmer im Omni-Hotel zu erreichen.

Die Brieftaschen enthielten dreihundert Dollar in bar, vier unsignierte Fünfzig-Dollar-Travellerschecks und ein goldenes Christophorus-Medaillon. Er fand keine Kreditkarten und nur einen Führerschein, ausgestellt auf den Namen Angel Salome. Die Brieftaschen waren nichts wert, der Führerschein auch nicht, aber das kleine Medaillon war ein hübsches Geschenk für Susan. Die unsignierten Travellerschecks waren eine gute Sache; zum erstenmal sah er echte Blankoschecks, die man mit jeder beliebigen Unterschrift versehen konnte.

Susan verfiel sehr rasch in eine häusliche Routine. Sie bereitete Freddy täglich ein üppiges Frühstück und überraschte ihn mit belgischen Walnußwaffeln, verlorenen Eiern und French Toast aus Sauerteigbrot. Wenn sie ihn dann am Omni abgesetzt hatte, kaufte sie in den Supermärkten ein, räumte das Haus auf und plante das Abendessen. Einmal gelang es ihr, einen Okeechobee-Wels aufzutreiben, den sie mit Maiskroketten briet, und dazu servierte sie Bratkartoffeln und Kohlgemüse. Freddy mochte den Wels wegen der Gräten nicht, aber was sie sonst kochte, schmeckte ihm vorzüglich. Stets krönte sie ihr Essen mit Torte oder Pastete zum Dessert, etwa einem Granny-Smith-Apfelkuchen mit brutzelnder Butter, braunem Zucker und Zimt. Einmal tischte sie eine gebratene Truthahnbrust auf, mit allerlei Beilagen, unter anderem einer mit Dörrobst und Sirup gefüllten Pastete, die sie selbst gemacht hatte.

Sie wusch und bügelte Kleider und Bettwäsche, und hinter dem Haus legte sie einen kleinen Gemüsegarten an; sie pflanzte Gurken und Radieschen und hinten am Zaun eine Reihe Tomaten. Sie freundete sich mit Mrs. Edna Damrosch an, der Witwe, die nebenan wohnte und die mittwochs und samstags in einem Antiquitätengeschäft in Dania als Verkäuferin arbeitete.

An den Tagen, an denen Mrs. Damrosch nicht zu arbeiten brauchte, besuchten sie einander, wenn Freddy nicht zu Hause war, sahen zusammen fern und diskutierten über die einzelnen Personen der verschiedenen Serien.

Eines Abends sollte es Brathuhn geben; Susan wollte Käsegrieß, »Stove Top«-Dressing, Dosenerbsen und Milchsauce dazu servieren, doch dann stellte sie fest, daß ihr die Milch ausgegangen war. Sie nahm ihre Handtasche und bat Freddy um die Autoschlüssel. Freddy sah sich im Fernsehen die Nachrichten an, und wie meistens, wenn er zu Hause war, trug er nur seine Jeans. Im Schlafzimmer war eine Klimaanlage unter dem Fenster, aber im Wohnzimmer, wo sie den Fernseher aufgestellt hatten, nicht, und so war es hier immer warm und stickig.

»Wohin willst du?«

»Nur rasch zum Seven-Eleven. Ich brauche Milch.«

»Mach Eistee.«

»Nein. Ich brauche Milch für die Sauce.«

»Dann gehe ich. Bleib du hier und behalt deinen Herd im Auge.«

Ohne sich Hemd und Schuhe anzuziehen, nahm Freddy seine Brieftasche und die Autoschlüssel von der Schusterbank und fuhr sechs Straßen weiter zum nächsten 7-Eleven. Er ging zur Milchvitrine, überlegte einen Augenblick, ob er eine kleine oder eine große Flasche kaufen sollte, und schob das Glasfenster beiseite. Ein kleiner Mann betrat den Laden, richtete eine Pistole auf den Kassierer und befahl ihm auf spanisch, er solle ihm das Geld aus der Kasse geben. Der Räuber, ein Mann von Anfang Zwanzig, war sehr nervös; die Pistole tanzte in seiner zitternden Hand.

Der verängstigte Kassierer reichte dem Bewaffneten wortlos die sechsunddreißig Dollar, die er in seiner Kasse hatte. Der kleine Mann stopfte die Scheine in seine Hosentasche und ging rückwärts auf die doppelte Glastür zu. Dann steckte er die Pistole in den Hosenbund und nahm vier Stangen Zigaretten von einem Thekenständer. Zum erstenmal bemerkte er Freddy. Erschrocken ließ er die Zigaretten fallen und griff wieder nach seiner Pistole. Freddy reagierte intuitiv; er packte eine Dose Campbell's Schweinefleisch mit Bohnen und schleuderte sie auf den Mann, der sich gerade noch rechtzeitig zur Seite drehte. Die Dose verfehlte die linke Schulter des Mannes nur knapp und traf das Fenster.

Die Scheibe zersprang, und eine dreieckige Glasscherbe traf den Mann an der Kehle. Der Schnitt war nicht tief, aber er blutete. Der Mann ließ die Pistole fallen, griff sich an den Hals und stürzte durch die Doppeltür hinaus. Freddy setzte ihm nach, aber der Mann saß schon auf dem Beifahrersitz eines schweren Chevrolet Impala, und der Fahrer fuhr an, über Bordstein und auf die Ladentür zu. Als Freddy die Brotregale umrundet und die Tür erreicht hatte, war die Stoßstange des Wagens ebenfalls da. Der Fahrer rammte die Doppeltür, und beide Türflügel kippten Freddy krachend entgegen. Der Wagen setzte zurück und jagte dann schleudernd die Straße hinunter. Die umstürzenden Türen warfen Freddy zu Boden und drückten ihn nieder. Der Kassierer wuchtete sie beiseite, und Freddy rappelte sich zittrig auf. Der Kassierer eilte zum Telefon, und Freddy stieg in seinen Wagen und fuhr nach Hause – ohne die Milch.

Zu Hause angekommen, gab Freddy Susan den Autoschlüssel und schrieb ihr eine Liste von Dingen, die sie im Eckerd's Drugstore kaufen sollte. Er ging in die Küche und drehte das Gas unter dem Essen ab, dann untersuchte er im Bad seine Verletzungen. Das linke Handgelenk war empfindlich verstaucht, aber nicht gebrochen – ein Haarriß vielleicht, aber mehr sicher nicht. Im Gesicht hatte er jedoch ein Dutzend Schnitte davongetragen, und auf der Brust noch mehr, wo die Glasscherben sich in seine Haut gegraben hatten. Am schlimmsten war die rechte Augenbraue zugerichtet; sie hing ihm mitsamt der Haut als ein großer Lappen über das Auge herab. Er würde sie wieder annähen und darauf hoffen müssen, daß sie anwuchs. Die übrigen Schnitte in seinem Gesicht waren nicht nur tief, sondern sie hatten zum Teil das Fleisch seiner Wangen glatt durchbohrt, aber sie brauchten nicht genäht zu werden. Die Schnitte auf seiner Brust klafften hier und da auseinander, aber sie reichten nicht so tief wie die im Gesicht und würden vermutlich in wenigen Tagen verschorft sein.

Als Susan zurückkam, befahl er ihr, einen schwarzen Faden in die feinste Nadel in der Packung zu ziehen. Mit kleinen Stichen nähte er sich den Augenbrauenlappen wieder an die Stirn. Susan sah den ersten Stich und übergab sich in der Toilette.

»Das hilft mir nicht besonders«, sagte er. »Geh ins Schlafzimmer und leg dich hin.«

Nachdem er den Lappen mit so vielen Stichen, wie er unterbringen konnte, angenäht hatte, betrachtete Freddy sein Werk; es war krumm und schief, und die Braue war in einem merkwürdigen Winkel nach oben gerichtet. Aber besser konnte er es nicht. Er hatte starke Schmerzen, aber er war glücklich, daß er nicht das Auge verloren hatte. Spätestens um Mitternacht, das wußte er, würde die gesamte Umgebung des Auges grün und blau angelaufen sein. Schon jetzt fing sein Gesicht an zu schwellen. Er betupfte die Schnitte mit peroxydgetränkten Wattebällchen, und als sie nicht mehr bluteten, verklebte er sie mit Pflaster. Susan hatte blaurotgestreifte, mit weißen Sternen gesprenkelte Pflaster gekauft, und als er fertig war, prangten vierzehn patriotische Klebestreifen auf seinem Gesicht und Hals. Er wusch sich die Brust mit einem Waschlappen und dann mit Peroxyd ab, und er beschloß, auf diese Wunden keine Pflaster zu kleben.

Sein verstauchtes Handgelenk war inzwischen zweimal so dick wie sonst. Er ließ es sich von Susan mit Zungenspateln schienen und dann, so fest sie konnte, mit Klebstreifen umwickeln. Er konnte die Finger bewegen, aber es tat weh. Er schickte sie noch einmal zum Eckerd's, um eine Dose Gips zu kaufen; während sie weg war, schnitt er Verbandsmull in zwanzig Zentimeter lange Streifen. Als sie zurückkam, mischten sie den Gips mit Wasser und tränkten die Mullstreifen damit; dann ließ er sich diese Gipsmullstreifen übereinander um das Handgelenk schlingen. Als sie fertig war, hatte er einen dicken, schweren Gipsverband, aber sobald er getrocknet wäre, würde der Arm damit fixiert bleiben – für den Fall, daß das Gelenk doch einen Haarriß abbekommen hatte. Freddy nahm drei Schmerztabletten und aß dann ein wenig von dem Brathuhn, obwohl er keinen Appetit mehr hatte.

»Wirst du mir davon erzählen, Junior?«

»Davon, wie dumm ich war, meinst du? Klar, ich werde es dir erzählen. Ich habe einen Augenblick lang vergessen, daß Miami wie jede andere Stadt ein gefährlicher Ort ist. Ich habe meinen Revolver nicht in den Laden mitgenommen, nicht einmal meinen Totschläger. Und nicht nur das – ich habe gegen meine eigene Regel verstoßen: Ich habe versucht, jemandem zu helfen, statt mich um meinen eigenen Arsch zu kümmern. Dieses ordentliche Leben, das wir hier führen, hat mir ein Gefühl der Sicherheit vermittelt, das fehl am Platz ist. Das ist alles. Für einen Augenblick dort im Laden muß ich mich tatsächlich für so was wie einen soliden Bürger gehalten haben. Das ist alles.«

»Aber was ist *passiert*?«

»Zwei Typen in einem blauen Impala haben mich umgefahren.«

Susan nickte, aber sie machte ein nachdenkliches Gesicht. »Ich dachte mir schon, daß es so was gewesen sein muß.«

18

Marie Henderson arbeitete aktiv in einer Frauengruppe in Miami, und sie hatte die Zeitschrift *Ms.* abonniert. Als Bill Henderson Hoke damals erzählt hatte, seine Frau beziehe *Ms.* hatte Hoke ihm nicht geglaubt; also hatte Henderson eines der Hefte mit ins Büro gebracht und ihm das gedruckte Adressenetikett gezeigt. Der Name auf dem Etikett lautete Ms. Marie Henderson.

»Das ist unglaublich«, hatte Hoke gesagt und angesichts dieses unwiderlegbaren Beweisstücks verdrießlich den Kopf geschüttelt.

»Nicht wahr?« Henderson fand das auch. »Jetzt hast du eine leise Ahnung von dem, was ich mitmachen muß ...«

Hoke parkte am Bordstein vor Hendersons im Ranchstil gehaltenem Haus. Er konnte Hendersons Wagen in der offenen Garage nicht sehen. Zögernd ging er den gepflasterten Weg hinauf und klopfte trotzdem an die Tür. Vielleicht, dachte er, würde Bill ja nicht lange auf sich warten lassen.

Marie Henderson, eine hochgewachsene, knochige Frau von achtunddreißig Jahren mit braunem, krausem Haar, schien aufrichtig erfreut, Hoke zu sehen. Sie bat ihn herein, deutete auf Hendersons behaglichen Ruhesessel und fragte, ob er einen Drink wolle.

»Klar.« Hoke nickte. »Early Times, wenn Sie welchen haben.«

»Haben wir.« Sie holte eine Flasche Early Times und zwei Gläser von der Bar und stellte sie vor ihn auf den Kaffeetisch. Dann ging sie in die Küche und kehrte mit einem Krug Wasser und Eis zurück.

»So trinkt Bill ihn – pur und Wasser extra. Deshalb denke ich, Sie wollen ihn auch so.«

»Ja. So muntert er einen ein bißchen auf.«

»Ich bin sicher, das tut er.« Marie lächelte. »Sie sehen gar nicht so übel aus, Hoke. Bill sagte, Sie sähen aus wie der leibhaftige Tod. Den Bart könnte man allerdings ein bißchen stutzen.«

»Der Arzt hat gesagt, ich soll ihn ein Weilchen stehenlassen.«

»Aber er hat nicht gesagt, daß Sie ihn nicht stutzen dürfen, oder? Wissen Sie, an wen Sie mich mit diesem Bart erinnern? An Ray Milland. Haben Sie den Film gesehen, wo er krank ist und im Rollstuhl sitzt? Seine Tochter ist Bibliothekarin, und sie muß ihn von früh bis spät bedienen. Wie sich dann herausstellt, brauchte er den Rollstuhl gar nicht. Er hat nur so getan, um seine Tochter zu versklaven. Am Ende stößt das Mädchen ihn eine Klippe hinunter und bekommt das ganze Geld, das er in einer Zigarrenkiste unter seinem Bett hortet oder so ähnlich. Haben Sie den gesehen?«

»Nein, den hab ich nicht gesehen.«

»Na, viel haben Sie nicht verpaßt. Gab's auf dem Kabel, vor ein oder zwei Monaten. Wenn sie ihn wiederholen, sag ich Ihnen Bescheid.«

»Ich hab kein Kabel. Ray Milland hab ich in *Love Story* gesehen, wo er den Vater spielt, aber ich weiß nicht mehr genau, wie er da aussah.«

»Da sah er gut aus. Das war ein paar Jahre früher. Aber jetzt haben Sie sehr viel Ähnlichkeit mit ihm; ich glaube, es hat etwas mit Ihrem Lächeln zu tun.«

»Danke. Wann kommt Bill eigentlich zurück?«

»Er ist zum Bowling. Er spielt nicht in einer regelmäßigen Mannschaft, aber wenn bei Green Lakes Landscaping mal ein Mann fehlt, dann kommen sie vorbei und holen sich Henderson. Sein Schnitt liegt aber nur bei hundertdreißig, deshalb holen sie ihn nicht oft.«

»Er hat mir mal erzählt, daß er Bowling spielt, um ein bißchen Bewegung zu haben.«

»Ein- oder zweimal im Monat zwei Stunden Bowling – das ist nicht gerade Bewegung, finden Sie nicht auch?«

»Ja, vermutlich. Wann kommt er denn? Vielleicht sollte ich noch mal wiederkommen.«

»Bleiben Sie nur. Er kommt gleich. Nehmen Sie noch einen Drink.«

»Was machen die Kinder, Marie?«

»Im Moment sind sie weg, glücklicherweise.«

Hoke nahm noch zwei Drinks, bevor Henderson nach Hause kam, aber Konversation wurde nicht mehr gemacht, weil Hoke und Marie der Gesprächsstoff ausgegangen war.

Als Henderson, einen blauen Nylonbeutel mit seiner Bowlingkugel und den Bowlingschuhen in der Hand, hereinkam, stand Marie auf und ging in die Küche. Hoke erhob sich hastig. Ihm war ein wenig schwindlig; die drei Drinks waren nicht ohne Wirkung geblieben.

»Hat Captain Brownley dich erreicht?« fragte Bill, während er sich ein Glas von der Bar holte.

»Nein. Ich bin seit fast einer Stunde hier.«

Bill goß sich einen Schluck Whiskey ein und stürzte ihn hinunter. »Ich hab versucht, dich anzurufen, ehe ich ging. Ich hab ungefähr fünfzehnmal klingeln lassen, und niemand hat abgenommen. Was für ein Laden ist dieses Hotel eigentlich?«

»Manchmal hat Eddie was anderes zu tun, und dann ist er nicht an der Telefonzentrale. Ich habe Mr. Bennett gesagt, er braucht jemanden, der ständig an der Rezeption ist, aber er sagt, die alten Leute werden nicht so oft angerufen. Das Eldorado hat wahrscheinlich sowenig Personal wie kein anderes Hotel am Beach. Was ist denn los, Bill?«

»Du bist hier; deshalb dachte ich, Brownley hätte dich angerufen. Setz dich einen Moment. Ich bin gleich wieder da.« Bill ging hinaus und kehrte gleich darauf mit einem großen braunen Umschlag zurück, den er Hoke reichte. Hoke riß den Umschlag auf und nahm ein paar Handschellen heraus.

»Sind das deine?« fragte Bill. »Auf der rechten Schelle steht ein *M* mit rotem Nagellack – «

»Ja.« Hoke nickte. »Das sind meine. Erinnerst du dich an Bambi, die Frau im Grove, mit der ich vor zwei Jahren ab und zu ins Bett ging? Wir haben abends mal ein kleines Spielchen gespielt, und – nun ja, jedenfalls hab ich ihren Nagellack benutzt, um die eine Schelle zu markieren. Woher hast du sie?«

»Vom Raubdezernat. Die haben sie seit ein paar Tagen. Zwei Typen waren auf dem Männerklo bei Jordan Marsh in der Omni Mall zusammengefesselt. Sie behaupteten, irgendein verrückter Cop habe ihnen die Handschellen angelegt und ihr Geld geklaut. Die Leute vom Raub dachten, die beiden hätten sie nicht alle, und ließen sie laufen. Aber zwei Tage später bemerkte einer der Detectives zufällig diesen Buchstaben und erinnerte sich an das Memo über den Verlust deiner Marke und deiner Pistole. Er hat die Handschellen mit der Hauspost an Captain Brownley geschickt. Das ist alles.«

»Nein, Bill. Es ist noch viel schlimmer.«

Hoke erzählte Henderson von Sergeant Wilsons Besuch und auch davon, wie dieser ihm befohlen hatte, das Mädchen, Susan, am nächsten Morgen wieder zum International Hotel zu schicken. Da er hinsichtlich seines fragilen, schlechtsitzenden Gebisses noch empfindlich war, überging er bei seinem Bericht, daß Wilson die Zähne aus dem Fenster geworfen hatte.

»Dieser Typ wird dir Ärger machen, Hoke. Vielleicht ist es der Freund von dieser Kleinen, vielleicht auch nicht. Das Warum ist allerdings eine ganz andere Sache. Ein Typ, den ich wirklich kenne, ist Wilson. Er war bei der Sitte, als ich auch bei der Sitte war, und er ist ein brutaler Hurensohn. Niederträchtig – aber für sauber habe ich immer gehalten. Aber inzwischen hab ich ihn schon seit zwei Jahren nicht mehr gesehen, und in zwei Jahren kann eine Menge passieren.«

Hoke kratzte sich das bärtige Kinn. »In zwei Sekunden kann eine Menge passieren.«

»Was wirst du gegen Wilson unternehmen?«

»Weiß ich nicht. Ich könnte damit zu Brownley gehen, aber wie erkläre ich die fünfhundert Dollar?«

»Du erzählst es, wie es passiert ist. Damit bist du abgesichert. Ich war da, und ich kann deine Geschichte bestätigen. Sie paßt zu der Art und Weise, wie dieser Typ – wie heißt er?«

»Mendez. Nur heißt er nicht so.«

»Wie auch immer – es paßt zu der Art und Weise, wie er deine Handschellen benutzt hat, um die beiden Mistkerle auf dem Klo auszurauben und zu fesseln. Wenn du willst, lassen wir Brownley draußen, und ich rede mit Wilson.«

»Wenn du ihm klarmachen könntest, daß er hinter dem falschen Mann her ist – «

»Mach ich. Aber das wird nicht so einfach werden; du hast schließlich angefangen, sein Geld auszugeben.«

»Ich wußte doch nicht, daß es Wilson gehörte. Außerdem hat er seine fünfhundert zurückbekommen. Das Mädchen kann ich ihm nicht wieder beschaffen, und ich würd's auch nicht tun, wenn ich's könnte.«

»Ich rede mit ihm. Ich weiß, wie man einen Arsch wie ihn behandeln muß.«

»Ich danke dir, Bill.«

»Hast du 'ne Waffe?«

»Ich bekomme meine neue Dienstwaffe und meine Marke am Montag, wenn ich mit Captain Brownley spreche.«

»Ich werd dir eine geben. Ich hab noch eine verchromte Zweiunddreißiger Colt Automatic. Ich hab sie in Liberty City bei mir getragen, für den Fall, daß ich dort mal grob werden müßte. Das Ding taugt nicht viel, aber das Magazin faßt sieben Patronen.«

»Ich kann sie dir am Montag zurückgeben. Es ist wirklich ein verteufelt komisches Gefühl, in Miami ohne Waffe rumzulaufen.«

»Das kann ich mir vorstellen.«

Henderson holte die .32er aus dem Schreibtisch, der im Eßzimmer stand, und gab sie Hoke. Dieser zog das Magazin heraus, warf einen Blick in die Kammer, ließ das Magazin wieder einrasten und lud die Waffe durch. Mit dem Daumen legte er den Sicherungshebel um und steckte die Pistole in die Tasche.

»Falls es dich interessiert, Hoke – ich hab Martin Waggoners Sachen seinem Vater gegeben, als der den Leichnam nach Okeechobee holte. Ich hab meinen Schlüssel für deinen Schreibtisch benutzt.«

»Das ist okay. Aber was ist mit den Krishnas?«

»Die hatten keine Ansprüche.« Henderson lächelte. »Ich hab den Obermax da draußen angerufen, als ich nichts von ihnen hörte, und ich hatte den Eindruck, daß Martin Waggoner ein Novize gewesen war, kein volles Mitglied, und daß sie ihn sowieso demnächst rausschmeißen wollten.«

»Hat er dir das erzählt?«

»Nicht mit so vielen Worten, aber das, was er sagte, hat diesen Eindruck gemacht. Er hat sich nicht mal für die Bestattungsvorkehrungen interessiert, obwohl ich ihm erzählt habe, was Mr. Waggoner vorhat.«

»Martin hat sie wahrscheinlich beklaut. Eine feine Familie, was? Inzest, Prostitution, religiöser Fanatismus, Software-Handel ... Ich fahre jetzt besser nach Hause, Bill. Ich bin heute das erste Mal wieder unterwegs, und ich bin völlig hinüber.«

»Soll ich dich nach Hause fahren?«

»Nein. Ich wollte nur sagen, ich bin müde. Sonst ist alles okay.«

»Paß auf, Hoke. Dieser Typ, dieser Mendez oder wie er sonst heißt, scheint ein verrückter Mistkerl zu sein. Und wenn er erfährt, daß du wieder auf den Beinen bist, dann kommt er vielleicht noch mal.«

»Ich werde auf mich aufpassen, keine Sorge.«

Hoke war beinahe sicher, daß der Mann aus Kalifornien hinter ihm her war, aber er konnte nicht begreifen, weshalb. Er fühlte sich erst sicher, als er zu Hause war und die Tür hinter sich verriegelt und verrammelt hatte.

Am Sonntag blieb Hoke fast den ganzen Tag im Bett. Gegen Mittag entschloß er sich, der Hitze zu trotzen, und ging zu Fuß zu Gold's Deli, um sich den sonntäglichen Hühnereintopf zu Gemüte zu führen, aber am Nachmittag machte er dann wieder ein Nickerchen. Gegen sechs unternahm er seine übliche Runde durch das Hotel und stellte fest, daß Mr. Bennett, während er im Krankenhaus gelegen hatte, die Schnellentriegelung an der hinteren Notausgangstür mit einer Kette und einem Vorhängeschloß gesichert hatte. Hoke holte sich den Schlüssel aus dem Büro, nahm die Kette ab und legte sie in den Vorratsraum hinter der unbenutzten Küche. In seinem Bericht, den er später schrieb und Mr. Bennett auf den Tisch legte, wies er ihn darauf hin, daß der Feuerwehrhauptmann das Hotel bei einem derart schwerwiegenden Verstoß gegen die Brandschutzvorschriften schließen konnte.

Zum Abendessen machte Hoke sich auf der Kochplatte in seinem Zimmer eine Dose Truthahnsuppe warm, und dann sah er sich im Fernsehen »Archie Bunker's Place« an. Nach der Sendung rief er Bill Henderson an.

»Alles okay, Hoke«, sagte Henderson. »Ich hab gestern abend mit Wilson gesprochen und ihm alles erklärt. Jetzt wird er selber nach Mendez Ausschau halten.«

»Ich glaube nicht, daß das sein richtiger Name ist.«

»Schon gut, schon gut! Wie sollen wir ihn denn dann nennen?«

»Entschuldigung. Mendez vermutlich.«

»Jedenfalls liegt Wilson jetzt genausoviel daran, ihn zu finden, wie uns. Anscheinend hat der Typ Pablo eine Heidenangst eingejagt; Wilson sagt, er redet davon, zurück nach Nicaragua zu gehen. Ich habe Wilson außerdem zugesichert, daß keiner von uns beiden sich an die Dienstaufsicht wenden wird. Wir haben beim Mord schon genug zu tun, ohne daß wir uns auch noch über die Sitte den Kopf zerbrechen. Ich soll dir übrigens ausrichten, das mit deinen Zähnen tue ihm leid.«

»Das mit meinen Zähnen tut mir auch leid. Ich muß jetzt überall Chilisoße drüber schütten, damit ich überhaupt was schmecke.«

»Und wie geht's dir sonst?«

»Okay. Wahrscheinlich sehen wir uns morgen, wenn ich mir bei Brownley Waffe und Marke abhole.«

»Ich glaube nicht. Ich werde mit Lopez unterwegs sein. Wir untersuchen den Fall mit der Frau, die sich auf ihr Kind gesetzt hat, und ich lasse Lopez die Sache machen. Aber ich beobachte ihn.«

»Was für ein Fall ist das?«

»Stand in der Zeitung. Die Frau wollte ihren Jungen bestrafen, einen Sechsjährigen, und da hat sie sich auf ihn gesetzt. Sie wiegt gut hundert Kilo und hat ihm den Brustkorb eingedrückt. Der Kleine ist gestorben, und jetzt hat sie 'ne Anklage wegen Totschlags am Hals. Wahrscheinlich wird man es am Ende bei Kindesmißhandlung belassen, aber wir müssen morgen den ganzen Vormittag Klinken putzen und hören, was die Nachbarn so über sie und das Kind zu sagen haben.«

»Hat sie es absichtlich getan?«

»Ich glaube ja. Aber Lopez ist Kubaner, und er glaubt es nicht. Kubaner, sagt er, bestrafen ihre Kinder nicht, ganz gleich, was sie anstellen; also glaubt er, es war ein Unfall. Wir werden's rausfinden, wenn wir an ein paar Türen geklopft haben. Ach, übrigens – ich hab erfahren, mit wem du ab jetzt zusammenarbeiten wirst. Ellita Sanchez. Kennst du sie?«

»Von der Einsatzzentrale? Das Mädchen mit den großen Titten?«

»Mädchen? Die ist mindestens dreißig, Hoke, und sie ist seit sechs Jahren bei der Polizei.«

»Ja, bei der Einsatzzentrale. Was versteht die denn von der Arbeit beim Morddezernat? Scheiße – jetzt bereue ich, daß ich dich angerufen habe.«

»Nein, das tust du nicht. Ich hab dir Wilson vom Hals geschafft. Außerdem hat die Sanchez tatsächlich ein hübsches Paar Möpse. Und sie kann Englisch schreiben. Das kann Lopez nicht. Wenn ich nicht verheiratet wäre, dann wurde ich Lopez gegen die Sanchez eintauschen, aber Marie würde Anfälle kriegen, wenn ich einen weiblichen Partner hätte.«

»Ich dachte, Marie hat sich emanzipiert?«

»Sich ja, aber mich nicht.«

»Deine kleine Zweiunddreißiger schließe ich dir in den Schreibtisch.«

»Behalt sie, alter Freund. Das hat keine Eile.«

Captain Willie Brownley saß in seiner marineblauen Uniform mit der schweren Jacke hinter einem Berg von Unterlagen in seinem gläsernen Büro. Er hielt Hoke einen kurzen Vortrag darüber, daß er diesmal auf seine neue Marke und seinen .38er aufpassen solle.

»In meinem Bericht, Hoke, habe ich ausdrücklich darauf hingewiesen, wie schwer der Überfall gewesen ist; infolgedessen wird es in Ihrer Akte kein Problem geben. Das einzige Problem, das Sie vielleicht haben werden, ist Ellita Sanchez. Sie hat mir gesagt, sie würde lieber mit jemand anderem arbeiten, nicht mit Ihnen. Ich habe den Eindruck, sie glaubt, Sie wären vielleicht nicht Macho genug – verlieren Ihre Waffe und so weiter.«

»Himmel! Haben Sie ihr die Umstände nicht geschildert?«

»Doch, das hab ich. Trotzdem – sie will als Detective gute Arbeit leisten, und deshalb hat sie mich gebeten, sie jemand anderem zuzuteilen. Ich denke, ich habe ihr diese Flausen ausgetrieben, aber ich will, daß Sie Bescheid wissen, damit Sie sie für sich gewinnen können. Ihr ist klar, daß Sie der Sergeant sind, und sie wird alles tun, was Sie ihr sagen.«

»Ich habe aber noch zwei Wochen Urlaub.«

»Ich weiß. Ich setze Henderson und Lopez in den Mannschaftsraum und die Sanchez zu Ihnen ins Büro. Vielleicht kann sie schon mal damit anfangen, Ihren liegengebliebenen Papierkram aufzuarbeiten.«

»In diesem Fall sehen wir uns also in zwei Wochen.«

»Und nehmen Sie sich diesen Bart ab, bevor Sie zurückkommen Sie sehen aus wie dieser puertoricanische Schauspieler, José Ferrer.«

Hoke fuhr zum Trail Gun Shop und kaufte sich ein neues Holster und ein Paar Handschellen; er bezahlte mit seiner MasterCard, die er von einer Bank in Chicago bezogen hatte, weil diese Bank Kreditkarten ausgab, ohne die Bonität zu überprüfen. Es war die einzige Kreditkarte, die er noch hatte, und er versäumte es nie, die monatliche Mindestzahlung von zehn Dollar an die Bank in Chicago zu überweisen.

Dann fuhr er zum International Hotel, parkte im Halteverbot und machte sich auf die Suche nach Pablo Lhosa. Als er ihn gefunden hatte, zeigte er ihm seine Marke und seinen Ausweis und fragte ihn, wo sie miteinander reden könnten. Pablo ging mit ihm hinunter in den Umkleideraum der Angestellten und öffnete seinen mit zwei Vorhängeschlössern gesicherten Spind. Er nahm eine Lederjacke heraus und reichte sie dem Detective.

»Diese Jacke hat er in seinem Zimmer zurückgelassen«, sagte Pablo. »Er hat das Zimmer per Telefon gekündigt und mit seiner Kreditkarte bezahlt. Eingetragen hatte er sich unter dem Namen Herman T. Gotlieb, San José, Kalifornien. Wie sich rausstellte, war die Karte gestohlen. Mehr weiß ich nicht. Diese Jacke ist mir zu klein, aber sie ist teuer und nagelneu. Ich will, daß Sie ihn finden, Lieutenant – «

»Sergeant.«

»Jawohl, Sir. Dieser Typ kann einem angst machen. Sie sollten seine Augen sehen – «

»Hab ich schon.«

»Wissen Sie, was ich glaube? Ich glaube, er ist 'ne Art Profikiller, importiert aus Kalifornien.«

»Wie kommen Sie auf die Idee?«

»Er benimmt sich so.« Pablo zuckte die Achseln. »Beweisen kann ich nichts, aber ich weiß, wie ein Killer aussieht. Ich war zehn Jahre bei der Nationalgarde in Nicaragua, und ich hatte schon öfter mit Männern zu tun, die aussahen wie er.«

»Ich werde ihn finden. Wenn Sie ihn noch mal sehen oder wenn Ihnen etwas einfällt, dann rufen Sie mich zu Hause an.« Hoke gab Pablo eine Karte. »Lassen Sie's lange klingeln. Manchmal ist niemand an der Zentrale. Aber rufen Sie mich in den nächsten zwei Wochen nicht auf dem Revier an. Rufen Sie mich zu Hause an.«

»Haben Sie in ihrem Apartment nachgesehen?« fragte Pablo. »Kann sein, daß sie da draußen sind. Ein Freund von mir war jetzt da, aber er hat sie nicht angetroffen. Das heißt allerdings nicht, daß sie nicht wieder auftauchen. Falls Sie hinausfahren wollen – hier sind die Schlüssel zu ihrem Apartment.«

Pablo nahm zwei Schlüssel von seinem Schlüsselring und gab sie Hoke.

»Wie kommt's, daß Sie Schlüssel zu ihrem Apartment haben?«

»Mein Freund hat sie mir gegeben. Er hat Schlüssel zu allem in Miami. Hier – wieso behalten Sie nicht auch die Jacke? Abgesehen von den Schultern, haben Sie ungefähr seine Größe.«

»Wollen Sie sie nicht haben? Es ist eine teure Jacke.«

»Sie paßt mir nicht. Ich habe vierundfünfzig.«

»Danke. Ich werde ihn finden, Pablo.«

»Kann mir gar nicht schnell genug gehen. Ich kann Gewalttätigkeit nicht leiden.«

»Ja ...« Hoke grinste. »Deshalb sind Sie auch schon nach zehn Jahren aus der nicaraguanischen Nationalgarde ausgeschieden.«

Hoke benutzte den Münzfernsprecher in der Halle, um einen Freund im Archiv anzurufen. Diesen bat er, einen gewissen Herman T. Gotlieb, San José, Kalifornien, zu überprüfen.

»Wie lange wird das dauern?« fragte Hoke.

»Das hängt von Verschiedenem ab. Gib mir zwei Stunden, okay?«

»Dann rufe ich dich zurück. Ich weiß nicht, wo ich in zwei Stunden bin.«

Hoke fuhr hinaus nach Kendall. Er zog seine Waffe, bevor er an die Tür klopfte. Als niemand aufmachte, nahm er seinen Schlüssel und ging hinein. Er sah sich die Zimmer an, aber man konnte nicht mit Sicherheit feststellen, ob die beiden noch hier wohnten. Männerkleidung fand sich nicht, aber der Kühlschrank war voller Lebensmittel. Die Klimaanlage lief; sie war auf fünfundzwanzig Grad eingestellt, und das Messingbett im großen Schlafzimmer war ungemacht. Eine kleine Flasche Oil of Olaz und eine Dose Crisco standen auf dem Nachttisch. Abgesehen von zwei Sechserpacks San Miguel im Kühlschrank gab es keinen Alkohol in der Wohnung. Hoke wußte, daß er sich ohne einen Durchsuchungsbefehl gar nicht in der Wohnung aufhalten durfte, aber eins war sicher: Wenn er die Fingerabdrücke dieses Athleten überprüfen könnte, würde ein Vorstrafenregister aus Kalifornien auftauchen. Aber wie sollte er an einen Durchsuchungsbeschluß kommen? Er konnte einem Staatsanwalt nicht erzählen, er sei sicher, daß Mendez ihn überfallen habe. Er hatte keinen handfesten Beweis dafür.

Bevor er nach Hause fuhr, aß Hoke einen Teller Chili und zwei Tacos in einem Taco Bell. Zum Teufel mit seiner Diät. Er mußte wieder zu Kräften kommen. Zu Hause duschte er, und dann riß er eine Packung Kool auf. Der Mentholrauch schmeckte wundervoll. Man war wirklich ein Idiot, wenn man das Rauchen völlig aufgab. Eine Zigarette, nur eine ab und zu, konnte überhaupt nicht schaden.

Er rief seinen Freund im Archiv an. Herman T. Gotlieb, Opfer eines Raubüberfalles, war bewußtlos in der Van Ness Avenue in San Francisco aufgefunden worden. Bei der Einlieferung ins San Francisco General Hospital war er bereits tot gewesen.

Hoke war nicht überrascht, als er das hörte. Er schlug das Telefonbuch auf, sah anderthalb Seiten Mendez und lachte. Es gab fünf Ramons und eine Ramona, aber es war sinnlos, einen davon anzurufen, weil er wußte, daß der Mann nicht Mendez hieß. Das einzige, was er sicher wußte, war, daß der Mann bewaffnet und gefährlich war und daß er ihn irgendwie finden mußte.

19

Nach dem Fiasko im 7-Eleven war Freddy ein paar Tage lang verdrossen und untätig. Sein verstauchtes Handgelenk bereitete ihm beträchtliche Schmerzen, und auch wenn er es Susan gegenüber nicht zugab, machte es ihm das bohrende Pochen schwer, nachts zu schlafen. Sie hatten kein Kabelfernsehen, aber Abend für Abend sah er sich ein »Bowery Boys«-Filmfestival auf Kanal 51 an und runzelte finster die Stirn, wenn Werbespots eingeblendet wurden. Gegen vier Uhr morgens, wenn vom Atlantik her eine sanfte Brise hereinwehte, machte Freddy den Fernseher aus und fiel in einen unruhigen Schlaf. Wenn das Fernsehen verstummte, wurde Susan von der plötzlichen Stille geweckt. Sie schlich dann auf Zehenspitzen ins Wohnzimmer und deckte ihn mit einem Laken zu.

Wenn Freddy morgens geduscht und gefrühstückt hatte, setzte er sich auf die Veranda hinter dem Haus und beobachtete durch das Fliegengitter die Eidechsen, die im Garten um ihr Überleben kämpften. Der Garten war von einem Lattenzaun umgeben, und vor den Zaun hatte man eine Hecke aus Barbadoskirschen gepflanzt. Susan hatte ihren kleinen Garten vernachlässigt, und die Tomaten waren verwelkt. Eine abgestorbene Kokospalme krümmte sich in der Mitte des Gartens obszön nach oben. Die Wedel waren verschwunden, und der Baumwipfel war zu einem zerfaserten Stummel geworden. Zwei Eidechsen vor allem, stellte Freddy fest, hatten die Palme zu ihrem Stützpunkt erkoren. Die eine, ein Arbeitstier, huschte pfeilschnell auf der Suche nach Moskitos hierhin und dorthin, aber die andere, die fettere der beiden, bewegte sich selten, abgesehen davon, daß sie ihre gefleckte purpurne Kehle aufblies und zusammenfallen ließ. Aber wenn ein Moskito in ihre Reichweite geriet – zip! war er verschwunden. Die geschäftige Eidechse war nicht nur magerer als die fette, regungslose, sie hatte auch noch ihre Schwanzspitze eingebüßt. Freddy nahm an, daß er daraus vielleicht eine Lehre ziehen könnte.

Freddy fühlte sich an Miles Darrell erinnert, einen alten Hehler, mit dem er in Los Angeles zusammengearbeitet hatte. Manchmal hatte Miles einen Raubüberfall geplant und finanziert und dafür die Hälfte des Profits eingestrichen. Wenn die Täter geschnappt wurden, pflegte Miles seine Investition abzuschreiben und es dabei zu belassen. Andererseits war Miles nie unmittelbar an der Tat beteiligt, und meistens führten seine sorgfältig ausgearbeiteten Pläne zum Erfolg. Wenn die Ganoven, die er für einen Job anwarb, erwischt wurden, nahmen sie ihr Pech stoisch hin; keinem von ihnen fiel es jemals ein, Miles zu verpfeifen. Das wäre töricht gewesen. Wenn man tatsächlich verurteilt wurde, brauchte man im Schnitt nicht länger als zwei Jahre im Knast zu sitzen, und jeder wußte: Wenn er rauskam, konnte er sich darauf verlassen, daß Miles ihm unter die Arme griff, bis er wieder auf eigenen Füßen stehen konnte.

Schon zu Anfang seiner Laufbahn hatte Freddy gelernt, daß es am besten war, allein zu arbeiten. Wenn zwei oder drei Mann an einer Sache beteiligt waren und einer erwischt wurde, dann wurden die beiden anderen unweigerlich später ebenfalls gefaßt. Entweder schlossen die Behörden mit dem zuerst gefaßten einen Deal, oder die anderen gerieten als Freunde oder Bekannte des Mannes in Verdacht.

Andererseits bekam Miles, selbst wenn er nie verhaftet wurde, eben auch nur die Hälfte der Beute, wenn der Raub erfolgreich verlief. Die beste Methode, schloß Freddy daher, war die, daß man seine Unternehmungen selber plante und ausführte. Auf diese Weise konnte einen niemand verpfeifen, und wenn alles klappte, hatte man die Beute für sich allein. Was ihm jetzt gefallen würde, wäre ein großer Fischzug. Ein gut geplantes Unternehmen, bei dem er einen so guten Schnitt machte, daß er sich für ein paar Jahre halbwegs zur Ruhe setzen konnte. Halbwegs, nicht völlig, denn ab und zu mußte ein Mann seinen Händen etwas zu tun geben, damit ihm nicht langweilig wurde, aber mit genug Geld auf der hohen Kante, daß er abwarten und auswählen konnte – wie Miles. Miles war ein sorgfältiger Planer gewesen, und neunzig Prozent seiner Unternehmungen waren erfolgreich verlaufen.

Vielleicht hatte Freddy sein Leben zu pessimistisch gesehen. Solange er sich erinnern konnte, hatte er immer angenommen, daß er eines Tages lebenslänglich im Gefängnis landen würde – ein alter Knacki, der im Hof herumschlurft, in einen weißen Bart brummt und Zigarettenkippen aufsammelt.

Aber so mußte es nicht kommen – nicht, wenn er eine große Sache planen und durchführen konnte. Nur ein einziger großer Fischzug …

Aber ihm fiel nichts ein. Er hatte keine konkreten Ideen, nur den Keim dazu, und der Keim bestand darin, daß er Sergeant Hoke Moseleys Ausweis und Polizeimarke besaß. Die Marke bot ihm freie Fahrt in allen öffentlichen Verkehrsmitteln und dazu die Möglichkeit, sich umsonst zu ernähren; außerdem konnte man sie benutzen, um jemandem eine beträchtliche Summe Bargeld aus der Tasche zu ziehen. Aber wem?

Nach dem Mittagessen und einer Tablette machte Freddy meistens ein Nickerchen im Liegestuhl auf der Veranda. Nach ein oder zwei Stunden wachte er schweißgebadet auf. Er machte ein Dutzend einarmige Liegestütze mit dem unverletzten Arm und ging unter die Dusche. Am Rasieren hinderten ihn die Schnittwunden in seinem Gesicht. Nach ein paar Tagen entzündeten sich die Wunden. Sie füllten sich mit gelbem Eiter, und er mußte die bunten Pflaster abziehen. Eines Nachmittags erwachte er mit Fieber aus seinem Mittagsschlaf, und als er versuchte, sich im Liegestuhl aufzusetzen, wurde ihm schwindlig. Er bat Susan, ihm ein paar Bufferin-Tabletten und einen Krug Limonade zu bringen.

Susan brachte ihm das Bufferin und die Limonade. Dann verließ sie das Haus. Ein paar Minuten später kam sie zurück, begleitet von Mrs. Damrosch, einer kleinen Frau mittleren Alters, die beim Sprechen ein professionelles und bedeutungsloses Verkäuferinnenlächeln zur Schau trug.

»Susan sagt, Sie weigern sich, einen Arzt zu rufen, und Sie würden mir wahrscheinlich auch nicht erlauben, daß ich Sie mir ansehe. Aber da irren Sie sich – ich werde Sie mir ansehen. Ich habe meinen Mann drei Jahre lang gepflegt, bevor er starb, und das kann ich mit Ihnen auch tun – bloß werden Sie nicht sterben.« Sie schob ihm ein Thermometer unter die Zunge und befahl ihm, den Mund zu schließen.

»Nicht schlimm«, sagte sie, als sie das Thermometer herauszog. »Nur achtunddreißigacht, und das kriegen wir mit ein bißchen Antibiotikum auch wieder runter. Ich habe einen ganzen Medizinschrank voll davon.«

Sie ließ ihre Brille auf die Nasenspitze rutschen und spähte ihm ins Gesicht. Immer noch lächelnd, schüttelte sie den Kopf. »In einigen dieser Schnittwunden ist immer noch Glas. Ich geh mal nach drüben, bin gleich wieder da.«

»Geh mit, Susie«, sagte Freddy. »Paß auf, daß sie keinen Arzt ruft.«

Aber Mrs. Damrosch hatte nicht die Absicht, einen Arzt zu rufen. Sie kehrte mit einem Berg von Medikamenten und Salben, einer Rasierklinge und einer Pinzette zurück. Mit der Rasierklinge schnitt sie quer über die Wunden in seinem Gesicht, und mit der Pinzette zog sie die Glassplitter heraus und wies Freddy mit ihrer fröhlichen Stimme darauf hin, daß es jetzt weh tun werde. Sie entfernte auch die groben Nähte, die Freddy angelegt hatte, um seine Augenbraue zu befestigen. Statt dessen nahm sie ein paar Butterfly-Pflaster, mit denen sie die klaffenden Ränder, die noch nicht zusammengewachsen waren, an-einander klammerte. Mit zwei weiteren Butterfly-Pflastern versorgte sie die beiden tiefsten Schnitte in seinem Gesicht; die anderen, meinte sie, überließe man am besten sich selbst.

Zusammen mit Susan half sie Freddy, ins Schlafzimmer zu gehen. Edna Damrosch goß Freddy ein Glas Gin ein, zwang ihn, das meiste davon zu trinken, und rieb dann seinen muskulösen Körper mit einem Schwamm ab, den sie mit einer Mischung aus Wasser und Franzbranntwein getränkt hatte. Als sie ihm die Jeans auszog, nahm Susan ihr den Schwamm aus der Hand und sagte:

»Um diesen Teil kümmere ich mich selber.«

Edna lachte. »Das täte ich an Ihrer Stelle auch!«

Diese drastische Behandlung und die Penizillintabletten, die er jetzt alle drei Stunden einnahm, vertrieben das Fieber. Am Mittag des nächsten Tages saß er aufrecht im Bett und aß ein Roastbeefsandwich. Weil Edna darauf beharrte, blieb er noch zwei Tage in dem klimatisierten Zimmer, dann fühlte er sich kräftig genug für ein langes ausgiebiges Bad.

Als er sein Gesicht im Spiegel betrachtete, konnte er die verkrusteten Zickzacklinien unter seinem Bart kaum erkennen. Die dichten Stoppeln, an einigen Stellen schon einen halben Zentimeter lang, waren ein Gemisch aus blonden, braunen und kohlschwarzen Haaren – ganz anders als die glänzend goldgelben Haare auf seinem Kopf. Mit einiger Behutsamkeit würde er sich wahrscheinlich schon rasieren können, aber er beschloß, den sprießenden Bart zu behalten. Er machte die Narben halbwegs unsichtbar, und außerdem veränderte er vielleicht sein Aussehen ein wenig. Inzwischen suchte ihn die Polizei in Miami, aber sie suchte nicht nach einem Mann mit einem blondbraun-schwarzen Bart. Der Bart und die allmählich verheilenden Krusten juckten heftig, aber er war entschlossen, sich nicht im Gesicht oder am Hals zu kratzen. Die Weigerung, sich zu kratzen, führte dazu, daß sich auf beiden Wangen ein nervöser Tic entwickelte; wenigstens aber linderte dieses Zucken das juckende Gefühl. Am Tag darauf nahm er einen Hammer und zertrümmerte den Gips an seinem Arm. Sein Handgelenk war steif und leicht verkümmert, deshalb preßte er beim Fernsehen einen Tennisball mit den Fingern zusammen, um die erschlafften Muskeln an Gelenk und Hand zu kräftigen.

Drei Wochen nach dem Zwischenfall im 7-Eleven zog Freddy seinen italienischen Anzug an, nahm die Autoschlüssel und fuhr in die Stadt. Er hatte die Gelben Seiten und die Anzeigen im *Miami Herald* studiert und einen vorläufigen Plan entwikkelt. Er sah sich drei verschiedene Münzhandlungen an, bevor er sich für einen großen Laden in der Flagler Street entschied. Die Flagler war Miamis Hauptstraße; der Teil im Stadtzentrum war eine Einbahnstraße, aber gleich um die Ecke, auf der Miami Avenue, befand sich eine gelbe Ladezone. Wenn Susan an der Ladezone, keine dreißig Schritte weit von der Münzhandlung um die Ecke entfernt, anhielt und im Wagen sitzenblieb, konnte sie wahrscheinlich eine halbe Stunde lang dort stehen, ehe ein Cop kam und sie aufforderte weiterzufahren. Der Münzhändler, ein Mann namens Ruben Wulgemuth, hatte eine extra starke Stahltür vor dem Eingang, und in der Wand neben der Tür befand sich ein rundes, kugelsicheres Fenster mit einem Drehtablett darunter. Wer mit dem Händler ein Geschäft machen wollte, legte seine Münzen – oder was immer er sonst hatte – auf das Drehtablett. Mit Ausnahme seiner Stammkunden ließ Wulgemuth niemanden in seinen Laden. Aber Freddy wußte, wie er hineinkommen würde.

Beim Spargel erklärte Freddy Susan an diesem Abend, was sie zu tun hatte. Freddy hatte noch nie Spargel gegessen, und auch Sauce Hollandaise hatte er noch nie probiert, aber es schmeckte ihm ausgezeichnet, vor allem mit dem Schweinerückensteak und den gratinierten Kartoffeln. Susan, die in seinem Plan eine minimale, aber wesentliche Rolle zu spielen hatte, war ängstlich besorgt, weil Freddy es nicht für nötig hielt, ihr zu sagen, was er vorhatte.

»Ich weiß, daß du es nicht gern hast, wenn ich dir Fragen stelle, Junior«, sagte sie. »Aber ich möchte gern alles richtig machen.«

»Ich habe nichts dagegen, wenn man mir Fragen stellt«, sagte er und bemächtigte sich des Spargels, den Susan nicht gegessen hatte. »Ich hab nur was gegen dumme Fragen.«

»Du hast mir nicht gesagt, worum es geht. Wenn ich wüßte, was du tun willst, dann würde mir das helfen, zu tun, was ich tun soll.«

»Nein, das stimmt nicht. Du hast nichts weiter zu tun, als in der gelben Zone zu parken und den Motor laufen zu lassen. Nichts könnte einfacher sein. Ich steige aus und mache mein Geschäft mit dem Münzhändler. Wenn ein Cop oder eine Politesse vorbeikommt, sagst du, du wartest auf deinen Mann, der im Münzladen um die Ecke zu tun hat. Die Cops wissen, daß Wulgemuth seine Kunden auf der Straße abfertigt, und das ist ein legitimer Grund, in einer Ladezone zu parken. Vielleicht schicken sie dich trotzdem weiter, aber dann fährst du einfach um den Block, so schnell du kannst, ohne die Höchstgeschwindigkeit zu übertreten, und parkst wieder dort. Wenn sie dich zwingen weiterzufahren, dann drückst du zwei Minuten lang auf die Hupe, wenn du an dem Geschäft vorbeifährst. Ich werde drinnen sein, aber ich werde dich hören.«

»Es dauert doch nur ein paar Sekunden, an dem Geschäft vorbeizufahren. Wie kann ich da zwei Minuten lang hupen?«

»Fang an, wenn du um die Ecke in die Flagler einbiegst, und dann halte den Daumen auf der Hupe, bis du am Laden vorbeigefahren bist. Das meine ich mit zwei Minuten. Du mußt denken, Susan. Denken. Wenn jemand dich komisch ansieht wegen der Huperei, tust du so, als ob die Hupe klemmen würde.«

»So ungefähr?« Susan klappte den Unterkiefer herunter, formte die Lippen zu einem Kreis und riß die Augen weit auf.

»Genau so!« Freddy lachte.

»Du hast gelacht! Ich kann mich nicht erinnern, daß du jemals gelacht hast! Nicht mal beim Fernsehen.«

»Du hast auch noch nie was Komisches gemacht. Beim Fernsehen lache ich nicht, weil es nicht Wirklichkeit ist.«

»Also gut. Ich parke da und lasse den Motor laufen. Wenn mich niemand weiterschickt, warte ich einfach auf dich. Wenn du wieder eingestiegen bist, fahre ich zur Biscayne Avenue hinunter, nehme den MacArthur Causeway und fahre nach Watson Island auf den Parkplatz.«

»Auf den Parkplatz beim Japanese Garden. Dort parken wir, bis es dunkel ist, und dann fahren wir über Miami Beach zurück nach Dania. Der Japanese Garden ist von Vandalen verwüstet worden und deshalb wegen Reparaturarbeiten geschlossen. Niemand parkt dort im Augenblick – außer ein paar Anglern tagsüber und den Liebespaaren nachts. Wenn uns also niemand folgt, wird es kein Problem sein, sich dort den ganzen Nachmittag über zu verstecken, bis es dunkel ist. Am besten packst du ein Lunchpaket und eine Thermosflasche mit Eistee ein.«

»Und wenn uns jemand folgt – weshalb soll uns überhaupt jemand folgen?«

»Zerbrich dir darüber nicht den Kopf. Wenn uns jemand folgt, kümmere ich mich darum, aber es wird uns niemand folgen. Und wenn du fragst, warum, dann ist das wieder eine dumme Frage.«

»Entschuldigung.«

»Was gibt's zum Nachtisch?«

»Süßkartoffeltorte.«

»Hab ich noch nie gegessen.«

»Schmeckt ein bißchen wie Kürbistorte. Wenn ich's dir nicht gesagt hätte, hättest du wahrscheinlich gedacht, es ist Kürbis, aber Süßkartoffel ist besser.«

»Ich werd's probieren. Kürbistorte mag ich.«

»Willst du Schlagsahne dazu?«

»Natürlich.«

Nach dem Abendessen fuhr Susan sie beide zur Jai-alai-Anlage. Während sie die Eintrittskarten kaufte, stöberte Freddy auf dem Parkplatz herum und schraubte schließlich an einem Ford Escort aus Kansas die Nummernschilder ab. Er legte die Schilder in den Kofferraum, um sie später, wenn sie wieder zu Hause waren, am TransAm anzubringen. Freddy sah sich das erste Spiel an und kam zu dem Schluß, daß er nicht genug über Spiel und Spieler wußte, um eine vernünftige Wette abschließen zu können.

Susan hingegen wettete auf die baskischen Spieler, die mit Vornamen Jesus hießen – an diesem Abend waren es drei –, und gewann zweihundertundzwölf Dollar und fünfunddreißig Cent.

20

Hoke hatte immer noch Bill Hendersons .32er Automatic, als er das Revier verließ. Er hatte sie eigentlich in Hendersons Schreibtisch einschließen wollen, aber als er Ellita Sanchez in dem kleinen Büro am Doppelschreibtisch hatte sitzen sehen, überlegte er es sich anders. Er hatte allerdings einen ausgiebigen Blick auf sie werfen können und festgestellt, daß sie tatsächlich große Brüste hatte, obwohl sie von der weiten Seidenbluse und der großen Seidenschleife am Hals ein wenig verdeckt waren. Ihr schwarzes Haar war recht kurz und gerade abgeschnitten, wie man es bei kleinen chinesischen Mädchen tat. Ihr schmaler weißer Nacken sah aus, als sei er ausrasiert. Sie trug eine blaugetönte Brille, und sie runzelte die Stirn und schürzte die Lippen, während sie in einer Akte las. Geistesabwesend klopfte sie mit einem gelben Bleistift auf die Glasplatte des Schreibtischs. Wenn er jetzt das Büro betrat, würde sie ihn zweifellos nach den Akten fragen. Ellita Sanchez war eine respekteinflößende Frau, und Hoke fand die Vorstellung, mit ihr zusammenzuarbeiten oder, wie Brownley es formuliert hatte, »sie für sich zu gewinnen«, nicht verlockend. Also hatte er das Revier verlassen, ohne mit ihr zu sprechen.

Aber jetzt, als er in seinem Zimmer saß und über seinen nächsten Schritt nachgrübelte, dachte Hoke wieder an Ellita Sanchez. Was immer er tat, er mußte vorsichtig sein. Weder wollte er Sergeant Wilson, den Cop von der Sitte, in die Sache verwickeln, noch durfte er einen juristischen Fehler begehen, der dazu führen würde, daß Mendez nach kurzer Zeit gegen Kaution oder überhaupt auf freien Fuß gesetzt wurde. Er mußte diesen Mann ein für allemal aus dem Verkehr ziehen.

Hoke zweifelte nicht daran, daß Mendez den unglückseligen Gotlieb überfallen und ihm die Kreditkarte gestohlen hatte, die er dann im International Hotel benutzt hatte, aber einen Beweis dafür hatte er nicht, und dafür, daß er zufällig das Gefühl hatte, es sei so gewesen, bekam er von niemandem einen Haftbefehl. Außerdem bestand immer noch die Möglichkeit, daß Mendez die gestohlene Kreditkarte von jemandem gekauft hatte. Für fünfzig Dollar pro Stück bekam man am Busbahnhof in der Stadt so viele Kreditkarten, wie man haben wollte.

Hoke ging zum Schreibtisch und goß sich einen Early Times in sein Zahnputzglas. Zuviel. Er ließ einen Teil zurück in die Flasche laufen. Seine Hände zitterten ein wenig, und er vergoß ein bißchen. Er konnte seinen eigenen Herzschlag hören. Je mehr er über Mendez nachdachte, desto größer wurde seine Angst. Das war keine Paranoia. Wenn man von jemandem übel zusammengeschlagen worden ist und weiß, daß er es wieder tun kann, dann ist eine gesunde Angst ein Zeichen von Intelligenz.

Es gab nur eines, was er tun konnte: Er mußte Mendez finden und ihm folgen. Wenn er seine Waffe und seine Marke bei dem Drecksack fand, könnte er ihn wegen Körperverletzung oder versuchten Mordes einbuchten lassen; zumindest konnte man Mendez dann für ein paar Tage festsetzen, ohne daß er gegen Kaution freikam, lange genug jedenfalls, um seine Fingerabdrücke nach Kalifornien zu schicken und festzustellen, was dort über ihn in den Akten stand. Wenn der Mann eine Akte hatte – und Hoke war sicher, daß er eine hatte –, dann bestand eine gute Chance, daß er auch in Kalifornien gesucht wurde. Wenn er nicht aus Kalifornien geflohen war, weshalb war er dann nach Miami gekommen?

Hoke war jetzt ein wenig ruhiger. Der Drink hatte ihm so gutgetan, daß er sich noch einen einschenkte. Jetzt zitterten seine Hände nicht mehr. Hoke zündete sich eine Kool an und griff nach dem Telefon. Nachdem er es fünfzehn- oder sechzehnmal an der Zentrale hatte klingeln lassen, hörte er auf mitzuzählen. Schließlich meldete sich Eddie Cohen.

»Empfang.«

»Eddie, hier ist Sergeant Moseley. Verbinde mich mal mit meiner Nummer auf dem Revier, ja?«

Ellita Sanchez nahm den Hörer ab, ehe es zum zweiten Mal klingeln konnte. »Morddezernat, Detective Sanchez.«

»Hallo, Sanchez. Hier spricht Ihr neuer Partner, Sergeant Hoke Moseley. Ich war heute morgen da, um mit Captain Brownley zu sprechen, aber Sie sahen so beschäftigt aus, daß ich Sie nicht stören wollte. Jedenfalls, Captain Brownley – «

»Wen? Sie wollen Captain Brownley sprechen?«

»Nein.« Hoke zögerte. Ellita Sanchez sprach nicht mit starkem Akzent, aber er begriff, daß er zu schnell für sie redete. »Hier spricht Sergeant Moseley. Ich bin Ihr neuer Partner.«

»Jawohl, Sergeant.«

»Wir werden zusammen arbeiten. Sie und ich. Captain Brownley hat es mir heute gesagt. Als ich bei ihm war.«

»Ja.«

»Ich möchte, daß Sie ein paar Dinge für mich erledigen.«

»Was?«

»Wahrscheinlich können Sie alles mit ein paar Telefongesprächen klären. Wenn nicht, nehmen Sie sich einen Wagen, und fahren Sie zur Florida Power & Light. Dann zur Telefongesellschaft. Und zum Wasserwerk. Vielleicht sollten Sie sich das Wasserwerk zuerst vornehmen.«

»Was ist das für ein Fall? Sollte ich nicht vorher einen Blick in die Akte werfen?«

»Nein, das ist nicht nötig. Notieren Sie sich einfach die Informationen, die ich Ihnen gebe.«

»Captain Brownley hat gesagt, Sie treten erst in zwei Wochen Ihren Dienst wieder an. Wenn Sie also noch Genesungsurlaub haben, wie kommt es dann, daß wir an einem neuen Fall arbeiten? Und wieso enthalten Sie mir Informationen vor, wenn wir Partner sind? Ich verstehe das Ganze nicht. Bevor ich also überhaupt etwas für Sie tue, Sergeant Moseley, werde ich mich bei Captain Brownley erkundigen, ob es okay ist. So, wie ich die Sache – «

»Schnauze.« Hokes tiefe Stimme sank vor Zorn um eine Oktave tiefer.

»Was?«

»Ich sagte, Schnauze. Und jetzt hören Sie mir zu, Sanchez, denn ich wiederhole mich nicht gern. Wir sind tatsächlich neuerdings Partner, aber ich bin der leitende Partner und Sergeant. Sie sind der untergebene Partner und noch kein Detective. Bis jetzt sind Sie noch eine Angestellte aus der Einsatzzentrale mit einem spanischen Namen. Und weil Sie einen spanischen Namen tragen, hat man Ihnen die Chance gegeben, bei mir als Detective zu arbeiten.

Zum Glück für Sie hat man Sie einem geduldigen, verständnisvollen Polizisten des Morddezernats zugeteilt, der sich die Zeit nehmen wird, Ihnen die Dinge des Lebens zu erklären. *Falls* ich Ihnen in irgendeinem Zusammenhang eine Anweisung erteile, eine Bitte unterbreite oder einen Vorschlag mache, und Sie setzen sich über meinen Kopf hinweg mit Captain Brownley oder wer immer sonst zufällig mein Vorgesetzter ist in Verbindung, um sich bestätigen zu lassen, daß es okay ist, dann garantiere ich Ihnen, daß Sie von Glück sagen können, wenn Sie wieder in die Einsatzzentrale zurück dürfen.

Aller Wahrscheinlichkeit nach werden Sie nämlich nie wieder eine Polizeistation von innen sehen. Ich werde dafür sorgen, daß man Sie auf Dauer in die Nachtschicht am Orange-Bowl-Stadion versetzt, von Mitternacht bis acht Uhr früh. Wenn Sie also den Rest Ihrer Polizeikarriere nicht damit verbringen wollen, die Schlösser an den Automaten zu kontrollieren, dann nehmen Sie sich jetzt einen Bleistift und ein Blatt Papier und tun, was ich Ihnen sage. Haben Sie mich verstanden, oder muß ich es Ihnen noch einmal vorbeten?«

»Ich habe verstanden, Sergeant.«

»Schön. Gehen Sie also zum Wasserwerk, zum Elektrizitätswerk und zur Bell Telephone Company. Stellen Sie fest, ob jemand namens Waggoner oder Mendez – W-A-G-G-O-N-E-R, Mendez können Sie ja buchstabieren – in den letzten Wochen eine Vorauszahlung geleistet hat. Wasser, Strom und Telefon. Nur während der letzten drei Wochen. Sollten Sie von diesen dreien keine Liste mit Namen und Adressen bekommen, versuchen Sie es noch bei der öffentlichen Gasversorgung – für den Fall, daß sie einen Außentank haben. Irgendwelche Fragen?«

»Nein. Ich hab alles.«

»Dann rufen Sie mich heute nachmittag um fünf hier im Eldorado Hotel an, und sagen Sie mir, was Sie herausgefunden haben. Lassen Sie es mindestens zwanzigmal klingeln, bevor Sie auflegen. Der Mann am Empfang hört nicht gut. Wenn ich um fünf nichts von Ihnen höre, rufe ich Sie um halb sechs an Ihrem Schreibtisch an. Verstanden?«

»Ja.«

»Dann bis fünf also.«

»Ja.«

Hoke stand von seinem Rollpult auf und ging zu dem Beistelltisch neben dem viktorianischen Sessel, wo er seine Flasche Early Times hatte stehenlassen.

Das war nicht genau das, was Captain Brownley gemeint hatte, dachte Hoke, als er sagte, ich solle Ellita Sanchez für mich gewinnen. Wenn ich dieses Glas ausgetrunken habe, steht sie in Brownleys Büro. Wenn ich mir ein weiteres einschenke, ist sie dabei, Willie Brownley zu erklären, wie ich sie diskriminiert habe, weil sie erstens einen spanischen Namen trägt und zweitens eine Frau ist. Sie wird Brownley erzählen, daß ich ihr gedroht habe, und ich werde meine Drohung wahrmachen müssen. Ob es noch genug Leute gibt, die mir genug Gefallen schulden, um Sanchez zum Wachdienst ins Orange-Bowl-Stadion zu versetzen, ist eine müßige Frage. Aber ich kann sie aus dem Morddezernat werfen lassen. Soviel kann ich immer noch tun, das weiß ich. Zur Sitte! Sergeant Wilson. Sergeant Wilson hat mein Gebiß aus dem Fenster geworfen. Dafür schuldet er mir was. Ich kann Wilson veranlassen, sie für die Sitte anzufordern. Ein paar Monate auf der 79th Street Freier zu ködern, das wäre ein gutes Training für Ellita Sanchez, und wenn sie zwei Wochen lang für einen miesen Hund wie Wilson gearbeitet hat, wird sie ohne Zweifel aus ganzem Herzen wünschen, sie hätte getan, worum der nette alte Hoke Moseley sie gebeten hatte …

Hoke leerte sein Glas. Er zündete sich eine neue Zigarette an, rauchte sie bis zum Filter und drückte sie in dem Aschenbecher mit dem Logo des Hotel Fontainebleau aus. Es kam kein Anruf von Captain Brownley.

Um halb fünf weckte das Klingeln des Telefons Hoke aus seinem Nickerchen. Ellita Sanchez hatte eine Liste mit Namen und Adressen für ihn. Es gab zwei Mendez, einen Wagner, einen Wegner und eine Susan Waggoner. Aber Susan Waggoner wohnte nicht in Dade County. Sie hatte Vorauszahlungen für Wasser, Strom, Gas und Telefon in Dania geleistet – gleich jenseits der Countygrenze in Broward County.

Hoke hatte ihr nicht aufgetragen, auch Broward County zu überprüfen. Aber anscheinend hatte er ihr einen solchen Schrecken eingejagt, daß sie von sich aus die Initiative ergriffen hatte.

21

Um halb fünf in der Frühe begann es leicht zu regnen, aber um sechs, als gleißende Blitze und grollender Donner von den Everglades über Dade County zogen, goß es wie aus Kübeln. Hoke verfluchte den Regen und drehte das Fenster hoch, um nicht patschnaß zu werden. Die Scheiben beschlugen beinahe sofort, und er mußte die Windschutzscheibe innen mit seinem Taschentuch abwischen.

Seit vier Uhr parkte Hoke unter einer kleinen Baumgruppe. Überhängende Äste mit großen Blättern verdeckten sein Auto fast vollständig, so daß es von Susan Waggoners kleinem Haus hundert Meter weiter auf der anderen Straßenseite nicht zu sehen war. Wenn er es sich recht überlegte, würde der Regen eine Beschattung leichter machen. Er wußte nicht, ob Mendez bei Susan im Haus war oder nicht, aber er war sicher, daß sie ihn zu Mendez führen würde, wenn er ihr nur lange genug auf den Fersen blieb.

Als um Viertel nach sechs das Licht im Haus anging, war Hoke einigermaßen überrascht. Er hatte nicht damit gerechnet, daß das Mädchen so früh aufstand. Hoke pinkelte in seine Kaffeedose, machte den Deckel wieder zu und stellte die warme Dose auf den Boden vor dem Beifahrersitz. Gern hätte er noch eine Zigarette geraucht, aber jetzt zündete er sich keine mehr an, weil das Mädchen die Glut sehen könnte. Nur dieses Mädchen konnte ihn zu Mendez führen, und er wollte nichts riskieren. Der weiße TransAm mit dem Nummernschild aus Kansas würde mühelos zu verfolgen sein, während sein eigener vergammelter Pontiac zwischen den Tausenden von zerbeulten Autos auf den Highways von Miami verschwinden würde. Nein – was Hoke Sorgen bereitete, war die eigentliche Festnahme von Mendez. Aber damit würde er fertig werden, wenn es soweit war …

Freddy wurde um sechs wach, ging ins Bad, duschte und schüttelte dann Susan aus dem Schlaf. Er freute sich über den Regen und fragte Susan, wie lange dieses Wetter anhalten würde. Susan, die in der Küche damit beschäftigt war, ein riesiges Frühstück zuzubereiten, ging zum Fenster und schaute hinaus.

»Die Hurrikansaison geht zu Ende, und da regnet's hier immer viel. Es kann drei oder vier Tage dauern, vielleicht aber auch nur zwei, drei Stunden. Wie der Himmel aussieht, würde ich sagen, heute regnet's den ganzen Tag.«

Susan häufte Rinderhack und Pfeffermilchsauce auf sechs gebutterte Toastecken. Sie setzte Freddy den Teller vor und trat einen Schritt zurück, als er sich eine große Gabel voll in den Mund schob und mit geschlossenen Augen kaute.

»Das ist gut«, sagte er. »Aber du hättest ein paar Bratkartoffeln dazu machen sollen. Auf Kartoffeln schmeckt es besser als auf Toast. Auf diese Weise kann man den Toast mit etwas Marmelade extra essen. Die Sauce hier ist so dick, daß ich die Butter auf dem Toast kaum schmecke.«

»Ein paar Bratkartoffeln zu machen dauert keine Minute, wenn du welche willst. Im Kühlschrank ist noch eine kalte gebackene Kartoffel. Ich kann sie in Scheiben schneiden und – «

»Nein, es ist okay so. Beim nächsten Mal, meinte ich. Ich hab gern ein kräftiges Frühstück, wenn ich etwas vorhabe. Gibt einem Energie.«

»Wie geht's deinem Handgelenk?«

Freddy stand auf, ließ sich auf den Boden fallen und machte einen einarmigen Liegestütz mit dem verletzten Arm. »Das war einer«, sagte er und setzte sich mit schmerzverzerrtem Gesicht wieder an den Tisch. »Morgen versuche ich, zwei zu schaffen.«

»Ich meine, ob's noch weh tut?«

»Ein bißchen, beim Liegestütz. Aber ich glaube, der Knochen war nicht gebrochen, sonst wär's nicht so schnell verheilt. Wahrscheinlich nur eine schwere Verstauchung.«

»Daß es regnet, ist für deine Pläne wohl egal, oder?«

»Es hilft uns, weil man dann nicht so gut sieht, aber das ist alles. Hast du das Lunchpaket fertig?«

»Ja. Thunfischsandwiches, die Reste von der Essigtorte, ein paar Äpfel, Bananen. Und zwei Tüten Doritos. In der Thermoskanne ist Tee, und ein Sechserpack Dr. Peppers ist auch noch da. Ich hab schon alles in den Wagen gestellt.«

Freddy nickte und goß sich noch eine Tasse Kaffee ein. »Das ist reichlich. Wahrscheinlich werden wir nach diesem Riesenfrühstück gar keinen Hunger haben, aber wenn man ein paar

Stunden im Wagen sitzen muß, hat man wenigstens etwas zu tun, wenn man ißt. Du solltest auch noch eine leere Kaffeedose in den Wagen legen.«

»Wozu?«

»Susie – bevor du eine dumme Frage stellst, wieso denkst du nicht mal kurz nach? Was glaubst du, wo der Eistee und die Dr. Pepper bleiben?«

»Die Dose ist zum Reinpinkeln?«

»Siehst du, wie einfach es ist?«

Susan runzelte die Stirn. Die beiden kleinen Falten zwischen ihre Augen vertieften sich, und sie preßte die Lippen zusammen.

»Wenn du etwas auf dem Herzen hast,« sagte Freddy, »dann spuck's aus. Mir gefällt nicht, wie du dich heute morgen benimmst.«

»Was ich da tun soll, das ist nicht fair.«

»Wieso nicht?«

»Der Mann ist der Mann in einer Ehe, und die Frau ist eine Frau. Du gehst hinaus und bringst das Geld rein, und ich bleibe zu Hause und besorge den Haushalt. Es ist nicht fair, daß ich dir helfen muß – was immer du da vorhast. Ich hab Angst.«

»Wovor hast du Angst? Du hast nichts weiter zu tun, als den Wagen in der Ladezone zu parken und zu warten, bis ich zurückkomme.«

»Ich glaube, du hast was Illegales vor, und wenn ich dir dabei helfe, könnte ich auch Schwierigkeiten bekommen. Ich hab eine vielversprechende Collegekarriere aufgegeben, um dich zu heiraten und dir den Haushalt zu führen und so weiter, und da sollte ich nicht – «

»Wer hat dir diesen Scheiß in die Ohren geblasen? Edna Damrosch von nebenan?«

»Niemand braucht mir zu sagen, wann ich Angst haben muß. Ich bin selber vernünftig genug, um Angst zu haben, wenn ich etwas tue, was ich nicht tun darf.«

»Und wenn ich dir sage, was ich vorhabe, dann wirst du keine Angst mehr haben. Ist es das?«

»Genau.«

»Ich werde diesen Münzhändler ausrauben – einen Typ namens Wulgemuth. Die Münzsammlung, die ich mitnehme, wird mir helfen, in seinen Laden zu kommen. Sie ist zweihundert Dollar wert, vielleicht auch mehr, aber ich werde sie dort lassen, wenn ich dem Mann sein Geld abnehme. Er hat einen eigenen Safe, und er hat mit Gold und großem Geld zu tun, also wird er eine Menge Bargeld im Safe aufbewahren – niemand weiß, wieviel. Das ist mein Plan. Also kannst du dich jetzt entspannen.«

»Entspannen? Jetzt habe ich noch mehr Angst als vorher.«

»Siehst du, was ich meine. Darum hab ich es dir nicht erzählt. Ich wußte, daß du so reagieren würdest. Du brauchst nur immer daran zu denken, wie simpel deine Rolle ist. Du fährst den Wagen und parkst. Du hast keinen Grund, dir in die Hosen zu machen.«

»Und ich komme nicht in Schwierigkeiten?«

»Ausgeschlossen. Diese Sache ist narrensicher. Ich habe alles bis ins letzte geprüft. Wenn es vorbei ist, haben wir so viel Geld, daß ich mit dir eine Kreuzfahrt in der Karibik mache.«

»Warum kannst du es nicht allein tun?«

»Weil ich nicht riskieren kann, daß der Wagen abgeschleppt wird, während ich im Laden bin. Deshalb mußt du drinsitzen.«

Susan nickte und fing an, die Teller zusammenzustellen.

»Laß das Geschirr stehen. Darum kannst du dich heute abend kümmern, wenn wir wieder zu Hause sind.«

Der starke Regen und mehrere Unfälle sorgten dafür, daß der Verkehr auf dem Dixie Highway nur im Schneckentempo vorankam, und Hoke Moseley hatte keine Mühe, dem TransAm zu folgen.

Es war schon nach neun, aber der wolkenverhangene Himmel und der heftige Regen erweckten den Eindruck, als sei es noch früh am Morgen. Ungeduldige Fahrer, die Scheinwerfer und Scheibenwischer eingeschaltet hatten, quälten sich Zentimeter für Zentimeter über die überflutete Straße, und zur Mitte hin war das Gedränge am größten. Einige hupten, nur um zu hupen. Als Susan auf das Gaspedal trat, um rasch noch über eine gelbe Ampel zu fahren, mahnte Freddy sie, langsamer zu fahren.

»Wir haben es nicht eilig«, sagte er. »Im Grunde ist es egal, wann wir dort ankommen. Selbst mittags wäre es noch okay. Ich hab's zweimal überprüft; der Mann ist allein in seinem Laden und schließt mittags nicht. Wahrscheinlich bringt er sich sein Mittagessen mit.«

»Entschuldige. Es ist nur, weil ich immer noch Angst habe und ein bißchen nervös bin. Außerdem – wenn du in Miami bei Gelb hältst, fahren sie dir hinten rein.«

»Ich begreife nicht, wieso du Angst hast. Du brauchst nichts weiter zu tun, als in der gelben Zone zu parken und – «

»Ich weiß das alles! Es wird schon gehen.«

Die gelbe Ladezone in der Miami Avenue war leer. Sie war lang genug für drei Kleinwagen oder für ein normales Auto und einen Lastwagen. Nachdem Susan in die Ladezone gefahren war, wies Freddy sie an, bis zum Ende zurückzusetzen, damit niemand sie von hinten blockieren konnte. »So ist vor dir noch Platz für einen Lastwagen – für den Fall, daß jemand etwas für diesen *Ropa*-Laden anliefern will.«

Neben dem kubanischen Bekleidungsgeschäft lag ein kleiner Laden mit einem ausgestopften Lama im Schaufenster. Der Laden gab vor, echt peruanische Importware zu verkaufen, aber der Boden unter dem Lama war mit Timex-Uhren und Zirkonringen in schwarzen Samtschachteln übersät. An der Ecke befand sich eine kleine kubanische Cafeteria mit einer kunststoffbeschichteten Theke, an der auch die Laufkundschaft auf dem Bürgersteig bedient werden konnte.

Freddy hielt die Münzschatulle auf dem Schoß. Er zog seinen .38er heraus, überprüfte ihn und steckte ihn wieder in die rechte Jackentasche.

»Du – du wirst doch Mr. Wulgemuth nicht erschießen, oder?« Susan fuhr sich mit der Zunge über die schmalen Lippen.

»Nicht, wenn es nicht sein muß«, sagte Freddy. »Aber manchmal« – Freddy zuckte die Achseln – »zwingen sie einen dazu.« Freddy lächelte wie ein Metzgerhund. »Wie bei deinem Bruder, als ich ihm den Finger gebrochen habe. Er hatte mich geärgert, und da mußte ich ihm den Finger brechen.«

»Du hast Martin umgebracht?«

»Ich hab niemanden umgebracht. Ich habe ihm den Scheißfinger gebrochen, mehr nicht. Und wenn du mich dazu zwingst, indem du nicht genau das tust, was ich dir sage, dann breche ich dir deinen dürren Hals.«

Freddy stieg aus und bestellte am Straßenschalter der Cafeteria zwei Café Cubano. Er kippte seinen rasch hinunter und trug den zweiten in dem winzigen Pappbecher zum Wagen. Susan drehte das Fenster herunter, und er reichte ihr den Kaffee. Ihre Hand zitterte so sehr, daß sie das meiste davon auf ihre

Jeans verschüttete. Ein weißer Rand umgab ihre Lippen. Freddy schüttelte ungeduldig den Kopf.

»Willst du noch 'ne Tasse?«

Susan schüttelte den Kopf. Die Knöchel ihrer Hand am Lenkrad waren weiß.

»Also gut. Schlaf nicht ein, und laß den Motor laufen. In ungefähr zehn Minuten müßte ich wieder da sein.« Mit der Münzschatulle in der linken Hand ging Freddy davon.

Hoke mußte an einer roten Ampel halten. Susan war mit ihrem TransAm gerade noch rechtzeitig über die Kreuzung gewischt. Hoke sah, wie sie in die gelbe Ladezone an der Miami Avenue fuhr und dann bis zum Ende der gelben Zone zurücksetzte. Abgesehen von dem Anlieferstreifen vor dem TransAm war in der Straße kein freier Parkplatz zu sehen. Hinter ihm hupte jemand. Hoke kurbelte sein Fenster herunter und winkte den Fahrer herum. Der Mann mußte zurücksetzen, bevor er ausscheren und an Hoke vorbeifahren konnte. Er beschimpfte Hoke und schüttelte die Faust, als er an ihm vorbeibrauste.

Hoke sah, wie Mendez aus dem Wagen stieg und bei der Cafeteria Kaffee kaufte. Einen der beiden Becher trug er zum Wagen. Hoke fragte sich, ob sie deshalb hier angehalten hatten – um sich eine gottverdammte Tasse kubanischen Kaffee zu kaufen? Wieder kam hinter Hoke ein Wagen herangefahren und stoppte. Die Ampel schaltete auf Grün, und die Fahrerin drückte auf die Hupe. Hoke winkte sie vorbei.

Als Hoke wieder zu dem TransAm zurückschaute, sah er, daß Mendez um die Ecke in die Flagler Street einbog. Mendez verschwand im Regen, und der TransAm fuhr an. Die Reifen quietschten auf der nassen Straße, und der Wagen raste die Miami Avenue hinunter. Hoke folgte dem TransAm; Mendez, dachte er, kauft etwas in der Flagler Street, und sie fährt einmal um den Block, um ihn abzuholen, damit er nicht naß wird. Aber Hoke irrte sich. Deshalb brauchte man einen Partner. Wenn er Bill Henderson bei sich gehabt hätte – oder auch nur Ellita Sanchez –, dann hätte sie Susan folgen können, und er hätte sich zu Fuß an Mendez hängen können.

Als Hoke begriff, daß der TransAm auf der Spur fuhr, die auf den Zubringer zur Interstate 95 führte, scherte er aus, mogelte sich in die Außenspur und bog nach links in die First Street. An der nächsten Ecke bog er wieder links ab und gelangte schließlich erneut auf die Flagler. Der Verkehr hier kam kaum voran. Zweimal mußte Hoke bei Rot halten, aber Stück für Stück schob er sich vor, und er beobachtete die Fußgänger, die eilig von einer überhängenden Markise zur nächsten spurteten. Ein Schwarm Südamerikaner mit Einkaufstüten stand in der Arkade mit venezolanischen und kolumbianischen Geschäften. Hoke hielt endgültig an, um sie einzeln zu mustern. In seinem hellen Anzug fiele Mendez unter diesen friedhofsschwarz gekleideten Ausländern bestimmt auf. Hoke zog seinen Revolver und legte ihn neben sich auf den Sitz. Er warf einen Blick auf die leere Halterung, aus der man ihm das Funkgerät gestohlen hatte, und fluchte. Hinter ihm wurde gehupt, und er fuhr wieder an. Seine einzige Chance bestand darin, daß er Mendez auf der Straße entdeckte, und das war verdammt unwahrscheinlich. Tief drinnen, ganz unten in der Magengrube, hoffte er, daß er ihn nicht fände.

Freddys Haar war naß, und die Schultern seines grauseidenen Jacketts waren völlig durchtränkt, als er in die Flagler Street einbog und das Fenster von Wulgemuths Münzhandlung erreichte. Freddy drückte auf den Summer neben der Scheibe und lächelte, als Wulgemuths wachsames Gesicht hinter dem Glas auftauchte. Der Münzfachmann war Anfang Fünfzig, aber seine von einem gestutzten Kranz aus kurzen weißen Stoppelhaaren über den Ohren umsäumte Glatze ließ ihn älter aussehen. Seine birnenförmige Nase und die eingefallenen Wangen waren von alten Aknenarben übersät.

»Ich bin Polizist.« Freddy sprach in das Mikrophon, das in die Scheibe eingelassen war. »Drehen Sie das Tablett heraus.«

Das Tablett unter dem kugelsicheren Fenster drehte sich. Freddy legte die rindslederne Schatulle hinein, dazu die Polizeimarke und den Ausweis, der immer noch in seiner Lederhülle steckte. Das Tablett drehte sich noch einmal, und Wulgemuths Gesicht verschwand.

Auf der Flagler Street waren mehr Leute zum Einkaufen unterwegs, als Freddy an einem so scheußlichen Regentag erwartet hätte, aber die meisten, vermutete Freddy, waren an das Wetter gewöhnt. Es war ein warmer Regen, und hier und dort dampfte der Bürgersteig. Trotz des Regens betrug die Temperatur immer noch achtundzwanzig Grad; Freddy sah es auf den Leuchtziffern einer Digitalanzeige an einem Wolkenkratzer im nächsten Block, in dem sich eine Bank befand. Es war 10.04

Uhr. Zeit und Temperatur erloschen und wurden ersetzt durch eine Anzeige in grünen Buchstaben:

DER AMERICAN WAY
IST UNSERE IRA*

Freddy war verwirrt. Was bedeutete IRA? Er hörte, wie sich das Tablett erneut drehte. Die Marke und der Ausweis lagen darin, aber das Münzetui nicht. Im Fenster war wieder Wulgemuths Gesicht zu sehen. »Um was geht's, Sergeant?«

»Um eine Polizeiangelegenheit«, sagte Freddy. »Ich will etwas über diese gestohlenen Münzen herausfinden, und ich hab auch noch ein paar andere Fragen an Sie. Machen Sie auf.« Freddy nahm seine Marke aus dem Tablett.

Das Gesicht verschwand. Das Türschloß summte, und Freddy drehte den Knauf. Das Summen hörte auf, als er eintrat.

»Machen Sie die Tür zu!« rief Wulgemuth von hinten.

Freddy drückte die Tür mit der Hüfte ins Schloß. Wulgemuth hatte die aufgeklappte Münzschatulle auf einer Theke im hinteren Teil des engen Ladens liegen.

»Diese Münzen sind gestohlen, sagten Sie?«

»Ja. Ich habe sie aus der Asservatenkammer. Sie sind uns in die Hände gefallen, als wir einen Hehler hochnahmen, und wir dachten uns, wenn wir etwas über den Eigentümer herausfinden könnten, dann wüßten wir vielleicht auch etwas mehr über die Diebe. Ist diese Sammlung wertvoll oder nicht?«

Wulgemuth zuckte die Achseln. »Sie reden hier von einem immanenten Wert, Sergeant. Damit handle ich. Die Sammlung ist soviel wert, wie jemand dafür zu zahlen bereit ist, und das ist wahrscheinlich sehr viel mehr als der Nennwert. Das hier ist keineswegs eine seltene Sammlung, obwohl die Münzen bei oberflächlicher Prüfung in einem ziemlich guten Zustand zu sein scheinen.«

»Haben Sie sie schon einmal gesehen?«

»Als Sammlung nicht, aber von der Sorte hab ich schon viele gesehen. Was ist eigentlich mit Ihrem Auge passiert?«

»Autounfall.«

»Sie sollten den Arzt, der Sie zusammengenäht hat, verklagen. Sie könnten ein hübsches Sümmchen herausschlagen.«

* IRA: Individual Retirement Account

»Er hat gesagt, es sieht okay aus, wenn es vernarbt ist.«

»Er hat Sie belogen. Nun ja, jedenfalls ist diese Münzschatulle auch nicht von mir.«

Freddy klappte den Deckel zu und ließ die beiden Schlösser einschnappen. »Dann versuche ich's bei einem anderen Händler. Können Sie mir eine von Ihren Schatullen zeigen? Ich möchte gern sehen, inwiefern sie sich von dieser hier unterscheiden.«

»Ich hab keine zur Hand – im Moment jedenfalls nicht.«

»Nicht mal im Safe?«

»Keine für Silberdollar.«

»Wer verkauft denn Rindsledertuis wie dieses hier?«

»Sie sind auf der falschen Fährte, Sergeant. In sämtlichen Branchenzeitschriften finden Sie Anzeigen für solche Etuis. Die können Sie im Versandhandel bestellen – von billigen Leinendingern bis hin zu maßgefertigten Straußenlederschatullen mit Ihren Initialen in Gold.«

»Aha.«

»Wieso ist ein Detective vom Morddezernat so erpicht darauf, Diebstahlsware zurückzuverfolgen? Hat diese Sammlung hier mit einer Mordsache zu tun?«

»Darüber darf ich nicht reden, Mr. Wulgemuth. Ich sehe mir Ihren Laden auch aus Sicherheitsgründen an. Wir haben einen Tip bekommen, wissen Sie, und wir denken daran, Ihnen hier Polizeischutz hineinzusetzen. Irgend jemand – wir wissen noch nicht, wer – überfällt mit Vorliebe Münzhändler.«

»Wem sagen Sie das? Wissen Sie, wie oft ich schon ausgeraubt worden bin? Bevor ich das Fenster einsetzen ließ, wurde ich dreimal im Monat überfallen! Aber ich brauche jetzt keinen Polizeischutz mehr.«

»Warum nicht?« Freddy lächelte und schob die Hand in die Jackentasche mit dem Revolver. Seine Finger schlossen sich um den geriffelten Griff.

»Wegen Pedro.« Wulgemuth drehte sich um. »Pedro!«

Die Tür an der hinteren Wand flog krachend auf. Ein kleiner, breitschultriger, dunkelhaariger Mann kam herein. Mit einem doppelläufigen Schrotgewehr zielte er auf Freddys Brust. Sein dunkles, ernstes Gesicht war ausdruckslos.

»Er hat Sie die ganze Zeit durch das Guckloch in der Tür beobachtet.« Wulgemuth lachte. »Schon gut, Pedro. Das hier ist Detective Sergeant Moseley. Er ist von der Polizei.«

Pedro ließ sein Schrotgewehr sinken und wandte sich

wieder der Tür zu. Als er sich umdrehte, zog Freddy seinen .38er aus der Tasche und schoß ihm in den Rücken. Pedro flog mit dem Gesicht voran durch die offene Tür in den hinteren Lagerraum. Das Gewehr fiel klappernd auf den Fliesenboden, aber es löste sich kein Schuß. Freddy sah noch auf Pedro hinunter und überlegte, ob er noch ein zweites Mal auf ihn feuern sollte, als Wulgemuth mit einer schwungvollen Bewegung eine Machete unter der Ladentheke hervorholte. In weitem Bogen ließ er sie auf Freddys linke Hand niedersausen, die noch auf dem Münzetui lag. Freddys kleiner Finger, der Ringfinger und der Mittelfinger wurden am zweiten Glied sauber abgetrennt. Die Wucht des abwärts gerichteten Hiebes trieb die Klinge in den Lederdekkel des Etuis. Freddy schoß Wulgemuth ins Gesicht. Die Kugel schlug ein rundes Loch dicht unter seiner Nase. Mit einem gurgelnden Laut stürzte Wulgemuth nach hinten. Er war tot, noch bevor seine Glatze auf dem Fliesenboden aufschlug.

Für einen langen Augenblick stand Freddy da und starrte verständnislos auf die bloßliegenden, blutigen Knochen seiner linken Hand. Zuerst war die Hand taub, aber dann durchzuckte ihn ein stechender Schmerz, der zwischen Hand und Ellbogen hin und her jagte. Die Stümpfe seiner Finger bluteten, allerdings nicht so stark, wie er erwartet hätte. Er wickelte sein Taschentuch um die verletzte Hand, hob die kunststoffbeschichtete Klappe hoch und ging hinter die Theke. Er versuchte den mannshohen Wandsafe zu öffnen, aber das Kombinationsschloß war versperrt. Er zog die Kassenschublade hinter der Theke auf und fand einige Banknoten von unterschiedlicher Höhe und Hartgeld in mehreren Fächern. Freddy ließ den Revolver in die Jackentasche gleiten und raffte die Zehner und Zwanziger zusammen. Mit der unverletzten Hand drehte er Wulgemuths Leichnam um und nahm ihm die Brieftasche ab. Freddy stopfte Brieftasche und Geldscheine in die Innentasche seiner Jacke und ging zur Tür.

Die Tür ließ sich nicht öffnen. Freddy kehrte zur Theke zurück und klemmte den Knopf des Türöffners mit einer Büroklammer fest, damit er hinauskonnte. Er schloß die schwere Tür hinter sich, aber der Türöffner hörte nicht auf zu summen. Jetzt konnte jedermann hineinspazieren, und der erste, der es tat, würde die Leichen entdecken. Aber Freddy hatte noch genug Zeit. Er schob die verletzte Hand in die Hosentasche und schlenderte durch den Regen zur Ecke, wobei er den Drang zu rennen unterdrückte.

In der gelben Ladezone stand ein weißer Toyota-Halbtonner, aber Susan und der weiße TransAm waren verschwunden.

Freddy machte auf dem Absatz kehrt und ging zur Flagler Street zurück. Vielleicht war es ein Fehler gewesen, Susie zu erzählen, daß er Martin den Finger gebrochen hatte. Jede andere hätte ihm vermutlich weitere Fragen gestellt; es war so unwahrscheinlich, in einer fremden Stadt an zwei verschiedenen Orten am selben Tag Bruder und Schwester zu treffen. Aber sie hatte ihm geglaubt, weil er sie noch nie belogen hatte. Er hatte ihr nicht viel über sich erzählt, also hatte er auch keinen Grund zum Lügen gehabt. Aber ihr Geplärre hatte ihn sauer gemacht. Natürlich konnte es auch sein, daß eine Politesse sie gezwungen hatte weiterzufahren. Sie müßte jetzt jeden Augenblick die Flagler Street herunterkommen, und er könnte sie zu sich an den Bordstein winken. Im strömenden Regen blieb er stehen und starrte hinaus auf die Straße, wo ein Wagen nach dem anderen vorübergekrochen kam. Plötzlich stoppte ein zerbeulter Pontiac Le Mans mitten auf der Straße.

Freddy und Hoke erkannten einander gleichzeitig. Hoke streckte den linken Arm aus dem offenen Fenster und richtete seinen Revolver auf Freddy.

»Stehenbleiben! Polizei!« rief Hoke.

Drei Frauen mit Regenschirmen kamen den Bürgersteig entlang. Freddy trat zwischen sie, reckte seinen ausgestreckten Mittelfinger in Hokes Richtung und fing an zu rennen. Er wußte, daß der Cop nicht zwischen die Fußgänger schießen würde. Bevor ein Cop Schußwaffen einsetzte, mußte sein Leben bedroht sein. Freddy überquerte trotz der roten Ampel die Straße, wich den langsam voranrollenden Autos im Zickzackkurs aus, ohne auf ihr Hupen zu achten, und trabte die Flagler hinauf auf Edward Burdine's Department Store zu. Als er das Kaufhaus betrat, blickte er sich um, aber niemand folgte ihm. Zügig durchquerte er das Geschäft, lief durch die Herrenabteilung und durch den Hinterausgang hinaus auf die First Street. Mehr als ein Dutzend Leute bildeten eine unordentliche Schlange, als der Bus der Hileah Metro an der Haltestelle bremste. Freddy drängte sich zwischen den Regenschirmen hindurch zum Anfang der Schlange, und als die Tür sich öffnete, sprang er in den Bus und hielt dem Fahrer seine Marke unter die Nase.

»Polizei«, sagte er. »Ich such ’nen Nigger mit ’nem Radio.«

Der Busfahrer wies mit dem Daumen hinter sich. »Dahinten sind drei.«

Der Bus war voll. Alle Sitzplätze waren besetzt, und Freddy mußte seine Ellbogen benutzen, um sich zwischen den stehenden Fahrgästen hindurchzuzwängen. Auf der langen Bank am hinteren Ende saßen drei Schwarze mit Radios; sie hatten sich so breitgemacht, daß niemand sonst auf der Bank Platz fand. Aber nur einer von ihnen, ein Mann mit einer tief in die Stirn gezogenen khakifarbenen Strickmütze, hatte sein Radio eingeschaltet. Er nickte im Takt des Reggae-Beat. Freddy zeigte ihm seine Marke und befahl ihm, das Radio abzustellen. Störrisch drehte der Mann den Lautstärkeregler um eine Winzigkeit zurück.

»Abschalten, hab ich gesagt!«

Anscheinend sah der Mann etwas in Freddys Augen. Das Radio wurde abgeschaltet, und mehrere der umsitzenden Fahrgäste applaudierten. Drei Straßen weiter zog Freddy an der Signalleine, und der Fahrer stoppte an der nächsten Ecke. Als Freddy sich durch die hintere Tür nach draußen quetschte, plärrte das Radio wieder los.

Hoke sprang aus dem Wagen und sah, wie Mendez leichtfüßig zwischen den Autos hindurchschlüpfte, quer über die Kreuzung und dann im Gedränge den Bürgersteig hinaufrannte. Hoke verlor ihn aus den Augen, als zwei ältere Frauen mit großen Regenschirmen ihn verdeckten. Hoke sah sich nach einem uniformierten Polizisten um. Gewöhnlich stand an dieser Ecke ein Verkehrspolizist, aber heute war weit und breit keiner zu sehen. Wahrscheinlich hatte er sich irgendwohin ins Trockene verdrückt und trank Kaffee. In dem Verkehrsstau hinter Hokes verlassenem Wagen hupte es bedrohlich. Er konnte den Wagen nicht mitten auf der Kreuzung stehenlassen und hinter Mendez herlaufen. Hoke stieg wieder ein, fuhr an und behielt den Bürgersteig im Auge, als er etwas schneller wurde. Viel Hoffnung hatte er nicht. Es gab rund dreißig Geschäfte, in denen der Mann verschwunden sein konnte, einschließlich Woolworth und Burdine.

Susan, überlegte Hoke, fuhr gerade auf dem Expressway I-95 zurück nach Hause; so würde sie doppelt so schnell wie über den South Dixie nach Dania kommen. Er würde nach Dania fahren und sie verhören müssen, und wenn sie sich weigerte, ihm das Versteck von Mendez zu verraten, konnte er ihr mit einem Verfahren wegen Beihilfe drohen. Er konnte ihr drohen, aber festnehmen konnte er sie nicht. Dania gehörte zu Broward County, und in Broward County hatte Hoke keinerlei Befugnisse.

An der Sixth Street bog Hoke nach rechts und fand einen Parkplatz vor einem Zigarrengeschäft. Er ging hinein, zeigte dem Mann hinter der Theke seine Marke und fragte nach dem Telefon. Das Telefon war an der Wand hinter dem Zigarrenverkäufer angebracht, aber der Hörer hing an einer langen Schnur. Der Tabakhändler, ein weißhaariger Latino mit heiserer Stimme, reichte Hoke den Hörer.

»Sie sagen mir Nummer. Ich wähle. Niemand kann hinter Theke kommen. Ich wähle.«

Hoke nannte dem Mann die Nummer seines Büros. Ellita Sanchez meldete sich.

»Hier Sergeant Moseley, Sanchez. Ist Bill Henderson in der Nähe?«

»Er war vorhin hier, aber jetzt nicht mehr. Ich glaube, er ist nach unten gegangen, Kaffee holen.«

»Sie kennen nicht zufällig irgendwelche Cops in Dania, wie?«

»Nein. Ich war überhaupt noch nie in Dania.«

»Macht nichts. Richten Sie Sergeant Henderson bitte aus, ich brauche einen Cop aus Broward County, und ich erwarte ihn vor dem Haus Poinciana zwo-vier-sechs in Dania. Sie erinnern sich – das ist Susan Waggoners Adresse in Dania. Sie haben sie mir gestern besorgt.«

»Ich habe einen Cousin bei der Polizei in Hollywood. Ich kann ihn anrufen, wenn Sie wollen.«

»Das ginge auch, aber lieber hätte ich einen Cop aus Dania. Reden Sie mit Henderson. Der wird wissen, was zu tun ist. Aber wenn Sie Henderson nicht finden, rufen Sie Ihren Cousin in Hollywood an. Sagen Sie Henderson, es besteht eine Chance, daß ich Mendez schnappe.«

»In Broward County können Sie niemanden verhaften.«

»Ich weiß, Sanchez. Deshalb will ich einen Cop aus Dania haben, und ich kenne dort niemanden, und die ganze Sache ist viel zu kompliziert, als daß ich sie jemandem dort am Telefon erklären könnte. Deshalb erzählen Sie Henderson jetzt einfach, was ich Ihnen gesagt habe. Haben Sie verstanden?«

»Ich gehe sofort hinunter in die Cafeteria und suche ihn.«

»Braves Mädchen.« Hoke reichte dem Weißhaarigen den Hörer zurück. Der Mann grinste und hielt zwei Finger in die Höhe. »In Dania, letzten Monat ich zwei Dreierwetten gewinnen.«

»Na wunderbar«, sagte Hoke. »Danke für das Telefon.«

Neben dem Tabakgeschäft lag eine winzige Cafeteria. Hoke bestellte sich dort einen doppelten Espresso, trank ihn und kaufte sich dann zwei jamaikanische Chili-Fleischpastetchen, um sie im Wagen auf dem Weg nach Dania zu essen.

22

Als die Schlußlichter des Metrobusses vom Regen verschluckt worden waren, überquerte Freddy einen Parkplatz und betrat einen Eckerd's Drugstore. Er kaufte eine Rolle Verbandsmull und eine Rolle Heftpflaster und verließ den Laden. Die ganze Zeit über behielt er die verletzte Hand in der Hosentasche. Er krümmte Daumen und Zeigefinger; sie gehorchten ihm, und zugleich schoß ihm wieder der Schmerz bis zum Ellbogen hinauf. Die Hand fühlte sich nicht mehr taub an, aber der Schmerz war nicht gleichmäßig. Er blitzte flackernd auf und erlosch wieder wie eine kaputte Neonröhre.

Ein bärtiger Mann von Anfang Dreißig in einem schmutziggelben T-Shirt stand unter einer zerfetzten Markise vor einer mit Brettern vernagelten Ladenfassade. Er trank aus einer Flasche in einer braunen Papiertüte.

»Bist du betrunken?« fragte Freddy ihn.

Der Mann schüttelte das bärtige Kinn. »Noch nicht.«

»Ich gebe dir fünf Dollar, wenn du etwas für mich tust.«

»Okay.«

»Verbinde mir die Hand.«

Freddy reichte dem Bärtigen den Beutel vom Eckerd's, zog sich in den Ladeneingang zurück und nahm seine verletzte Hand aus der Tasche. Dann wickelte er das verklebte Taschentuch ab.

Der Penner stellte seine Flasche vorsichtig an der Wand ab und nahm Verbandsmull und Heftpflaster aus dem Beutel. Freddy hielt ihm die Hand entgegen. Der Mann schüttelte den Kopf und schnalzte mit der Zunge.

»Böse«, sagte er.

Er umwickelte Freddys Hand straff mit dem Verbandsmull, auch den unversehrten Zeigefinger. Nur den Daumen ließ er frei. Seine Finger zitterten, aber sie funktionierten.

»Ohne deinen Daumen kannst du nichts machen«, erklärte er.

Er brauchte Verbandsmull und Heftpflaster restlos auf, weil er kein Messer hatte, um die Überreste abzuschneiden, aber der Verband war so fest gewickelt, daß er aussah wie professionelle Arbeit.

»So wird's gehen, bis du 'nen Arzt findest.«

Freddy gab dem Mann zehn Dollar.

»Das ist 'n Zehner«, sagte der Mann.

Freddy zuckte die Achseln. »Fünf sind für den Verband und die anderen fünf dafür, daß du mir ein Taxi holst.«

»Bin gleich wieder da.« Der Mann zögerte. »Laß niemand an meine Flasche dran.« Der Mann eilte, in seinen Sandalen leicht hinkend, durch den Regen in Richtung Flagler Street davon. Der Regen prasselte so gleichmäßig, als wollte er nie mehr aufhören.

Freddy hob die Flasche auf und nahm einen tiefen Zug. Muskateller. Süß und fruchtig und ohne jede Finesse. Freddy trank trotzdem die Flasche leer und stellte sie dann wieder an der Wand ab. Der süße Wein linderte den Schmerz in seiner Hand nicht. Dazu brauchte er Whiskey; aber die Darvon-Tabletten, die er zu Hause in Dania hatte, würden besser helfen als Whiskey. Jetzt bereute er, daß er so überstürzt aus dem Münzgeschäft geflohen war. Er hätte seine Fingerspitzen mitnehmen müssen, statt sie dort liegenzulassen. Die Cops würden Fingerabdrücke davon nehmen können. Scheiße. Das war eine Mordanklage. Es wurde Zeit, daß er sich aus Miami verdrückte. Er würde sich von Susie nach Okeechobee fahren lassen. Bestimmt kannte sie einen Arzt dort oben, und wenn seine Hand versorgt war, konnten sie in Richtung Norden fahren. Unterwegs konnten sie sich in einem der »Day Inn«-Motels verkriechen, die längs der I-95 in jedem Kaff in Florida zu finden waren. Und wenn seine Hand geheilt war, würde er entscheiden, was er als nächstes tun wollte. Vielleicht konnten sie nach Vegas fliegen. In Vegas war eine Menge los.

Ein Veteran's-Taxi hielt am Bordstein. Der Penner stieg aus, und Freddy gab ihm noch einen Fünfer.»Ich hab deine Flasche ausgetrunken«, sagte Freddy. »Kauf dir 'ne neue.«

»Das ist okay. Vielen Dank. Ich meinte nicht dich – ich meinte, falls jemand anders vorbeikommt. Danke!«

Freddy stieg in das Taxi. Er begann zu schwitzen, und eine Woge von Übelkeit rollte über ihn hinweg. Sein Magen krampfte sich zusammen. Er beugte sich vor und erbrach sich auf den Boden. Alles kam wieder hoch, und das Taxi füllte sich mit dem Geruch von Rinderhack, Milchsauce und Muskateller.

»Das wird Sie was kosten, Mister!« sagte der Fahrer erbittert.

»Keine Sorge.« Freddy schob einen Zwanzig-Dollar-Schein über die Lehne nach vorn, und die Finger des Fahrers schnappten danach. »Fahr nach Norden auf dem Dixie, bis ich dir sage, wo du anhalten sollst.«

»Okay«, sagte der Fahrer. »Aber die zwanzig sind für die Reinigung, nicht fürs Fahren.«

Als sie in Dania angekommen waren, ließ Freddy den Fahrer an einer geschlossenen Union-Tankstelle am Highway anhalten. Er zahlte ihm das Doppelte von dem, was die Uhr anzeigte, aber der grimmig dreinschauende Fahrer bedankte sich nicht. Er wendete wortlos und fuhr nach Miami zurück.

Freddys Haus war zwölf Querstraßen von der Tankstelle entfernt – ein weiter Weg in diesem Regen, aber jetzt, da eine Mordanklage über seinem Haupt schwebte, wollte er um jeden Preis vermeiden, daß der Taxifahrer seine Adresse kannte. Herrgott, es war alles so schnell gegangen. Drei- oder viermal war er an dem Laden vorbeigegangen, um ihn auszukundschaften, und immer war der Mann allein gewesen. Wer konnte denn ahnen, daß Wulgemuth so ein dummes Arschloch mit einer Flinte im Lager sitzen hatte? Na, Pech für Pedro und Pech für Wulgemuth – und Pech auch für seine Finger. Susan würde inzwischen zu Hause sein, sofern sie nicht alles mißverstanden hatte, was er ihr gesagt hatte, und hinüber nach Watson Island gefahren war, um auf dem Parkplatz vor dem Japanese Garden zu warten. Aber so dämlich war sie nicht. Irgendein Verkehrscop oder eine Politesse hatte sie weiterfahren lassen, und entweder war sie um den Block herumgekommen, während er noch im Laden war, oder sie hatte eine zweite und dritte Runde um den Block unternommen. Vielleicht war sie ja immer noch in der Stadt und fuhr immer wieder um den Block herum, aber irgendwann würde sie aufgeben und nach Dania zurückfahren.

Mit triefender Jacke und durchnäßtem Hemd schlurfte Freddy durch den Regen. Seine Hose tropfte, und seine Füße waren naß. Zu Hause würde er erst einmal eine Darvon nehmen und eine Schokoladenmilch trinken, um seinen Magen zu beruhigen. Vielleicht wäre es eine gute Idee, Edna Damrosch zu holen, damit sie sich die verletzte Hand ansah. Nein, dann mußte er ihr irgend etwas erklären, und diesmal würde sie doch einen Arzt rufen. Also würde er nur ein paar Darvon und einige Penizillintabletten nehmen und abwarten, bis sie in Okeechobee waren. Die Schmerzen waren gar nicht so schlimm. Ein bißchen Schmerz konnte er aushalten, aber mit den fehlenden Fingern war er gezeichnet – und zwar fürs Leben.

Der TransAm parkte nicht in der Zufahrt. Diese dämliche kleine Schlampe. Sie war immer noch in der Stadt, fuhr um den Block herum und suchte nach ihm. Er hätte ihr ein Zeitlimit setzen sollen. Er brauchte sie jetzt, und sie war nicht zu Hause.

Er schloß die Haustür auf, und überrascht sah er, daß das Licht in der Küche noch brannte. Er hatte geglaubt, er hätte es ausgeschaltet, als sie gegangen waren. Er ging ins Bad, nahm zwei Darvon und trank einen Schluck Wasser aus dem Becher am Waschbecken. Die Tür zum Wandschrank stand offen. Susans beide Koffer waren verschwunden. Ihr schwarzes Kleid hing nicht auf dem Bügel. Er lief in die Küche, nahm die Keksdose, die hinten auf dem Vorratsregal stand, herunter und riß den Deckel ab.

Das Geld war weg. Alles, auch die zehntausend mexikanischen Pesos, die sie nicht hatten wechseln können. Freddy lachte. Susan war abgehauen, hatte ihn sitzenlassen. Sie hatte sich ihre Klamotten gegriffen, das Geld und war nach Hause gefahren. Er hatte gewußt, daß sie nervös war – sie hatte es ihm gesagt –, aber er hatte nicht einkalkuliert, wieviel Angst sie wirklich gehabt haben mußte. Vielleicht hatte sie geglaubt, er werde den Münzhändler erschießen. Nun, wie sich zeigte, hatte sie recht gehabt.

Sie mußte sich sofort aus dem Staub gemacht haben, als er um die Ecke verschwunden war. Es war begreiflich, aber unerwartet. Jetzt mußte er allein nach Okeechobee fahren, sie aufstöbern, sein Geld zurückholen und eine Möglichkeit finden, ihre Leiche loszuwerden. Am Leben lassen konnte er sie nicht, jetzt nicht mehr, nicht nachdem er herausgefunden hatte, was er von Anfang an gewußt hatte – daß er Susan nicht trauen konnte; daß ein Mann, in letzter Konsequenz, niemandem trauen konnte. Vor allem keiner Hure.

Freddy zog Wulgemuths Brieftasche und das Bündel Banknoten aus der Kasse hervor. Mit seiner gesunden Hand zählte er das Geld auf den Küchentisch: fünf Zwanziger, acht Zehner. Sechs- oder siebenhundert hatte er noch in seiner eigenen Brieftasche, und in Wulgemuths steckten fünfundsiebzig. Auch wenn er die Münzschatulle im Laden zurückgelassen hatte, war er immer noch gut im Geschäft. Er war nicht pleite, und er hatte einen Haufen Kreditkarten –

Hoke Moseley kam von der Veranda durch die Hintertür in die Küche. Sein .38er war auf Freddy gerichtet.

Freddy drehte sich um und starrte Moseley eine ganze Weile an, das graue, eingefallene Gesicht, den stetig auf ihn zielenden Revolver, die nasse, schlechtsitzende Freizeitjacke.

»Nimm die Hände hoch,« sagte Hoke. »In Schulterhöhe.«

»Was willst du machen, wenn ich das nicht tue, alter Mann, mich erschießen? Und was machst du in meinem Haus? Wo ist dein Durchsuchungsbefehl?«

»Ich hab gesagt, nimm die Hände hoch.«

Freddy grinste und hob langsam die Hände.

»Wo ist Susan?« fragte Hoke.

»Das frag ich dich, Mann.« Freddy hob das Kinn. »Ich hatte mein ganzes Geld in der Keksdose da. Sie hat alles genommen und ist abgehauen.«

»Warum ist sie so schnell davongerast, nachdem sie dich an der Miami Avenue abgesetzt hat?«

»Hör mal, meine Hand tut weh, und ich muß zu einem Arzt. Kann ich die linke Hand runternehmen? Sie tut saumäßig weh. Ihr habt hier ein paar Irre in dieser Stadt, weißt du das? Ich gehe zu Wulgemuth, um ein paar Münzen zu verkaufen, und da versucht dieser Irre mit seinem Bodyguard, mich mit einem verdammten Zuckerrohrmesser umzubringen. Bist du deshalb hier? Ich wollte zu dir kommen und dir alles erzählen, sobald ich bei einem Arzt war.«

Hoke war ehrlich verblüfft. »Was ist bei Wulgemuth passiert?«

»Ich hab's dir gerade erzählt.« Freddy legte seine verbundene Hand auf die Brust. »Ich bin mit ein paar Silberdollar zu Wulgemuths Münzhandlung gegangen, um sie schätzen zu lassen. Wenn der Preis in Ordnung gewesen wäre, hätte ich sie verkauft. Da versuchte er zusammen mit seinem Bodyguard, einem verrückten Kubaner mit einer Flinte, mich auszurauben. Der alte Wulgemuth hat versucht, mir die Hand mit einer verfluchten Machete abzuhacken, und das meiste hat er sogar erwischt. Es tut weh, Mann! Du mußt mich zu einem Arzt bringen!«

»Und was ist dann passiert?«

»Wann?«

»Nach dem Angriff des ehrbaren Geschäftsmannes.«

»Ich bin mit einem Taxi nach Hause gefahren, weil Susan nicht mehr auf mich gewartet hat. Das ist alles.«

»Und vorher? Bevor du den Laden verlassen hast?«

»Ich hatte Glück. Bevor diese beiden Irren mich umbringen konnten, hab ich mir den Revolver aus Wulgemuths Schublade schnappen und mich verteidigen können.«

»Und hast sie erschossen?«

»Keine Ahnung. Ich fing an zu schießen, und als sie in Dekkung gingen, bin ich rausgerannt. Ich glaub nicht, daß ich einen von ihnen getroffen habe. Mir ging's nur darum, rauszukommen und einen Arzt zu finden, das ist alles.« Freddy bewegte die Füße, schob sich langsam auf Moseley zu. Hoke trat zurück und streckte die Hand aus.

»Zurück! Dreh dich langsam um. Die Hände an die Wand, und die Beine spreizen!«

Freddy schüttelte den Kopf. »Kann ich nicht. Da werd ich ohnmächtig. Meine Finger sind ab, und ich kann jeden Augenblick in einen Schock verfallen ...« Freddys Stimme senkte sich zu einem theatralischen Flüstern. »Alles wird schwarz, lila und schwarz ...« Seine Knie gaben nach, und beim Fallen gelang es ihm, sich mit der rechten Hand abzustützen. Er kippte auf die linke Seite, stöhnte mitleiderregend und fischte in seiner Jackentasche nach dem Revolver. Als der .38er zum Vorschein kam, schoß Hoke ihn in den Bauch. Freddy schrie, wälzte sich herum und versuchte gleichzeitig auf die Beine zu kommen und den Revolver aus der Tasche zu ziehen. Hoke schoß ihm in die Wirbelsäule, und Freddy hörte auf, sich zu bewegen. Hoke beugte sich vor und jagte eine Kugel in Freddys Hinterkopf.

Hoke ließ sich auf einen Küchenstuhl fallen und legte seinen Revolver auf den Tisch. Als Bill Henderson, Ellita Sanchez und Sanchez' uniformierter Cousin, der Cop aus Hollywood, durch die unverschlossene Haustür hereinkamen, saß Hoke immer noch auf dem Küchenstuhl und rauchte seine dritte Zigarette.

23

»Alles okay, Hoke?« fragte Henderson.

»Ich bin nicht verletzt, falls du das meinst.« Hoke warf die Zigarette auf den Fußboden und trat sie aus, während er aufstand.

»Bleib da«, sagte Henderson. »Setz dich.« Er wies den uniformierten Polizisten an, sich draußen auf die Veranda zu stellen und darauf zu achten, daß niemand das Haus betrat. »Sie brauchen sich nicht in den Regen zu stellen, Mendez. Schalten Sie das Licht auf der Veranda ein und bleiben Sie in der Tür stehen.«

»Mendez?« Hoke wollte wieder aufstehen.

Der Polizist ging hinaus. »Ja«, sagte Henderson. »Mendez ist Sanchez' Cousin, ein Verkehrspolizist aus Hollywood. Wieso zum Teufel hast du nicht auf uns gewartet, Herrgott noch mal?«

Ellita Sanchez war neben Freddys Leiche auf die Knie gesunken. Sie nahm ein Schweizer Armeemesser aus der Handtasche, klappte die kleine Schere daran auf und begann, den Verband an Freddys Hand abzuschneiden. Hoke sah ihr mit wachem Interesse zu.

»Ich hatte Angst, er würde uns entwischen, Bill. Es sah so aus, als wolle er sich verdrücken, und ich hab nicht damit gerechnet, Schwierigkeiten zu bekommen. Ich hatte nicht vor, ihn zu erschießen, aber als er nach seiner Waffe griff … nun ja …«

»Weißt du, daß er Wulgemuth und seinen Leibwächter in der Münzhandlung erschossen hat?«

»Er hat gesagt, daß er geschossen hat, aber er hat bestritten, jemanden getroffen zu haben. Nach seiner Version wurde er von den beiden angegriffen und hat zurückgeschossen, um sich zu verdrücken.«

»Blödsinn. Die Sache kam über Funk. Hattest du denn dein Funkgerät nicht eingeschaltet, als du ihn hierher nach Dania verfolgtest?«

»Ich habe kein Funkgerät. Erinnerst du dich? Jemand hat es mir geklaut, als ich im Krankenhaus lag.«

»Aber du hast gesehen, wie er aus Wulgemuths Münzhandlung kam, ja?«

»Mit einer Schußwaffe in der Hand.« Sanchez blickte auf

und lächelte. Sie hatte Freddys Hand von dem Verband befreit und hob sie hoch. »Sehen Sie? Da fehlen drei Finger. Wenn der Doktor feststellt, daß es die drei richtigen sind, wird man sich bei Sergeant Moseley für die schnelle Klärung eines Doppelmordes bedanken.«

Hoke schüttelte den Kopf. »Ich hab ihn aus keiner Münzhandlung rauskommen sehen. Ich hab ihn beschattet, weil ich hoffte, ich könnte einen Anlaß finden, ihn zu filzen. Wenn er als Vorbestrafter eine Waffe bei sich getragen hätte, dann wäre das ein Grund gewesen, ihn festzunehmen. Ich hab ihn verloren, und an der Ecke Flagler Street und Miami Avenue ist er plötzlich wiederaufgetaucht.«

»Hör mir gut zu, Hoke.« Bill zog sich einen Stuhl vom Tisch heran und setzte sich Hoke gegenüber. Er sah ihm gerade in die Augen. »Du hast deine Befugnisse überschritten, und du wirst Probleme bekommen, wenn du deine Geschichte nicht in Ordnung bringst. Ich sag dir, was du sagen sollst, und so wird es auch im Protokoll stehen. Du hast ihn beschattet, jawohl, und du hast ihn für eine Weile aus den Augen verloren, ja? Und dann hast du gesehen, wie er aus Wulgemuths Laden kam und eine Schußwaffe in die Tasche steckte. Du hast vermutet, daß er einen Raubüberfall begangen hat, und du hast Sanchez angerufen, damit sie Unterstützung aus Broward County anfordert. In der Stadt ist er dir weggelaufen, und da bist du hierher zu seinem Haus gefahren. War es nicht so?«

»Ja, so ähnlich.«

»Nicht so ähnlich. Genau so.«

»Okay. Genau so.«

»Nachdem du Sanchez angerufen hattest und sie mich gefunden hatte, erfuhren wir, daß die beiden Männer umgebracht worden waren. Sanchez rief ihren Cousin an, und er kam mit seinem eigenen Wagen hierher. Wir wußten, daß du in Gefahr warst, und deshalb hatten wir keine Zeit, uns mit dem Sheriff von Broward County in Verbindung zu setzen, verstehst du? Du wußtest, daß er eine Waffe hatte, weil du sie gesehen hattest, als er aus dem Laden kam. Als Polizeibeamter außer Dienst sahst du dich veranlaßt, ihn zu verfolgen und über Sanchez deine Dienststelle zu informieren.«

»Ich hatte ihn außerdem im Verdacht, in Kalifornien einen Raubüberfall begangen zu haben, und ich hatte hinreichenden Grund, ihn in dieser Sache festzunehmen.«

»Okay. Das ist deine Geschichte. Verändere sie nicht. Ich rufe Captain Brownley und Doc Evans an. Brownley wird den Sheriff von Broward County informieren, und ich könnte mir denken, daß Doc Evans dem Gerichtsmediziner von Broward County Bescheid sagt. Das gibt einen unglaublichen Zuständigkeitswirrwarr im Bericht.«

»Was ist mit dem Mädchen?« fragte Sanchez. Sie kam zum Tisch. »Wie hieß sie noch?«

»Susan Waggoner«, sagte Henderson. »Wir lassen nach ihr fahnden. Bei diesem Regen kann sie noch nicht allzuweit weg sein. Ich gebe ihre Daten raus, sobald ich Brownley angerufen habe.«

»Soll ich ihn anrufen?« fragte Sanchez.

»Nein, ich rufe ihn an. Machen Sie doch etwas Kaffee. Der Abend wird verdammt lang werden.«

»Ich mache den Kaffee.« Hoke stand auf.

Sanchez ging zum Spülbecken und drehte den Wasserhahn auf. »Suchen Sie die Kanne«, sagte sie. »Wir machen ihn zusammen.«

Captain Brownley und der Sheriff von Broward County fanden sich beide zu einigen Kompromissen bereit, ebenso der zuständige Gerichtsmediziner von Broward County. Es war wichtiger, die Morde an dem Münzhändler und seinem Leibwächter aufzuklären, als ein Verfahren in Broward County zu eröffnen. Einen jungen Lieutenant vom Dania Police Department, der hier vorübergehend das Kommando hatte, weil der Polizeichef von Dania auf Wolfsjagd in Kanada war, erfüllte die Anwesenheit der hohen Tiere aus den beiden Counties Dade und Broward mit Ehrfurcht, und er war zu fast allem bereit, um Freddys Leiche so rasch wie möglich aus der Stadt zu schaffen. In einer Kleinstadt wie Dania waren Schießereien jeglicher Art schlecht fürs Geschäft.

Susan Waggoner wurde von einem Streifenpolizisten der Staatspolizei in Belle Glade aufgegriffen. Ihr TransAm wurde beschlagnahmt, und die Streife brachte sie nach Miami zum Revier. Der Polizist, der sie gestellt hatte, verpaßte ihr außerdem ein Strafmandat, weil die getönten Scheiben des TransAm zweimal so dunkel waren, wie es gesetzlich erlaubt war.

Hoke, Henderson und Sanchez arbeiteten immer noch gemeinsam an ihrem Bericht, als Susan vorgeführt wurde. Sie gingen mit ihr hinunter in einen Vernehmungsraum, und Henderson las ihr ihre Rechte vor.

»Ist Ihnen klar«, sagte Hoke, »daß Sie auf der Anwesenheit eines Rechtsanwaltes bestehen können? Sie brauchen uns nichts zu sagen, wenn Sie nicht wollen, aber wir möchten gern ein paar Dinge klären.«

»Ich weiß überhaupt nicht, um was es eigentlich geht«, sagte Susan. »Als wir die Scheiben an dem Wagen tönen ließen, sagte der Mann, das sei legal. In Miami sieht man viele Leute mit getönten Scheiben rumfahren, und viele sind dunkler als bei mir.«

»Vergessen Sie mal die getönten Scheiben«, sagte Hoke. »Ich bin Ihnen in meinem Wagen von Dania nach Miami gefolgt, und ich habe auf der anderen Straßenseite gestanden, als Sie in der gelben Ladezone auf der Miami Avenue parkten. Ich habe gesehen, wie Ihr Freund ausstieg – «

»Junior?«

»Junior. Und Sie fuhren beinahe direkt wieder los. Wußten Sie, daß er die Münzhandlung ausrauben wollte?«

»Nein. Warum sollte er sie ausrauben? Er wollte ein paar Silberdollar verkaufen. Das hat er mir erzählt, und er wollte, daß ich mitging. Ich wollte aber nicht, weil es so stark regnete, und als ich sagte, ich wollte im Wagen bleiben und auf ihn warten, wurde er wütend. Und da erzählte er mir, daß er derjenige gewesen ist, der meinem Bruder am Flughafen den Finger gebrochen hat. Erinnern Sie sich daran?«

»Das hat er Ihnen erzählt?«

»Genau. Und das unterschreibe ich Ihnen auch. Wir hatten uns schon öfter gestritten, und er hat mich sogar einmal geschlagen, aber ich war bei ihm geblieben, weil er auch gute Seiten hatte. Aber als ich erfuhr, daß er für Martins Tod verantwortlich war, bekam ich es mit der Angst zu tun. Ich begriff, daß er gefährlich für mich war. Denn sehen Sie – nachdem er mir das einmal erzählt hatte, wußte er, daß ich etwas gegen ihn in der Hand hatte, und deshalb würde er mich vielleicht auch umbringen. Also fuhr ich los, hielt zu Hause in Dania noch mal an, um mein Geld zu holen, und machte mich dann aus dem Staub. Ich war auf dem Weg zurück nach Okeechobee, als die Streife mich in Belle Glade an den Rand winkte.«

»Was waren Juniors gute Eigenschaften?« fragte Sanchez.

Susan runzelte die Stirn und schürzte die Lippen. »Na ja, er hat gut für mich gesorgt, und was ich für ihn gekocht habe, hat ihm immer geschmeckt. Es gab viele gute Eigenschaften an Junior, die ich gern mochte. Aber ich werde nicht mehr mit ihm zusammenleben.«

»Junior ist tot, Susan«, sagte Henderson. »Wußten Sie nicht, daß er eine Waffe hatte?«

»Doch, aber ich wußte nicht, daß er jemanden überfallen wollte. Die Waffe trug er zu seinem Schutz bei sich. Vor ein paar Wochen wurde er bei einem Überfall auf einen Seven-Eleven-Laden beinahe umgebracht. Deshalb brauchte er eine Waffe, um sich zu verteidigen, sagte er. Junior ist tot?«

»So ist es«, sagte Henderson. »Er wurde erschossen.«

»Dann hat ihm seine Waffe wohl nicht viel genützt, wie? Tut mir leid, das zu hören. Ich hab ihm nie was Böses gewünscht. Ich wollte ihn auch nicht anzeigen, wegen Martin, meine ich, aber ich will wegen Junior keine Schwierigkeiten kriegen. Ich hab nichts getan. Ich will nur zurück nach Okeechobee. Nichts als Ärger hab ich gehabt, auf die eine oder andere Weise, seit ich wegen der Abtreibung hierhergekommen bin. Wenn Sie mich fragen, was ich von Miami halte, dann sage ich, es ist kein guter Ort für unverheiratete junge Mädchen.«

»Allmächtiger«, sagte Hoke. »Laß uns mal 'ne Minute rausgehen, Bill.«

Die beiden traten hinaus in den Gang.

»Ich fürchte, Bill«, sagte Hoke, »ich werde ihre Geschichte bestätigen müssen. Sie hat ihn abgesetzt, und dann ist sie sofort losgefahren Ich bin ihr bis zum Zubringer zur I-95 gefolgt. Man kann ihr kein Verfahren anhängen, weil sie ihren Lebensgefährten in der Stadt absetzt. Wenn sie behauptet, sie habe nicht gewußt, daß er den Laden überfallen wollte, können wir sie nicht wegen Beihilfe festhalten.«

»Ist sie wirklich so blöd, oder tut sie nur so?«

»Auf jeden Fall ist es in sich stimmig, was immer es ist. Wieso nehmen wir ihre Aussage nicht einfach zu Protokoll und setzen sie dann in den Bus nach Belle Glade, damit sie dort ihren verdammten Wagen abholen kann?«

»Du meinst, wir sollen sie einfach laufenlassen?«

»Ich wüßte nicht, was wir sonst tun können. Mit ihrer Aussage ist Martin Waggoners Tod aufgeklärt, und wir können sie jederzeit finden, falls wir sie später noch einmal brauchen sollten. Okeechobee ist eine kleine Stadt. Wir sagen ihr, sie soll

Okeechobee nicht verlassen und nicht noch mal nach Miami kommen, und damit hat sich's.«

»Das ist doch nur Hörensagen. Wir können nicht beweisen, daß Junior Martin umgebracht oder ihm den Finger gebrochen hat.«

»Wir schicken den beiden Brüdern in Georgia sein Foto. Vielleicht können sie ihn identifizieren. Ich werde jedenfalls die Assistentin bei der Staatsanwaltschaft anrufen und ihr von Susans Aussage berichten. Dann kann sie entscheiden, ob wir den Fall abschließen sollen oder nicht. Das liegt sowieso nicht bei uns.«

Henderson und Sanchez blieben noch im Vernehmungsraum, um Susans Aussage zu Protokoll zu nehmen, und Hoke kehrte in sein Büro zurück. Er suchte Violet Nygrens Telefonnummer heraus und rief bei der Staatsanwaltschaft an.

»Danke«, sagte eine Frauenstimme, und dann wurde Hoke fünf Minuten lang von Musik aus dem Telefonhörer berieselt.

»Danke, daß Sie gewartet haben«, sagte schließlich eine Männerstimme. »Was kann ich für Sie tun?«

»Bin ich mit dem Büro des Bezirksstaatsanwalts verbunden?«

»Ja, das sind Sie. Was kann ich für Sie tun?«

»Hier ist Sergeant Moseley, Morddezernat. Ich möchte Miss Violet Nygren sprechen; sie ist Assistentin der Staatsanwaltschaft. Sie hat mir diese Nummer gegeben.«

»Ich glaube nicht, daß wir hier jemanden mit diesem Namen haben.«

»Doch, haben Sie. Sie war mit dem Fall am Flughafen betraut. Einem Typ ist der Finger gebrochen worden, und er ist am Schock gestorben. Martin Waggoner.«

»Ich kenne sie nicht. Wie war der Name noch mal?«

»Nygren. N-Y-G-R-E-N. Sie war noch jung. Hatte gerade erst bei Ihnen angefangen. Sie hat ihr Jura-Examen an der University of Miami gemacht.«

»Okay. Ich will mal einen Blick auf den Personalplan werfen Könnten Sie eine Minute warten?«

»Ja.«

»Tut mir leid«, sagte der Mann, als er sich wieder gemeldet hatte »Wir haben niemanden namens Nygren auf unserer Liste. Wenn Sie wollen, erkundige ich mich bei ein paar Leuten hier, und dann rufe ich Sie zurück. Ich kenne selber nicht mal die

Hälfte der Leute, die hier arbeiten. Wir haben hunderteinundsiebzig Assistenten hier, wissen Sie.«

»So viele? Ich dachte, es wären nur rund hundert.«

»Wir haben im vergangenen Jahr ein bißchen mehr Geld bekommen. Aber die kommen und gehen, wissen Sie. Soll ich mich erkundigen und Sie dann zurückrufen?«

»Nein. Ich bleibe solange dran. Ihre Musik gefällt mir.«

»Die ist aber auf der anderen Leitung. An diesem Anschluß kann ich Ihnen keine Musik einspielen.«

»Ist auch nicht schlimm. Stellen Sie nur fest, was aus Violet Nygren geworden ist.«

Hoke zündete sich eine Zigarette an. Er klemmte sich den Hörer mit der Schulter ans Ohr und betrachtete seine Hände. Sie zitterten ein wenig, denn allmählich setzte die Reaktion ein, aber solange er dafür sorgte, daß er beschäftigt war, mußte er nicht darüber nachdenken. Als er seine Zigarette im Aschenbecher auf dem Schreibtisch ausdrückte, meldete sich eine Frauenstimme.

»Hallo? Sind Sie noch da?«

»Ich bin noch da«, sagte Hoke. »Wer sind Sie?«

»Tim hat mich gebeten, Sie über Violet Nygren zu informieren. Sie sind Sergeant Moseley, nicht wahr?«

»Ja.«

»Nun, Violet Nygren hat vor ein paar Wochen gekündigt. Sie hat geheiratet, aber ich weiß nicht, wie sie jetzt heißt. Ich weiß allerdings, daß sie einen Chiropraktiker draußen in Kendall geheiratet hat, und wenn Sie wollen, kann ich Ihnen den Namen bis morgen besorgen. Ich kannte Violet nicht sehr gut, aber ich weiß, daß sie sich bei der Staatsanwaltschaft nicht wohl gefühlt hat. Ich glaube nicht, daß sie sehr viel länger bei uns geblieben wäre, wenn sie nicht wegen der Heirat gekündigt hätte – wenn Sie wissen, was ich meine.«

»Ich glaube, ich weiß es. Aber es ist nicht so wichtig. Jemand muß ihre Fälle übernommen haben. Ich schicke Ihnen einfach ein Memo ins Büro, und Ihre Leute können es dann weiterleiten.«

»Tut mir leid, daß ich Ihnen weiter nicht helfen konnte.«

»Sie haben mir sehr geholfen. Danke.«

Als Henderson und Sanchez in Captain Brownleys Büro gingen, um den schriftlichen Bericht zu besprechen, wurde Hoke von der Konferenz ausgeschlossen; man sagte ihm, er sei als nächster an der Reihe.

Hoke konnte die drei durch die verschmierten Glaswände von Brownleys Büro sehen, und es beunruhigte ihn ein wenig, daß man ihn aussperrte. Brownley war ein aufmerksamer Leser, und wenn ihm irgendwelche Widersprüche auffallen sollten, dann konnte Hoke, das wußte er, womöglich ernsthafte Schwierigkeiten bekommen. Er ging zur Toilette, und zwei jüngere Detectives gratulierten ihm herzlich – so herzlich, daß er beschloß, doch nicht in die Cafeteria hinunterzugehen, um sich Kaffee und ein Plunderstück zu holen. Was seine Kollegen hier betraf, hatte das Dezernat zur Abwechslung mal gewonnen. Der Raubmord in der Flagler Street und der Tod des Verdächtigen würden es in den Lokalteilen der Zeitungen von Miami bestenfalls auf zehn oder zwanzig Zeilen bringen, aber innerhalb des Miami Police Department wirbelte die Neuigkeit einigen Staub auf.

Hoke kehrte in sein kleines Büro zurück und wartete; er versuchte, seine Gefühle auf die Reihe zu bringen, und kam zu dem Schluß, daß Freddy Frenger jun., alias Ramon Mendez, sein Spiel bis zu Ende gespielt und im Grunde nicht einmal etwas dagegen gehabt hatte, bei einem letzten verzweifelten Versuch, zu gewinnen, auch sein Leben einzubüßen. Junior wäre gut beim Dame- oder Schachspielen gewesen, dachte Hoke, wo ein schlechter Spieler manchmal einen viel besseren schlagen kann, wenn er aggressiv ist und unverdrossen attakkiert. Junior war so ein Typ, und wenn du einen Augenblick nicht aufs Brett gesehen hast, um dir eine Zigarette anzuzünden oder einen Schluck aus der Kaffeetasse zu nehmen, würde er eine deiner Figuren klauen. Junior mußte sich, im Gegensatz zu Hoke, nicht an die Regeln halten. Nichtsdestoweniger beschloß Hoke, die Dame-Analogie für sich zu behalten. So rational er seine Handlungen auch begründen mochte, Hoke hatte dennoch den Verdacht, der wahre Grund dafür, daß er Freddy Frenger getötet hatte, bestand darin, daß der Mann in sein Zimmer im Eldorado Hotel eingedrungen und ihn windelweich geprügelt hatte. Und wenn er das einmal getan hatte, dann hätte er es auch noch ein zweites Mal tun können. Andererseits war es auch eine allzu große Vereinfachung, es so zu betrachten. Schließlich hatte Frenger immerhin versucht, seine Waffe zu ziehen, und Hoke hatte in Notwehr geschossen;

die letzte Kugel in den Kopf des Mannes war lediglich eine Sicherheitsmaßnahme gewesen. Aber wie Hoke es auch betrachtete, die Lebensqualität in Miami hatte sich unendlich verbessert, jetzt da Freddy Frenger die Straßen nicht länger unsicher machte ...

Henderson öffnete die Tür. Ellita Sanchez war bei ihm; sie lächelte.

»Du bist dran, Hoke«, sagte Henderson.

»Wir warten unten in der Cafeteria auf Sie«, sagte Sanchez.

Hoke schüttelte den Kopf. »Nicht in der Cafeteria. Ich will nicht, daß ein Haufen Leute sich auf mich stürzt.« Hoke warf einen Blick auf die Uhr. »Mein Gott, es ist ja schon nach vier. Wieso fahrt ihr nicht einfach nach Hause? Ihr braucht nicht auf mich zu warten.«

»Wir warten auf dem Parkplatz«, sagte Henderson. »Und dann gehen wir ein Bier trinken.«

Henderson und Sanchez waren gegangen, ehe Hoke noch etwas einwenden konnte.

Captain Brownley telefonierte gerade. Als Hoke zögernd vor der Tür stehenblieb, hob Brownley die linke Hand und gab Hoke zu verstehen, er möge warten. Hoke zündete sich eine Zigarette an und versuchte, nicht durch die Glastür zu Brownley hineinzuschauen. Schließlich legte Brownley auf, erhob sich und winkte Hoke herein.

»Setzen Sie sich, Hoke. Wie ich sehe, rauchen Sie wieder.« Brownley nahm Platz und stützte seine Ellbogen auf den Schreibtisch. Hoke zog den Aschenbecher zu sich herüber, als er sich hinsetzte, und drückte seine Zigarette aus.

»Ich habe eigentlich nie aufgehört, Captain. Ich hab's nur für ein Weilchen gelassen, das ist alles.«

»Wie fühlen Sie sich?«

»Noch ein bißchen wacklig, aber das geht vorüber.«

»Da bin ich sicher. Aber für einen erfahrenen Polizisten war diese Nummer ungefähr das Dümmste, was Sie je abgezogen haben. Nicht nur, daß Sie auf Verstärkung hätten warten sollen – nein, ein Mann wie Frenger hätte ein ganzes Einsatzkommando erfordert.«

»Ich befürchtete, er könnte entkommen – «

»Das ist keine Entschuldigung. Sie wußten, daß er bewaffnet war, auch wenn Sie nicht wußten, daß er Wulgemuth und seinen Leibwächter erschossen hatte.«

»Vielleicht hätte ich noch ein bißchen länger warten sollen, aber – «

»Halten Sie den Mund! Wie zum Teufel kann ich Sie zusammenscheißen, wenn Sie mich dauernd unterbrechen?« Brownley runzelte die Stirn, nahm eine Zigarre aus dem Humidor auf seinem Schreibtisch und begann das Zellophan abzureißen.

Brownleys Gesicht war von Tausenden kleiner Runzeln durchzogen; es erinnerte Hoke an ein Stück schwarze Seide, das man zu einem kleinen Ball zusammengeknüllt und dann wieder glattgestrichen hatte. Aber die Wangen des Captain schimmerten grau vor Erschöpfung, und in seinem Schnurrbart waren ein paar graue Haare – graue Haare, die Hoke zuvor nicht bemerkt hatte. Wie alt war Brownley eigentlich? Fünfundvierzig? Sechsundvierzig? Bestimmt nicht älter als siebenundvierzig, aber er sah sehr viel älter aus.

Brownley drehte seine Zigarre, als er sie mit einem Haushaltsstreichholz anzündete, und starrte Hoke mit unergründlichen Augen an. Das Weiße seiner Augen war ein bißchen gelblich, und auch das hatte Hoke zuvor nicht bemerkt.

»Ich habe eben mit dem Chief gesprochen«, sagte Brownley. »Wir haben einen Kompromiß geschlossen. Ich schreibe Ihnen eine Abmahnung, und die kommt in Ihre Akte.«

Hoke räusperte sich. »Hab ich verdient.«

»Da haben Sie verdammt recht! Der Chief hingegen wird Ihnen eine Belobigung schreiben. Die Doppeldeutigkeit dieses Schreibens wird Sie vielleicht verwirren, aber es wird eine Belobigung sein. Und auch die kommt in Ihre Akte. So wird das eine Schreiben gewissermaßen das andere aufheben.«

»Ich habe aber kein Belobigungsschreiben verdient.«

»Das weiß ich, aber mit diesem Fall hat der Chief etwas Positives, über das er nächste Woche vor dem University Club reden kann, und außerdem werden Sie es bei dem Verfahren gebrauchen können. Und in gewisser Hinsicht verdienen Sie vielleicht doch eine Belobigung vom Chief. Das war gute Polizeiarbeit, wie Sie Sanchez veranlaßten, Ramon Mendez anzurufen – «

»Wen?«

»Ramon Mendez. Sanchez' Cousin bei der Polizei in Hollywood.«

»Das hatte ich für einen Augenblick vergessen. Mendez war einer der Namen, die Frenger benutzte – «

»Ich weiß. Aber der Umstand, daß wir wenigstens einen Officer aus Broward County am Tatort hatten, war sehr hilfreich, als es darum ging, daß wir uns in Broward County außerhalb unseres Zuständigkeitsbereiches betätigt hatten. Wegen der Schwere des Verbrechens wäre es wahrscheinlich letzten Endes kein Problem gewesen, aber die Anwesenheit eines Officers aus Broward sorgte dafür, daß alle Beteiligten ihr Gesicht wahren konnten. Hier geht es um Politik, Hoke, nicht um Polizeiarbeit. Officer Mendez bekommt von mir eine Belobigung und Henderson und Sanchez ebenfalls. Und was Ihre Abmahnung angeht – die wird ziemlich milde ausfallen, weil der Chief soeben meine Beförderung zum Major bestätigt hat.« Brownley paffte an seiner Zigarre. »Vom nächsten Ersten an können Sie mich Major Brownley nennen.«

»Herzlichen Glückwunsch, Willie.« Hoke grinste.

»Major Willie.« Brownley nahm noch eine Zigarre aus dem Humidor und bot sie Hoke an. Hoke winkte ab.

»Ich bleibe bei meinen Zigaretten, Major. Was geschieht jetzt mit mir?«

»Wie Sie wissen, gibt es da keine festen Regeln. Normalerweise wird ein Cop, der einen Verdächtigen erschießt, nach Hause geschickt, damit er dort sein Verfahren abwartet, oder er bekommt solange einen Schreibtischposten. Wenn der Verdächtige versehentlich erschossen wurde oder wenn die Sache nach einem Fall für die Grand Jury aussieht, wird der Officer meistens suspendiert – mit oder ohne Gehaltsfortzahlung. In Ihrem Fall – zumindest, solange Sie ohnehin noch Genesungsurlaub haben – gehen Sie einfach nach Hause und warten Ihre Anhörung ab.«

»Da sind vorher noch ein paar Dinge zu klären. Ich möchte in San Francisco anrufen, und dann – «

»Sie werden nach Hause gehen und dort bleiben. Bis zum Verfahren werden Sie hier keinen Fuß mehr ins Haus setzen. Sie können Sanchez anrufen, damit sie alle offenen Fragen für Sie klärt. Reden Sie nicht mit der Presse oder mit sonst jemandem über den Fall. Bei der Anhörung werden Sie keine Schwierigkeiten bekommen. Der Schußwaffengebrauch war gerechtfertigt, und man wird Sie freisprechen.«

»Okay, dann rufe ich Sanchez an. Sie kommt gut zurecht.«

»Sie gefallen ihr auch. Als ich Ihnen sagte, Sie sollten sie für sich gewinnen, meinte ich natürlich nicht, daß Sie ihr beweisen sollten, was für ein toller Schütze Sie sind; aber zumindest beschwert sie sich jetzt nicht mehr über ihren Vorgesetzten.«

»Es wird nicht das gleiche sein, wie mit Bill Henderson zu arbeiten. Aber Bill kann dafür nicht fünfundachtzig Wörter in der Minute tippen. Es gleicht sich also wohl aus.«

»Machen Sie, daß Sie rauskommen, Hoke. Ich muß noch ein paar Anrufe machen.«

Hoke erhob sich. »Ich würde gern nach Riviera Beach hinauffahren und ein paar Tage bei meinem Vater verbringen.«

»Okay. Aber melden Sie sich jeden Tag. Wir müssen Sie nur telefonisch erreichen können.«

Sie gaben sich die Hand, und Hoke verließ das Büro.

Als Hoke auf den Parkplatz hinauskam, erwarteten Henderson und Sanchez ihn. Die Morgenluft war feucht und heiß, und Hoke fühlte, wie seine Poren sich öffneten. Nach der abgestandenen Luft in den klimatisierten Büros fühlte die Schwüle sich gut an, und Hoke hatte nichts gegen die kleinen Schweißbäche, die ihm über die Rippen liefen.

Ellita Sanchez hatte die Jacke ihres blauen Faille-Kostüms ausgezogen; auf ihrer Oberlippe schimmerten feine Schweißperlen. Hendersons massige Schultern hingen müde herab, und seine Augen waren blutunterlaufen. Hoke wußte, daß es keinem der beiden nach einem Bier so sehr gelüstete wie nach einem Bett, aber er vermutete, daß sie ebenso wie er nur ungern die Geschichte, die sie gemeinsam erlebt hatten, abschließen wollten – ein gewisses Gefühl von Teamarbeit.

»Wie sieht's aus, Hoke?« fragte Henderson.

»Ich habe noch Genesungsurlaub, aber ich soll bis zur Anhörung wegbleiben. Brownley meinte aber, ich dürfte nach Riviera Beach hinauffahren und bei meinem Vater wohnen, wenn ich wollte. Ich glaube, ich werd's auch tun.«

»Du warst schon eine Weile nicht mehr in Riviera, nicht wahr?«

»Ich war vor ungefähr einem Jahr das letzte Mal da – als der alte Herr wieder geheiratet hat. Erinnerst du dich?«

»Gehen wir zum Seven-Eleven«, schlug Sanchez vor. »Ihr kriegt dort ein Bier, und ich kann einen Traubensaft trinken. Meine Kehle ist trocken, aber ihr ist nicht nach einem Bier zum Frühstück.«

»Ist mir recht«, sagte Henderson. »Wir können meinen Wagen nehmen.«

»Laßt uns zu Fuß gehen«, erwiderte Hoke. »Es ist nur einen Block weiter. Wir können uns ein bißchen die Beine vertreten.«

Sie gingen auf dem schmalen Bürgersteig zum 7-Eleven, Hoke neben Sanchez, und Henderson stapfte zwei oder drei Schritte vor ihnen her.

»Waren Sie schon mal in Riviera Beach, Ellita?«

»Nein. In Palm Beach war ich schon, aber in Riviera noch nie.«

»Palm Beach liegt gegenüber von Singer Island, auf der anderen Seite des Wassers. Singer ist ein Teil der Gemeinde Riviera Beach, und da gibt's den besten Strand von ganz Florida. Wenn Sie bis zum Nordende von Palm Beach gekommen sind, dann haben Sie nach Singer hinüberschauen können. Ich bin in Riviera Beach groß geworden, aber daß es Riviera Beach heißt, erfuhr ich erst mit zwanzig. Wir nannten es immer Rivera. Rivera – so nannten es alle. Komisch, nicht?«

»Mir ist aufgefallen, daß in Miami viele Leute statt Miami Mi-am-ah sagen. Es liegt wohl daran, daß sie damit aufwachsen.«

»In Riviera kann man daran die Einheimischen von den Touristen unterscheiden. Die meisten von uns sagen immer noch Rivera.«

Als sie im 7-Eleven waren, bestellte Sanchez sich einen Slurpee-Traubensaft. Hoke und Henderson gingen zum Eisschrank. Henderson nahm sich ein Budweiser, und Hoke langte tief hinein, um sich ein kaltes Coors herauszuangeln. Jeder bezahlte für sich, und dann gingen sie hinaus, um zu trinken. Ein paar Straßen weiter, im Licht des erwachenden Morgens, sahen sie die Geier über dem Turm des County-Gerichts kreisen; die Vögel starteten zu ihrem Flug zur städtischen Mülldeponie, um dort zu frühstücken.

»Dieser gelbe Nova« – Sanchez deutete auf einen staubigen Wagen, der neben einem Müllcontainer parkte – »steht hier schon seit drei Tagen. Ich erinnere mich, daß ich ihn schon gesehen habe.«

»Wahrscheinlich gehört er dem Mann vom Seven-Eleven«, sagte Henderson. »Hier ist sonst niemand.«

Sanchez ging auf den Wagen zu. »Die Nummernschilder sind aus Michigan.«

Henderson öffnete die Glastür des Ladens. Der Geschäftsführer hatte den *Star* auf der Theke aufgeschlagen vor sich liegen und las darin. Er hob den Kopf. »Sind Sie aus Michigan?« sagte Henderson.

»Was?«

»Ob Sie aus Michigan sind.«

»Aus Michigan?« Der Mann schüttelte den Kopf. »Aus Ponce. In Puerto Rico.«

»Ist das Ihr Wagen? Der gelbe Nova?«

Der Puertoricaner schüttelte den Kopf. »Meinen Wagen hat meine Frau. Sie fährt mich zur Arbeit und holt mich abends wieder ab. Der Wagen parkt da schon seit drei Tagen.«

»Ihr kommt besser mal kurz her!« rief Sanchez ein wenig lauter. Sie warf ihren immer noch halbvollen Plastikbecher in den Müllcontainer. Hoke und Henderson gingen zu ihr zum Kofferraum des Nova. »Riecht das nicht komisch?«

Henderson beugte sich vor und schnupperte am Kofferraumdeckel. Dann lächelte er Hoke breit an. »Riech mal, Hoke. Ich lade dich ein.«

Hoke hielt seine Nase dicht an die Kante des Kofferraumdeckels, wo dieser an die Karosserie stieß. Der Geruch war unverwechselbar; es war der vertraute Geruch von Urin, Kot, Tod. Hoke richtete sich auf und erwiderte Hendersons wissendes, stahlblitzendes Lächeln mit einem schiefen Grinsen.

»Ihr beide bleibt hier«, sagte Hoke. »Ich gehe zurück zum Revier und schicke einen Streifenwagen her – «

»Nein, das tust du nicht«, sagte Henderson. »Fahr nach Hause, Hoke! Setz dich in dein Auto und fahr nach Hause. Wir kümmern uns um die Leiche. Du hast Genesungsurlaub und bist nicht im Dienst. Schon vergessen?«

»Er hat recht, Hoke«, sagte Sanchez. »Es dauert mindestens eine Stunde, bis der Halter identifiziert ist und wir einen Durchsuchungsbeschluß haben, um den Kofferraum öffnen zu können. Fahren Sie nach Hause. Bitte.«

»Aber ich möchte sehen – «

»Hau ab!« Henderson gab ihm einen Stoß vor die Schulter.

»Okay. Aber rufen Sie mich morgen an, Sanchez. Es gibt noch ein paar Dinge – «

»Ich rufe Sie an«, sagte Sanchez. »Aber jetzt sollten Sie fahren.«

»Und du rufst mich auch an, Bill.«

»Mach ich, mach ich. Auf Wiedersehen, Hoke.«

Hoke ging zum Polizeiparkplatz zurück und stieg in seinen

Wagen. Als er vom Platz fuhr, sah er Ellita Sanchez. Sie lehnte mit dem Rücken am Kofferraum des gelben Nova. Henderson war wahrscheinlich noch im Laden und telefonierte.

Hoke fuhr zum Biscayne Boulevard hinunter und wandte sich nach Norden; er hielt sich auf der rechten Spur, damit er am MacArthur Causeway nach Miami Beach abbiegen konnte. Er hatte leise Gewissensbisse, weil er Sanchez und Henderson allein beim 7-Eleven zurückgelassen hatte. Die Morgensonne stieg über South Beach empor, und er klappte die Sonnenblende herunter. Als er beim Eldorado Hotel ankam, erwartete Old Man Zuckerman ihn in der Lobby mit einer frischen, säuberlich gefalteten Papierserviette.

Die folgende Meldung wurde in der *Okeechobee Bi-Weekly News* veröffentlicht:

ESSIGTORTE AUF PLATZ EINS

OCALA – Mrs. Frank Mansfield, geb. Ms. Susan Waggoner, aus Okeechobee gewann gestern den Tri-County-Backwettbewerb in Ocala mit ihrem Beitrag, einer Essigtorte. Das Siegerrezept lautet wie folgt:

Teig für einen Boden von 23 Zentimeter
60 ml zerlassene Butter
400 g Zucker
1/2 TL Zimt
1/4 TL Nelkenpulver
1/2 TL Piment
4 große Eier, getrennt
150 g gehackte Rosinen
3 EL fünfprozentiger Essig
Salz

Die Butter mit dem Zucker schaumig rühren. Gewürze hinzufügen und gut vermischen. Eigelb hinzufügen und die Mischung zu einer glatten, cremigen Masse aufschlagen. Gehackte Rosinen mit Holzlöffel einrühren. Eiweiß mit einer Prise Salz zu festem Schnee schlagen und auf die Mischung gleiten lassen. Behutsam, aber gründlich unterheben und in eine mit dem Teig ausgelegte Form gleiten lassen. Im vorgeheizten Ofen bei 220° 15 Minuten backen. Temperatur auf 150° reduzieren und weitere 20 Minuten backen. Die Oberseite muß goldbraun, die Füllung in der Mitte geleeartig sein. Auf einem Tortengitter zwei oder drei Stunden abkühlen lassen.

Als die Juroren Mrs. Mansfield den Preis (einen US-Pfandbrief über fünfzig Dollar) überreichten, sagte sie: »Ich habe noch keinen Mann kennengelernt, dem meine Torte nicht geschmeckt hätte.«

In der Reihe

Süddeutsche Zeitung Kriminalbibliothek

sind bereits erschienen:

224 Seiten
ISBN-10: 3-86615-225-6
ISBN-13: 978-3-86615-225-0

528 Seiten
ISBN-10: 3-86615-226-4
ISBN-13: 978-3-86615-226-7

In der Reihe

Süddeutsche Zeitung Kriminalbibliothek

sind bereits erschienen:

240 Seiten

ISBN-10: 3-86615-227-2
ISBN-13: 978-3-86615-227-4

512 Seiten

ISBN-10: 3-86615-228-0
ISBN-13: 978-3-86615-228-1

In der Reihe

Süddeutsche Zeitung Kriminalbibliothek

sind bereits erschienen:

112 Seiten

ISBN-10: 3-86615-229-9
ISBN-13: 978-3-86615-229-8

144 Seiten

ISBN-10: 3-86615-230-2
ISBN-13: 978-3-86615-230-4

In der Reihe

Süddeutsche Zeitung **Kriminalbibliothek**

sind bereits erschienen:

376 Seiten

ISBN-10: 3-86615-231-0
ISBN-13: 978-3-86615-231-1

352 Seiten

ISBN-10: 3-86615-232-9
ISBN-13: 978-3-86615-232-8